凡骨《ぼんこつ》新兵《しんぺい》のモンスターライフ

Bonkotsu shinpei no Monster life

TOブックス

Novel 橋広功

stration みことあけみ

Bonkotsu shinpei no
Monster life

CONTENTS

Illustration
AKEMI MIKOTO

Design
5GAS DESIGN STUDIO

プロローグ

名も知らぬ森――木々が生い茂る緑溢れる大地を流れる一筋の川に一匹のモンスターがその存在を誇示《こじ》していた。その姿は有体に言えば巨大なワニ。尻尾を含めれば体長十メートルを超える深緑の巨体を揺らすように川辺を移動するその姿はまさに主といった様相である。

ここいら一体を縄張りにしていると思えば、周囲を探るようなその視線にも納得がいく。獲物を求めているのか？

それとも、その力を存分に振るうための相手を探しているのか？

そのどちらであっても構わない。いや、理由などどうでも良い。俺は黙ってその巨大なワニ型モンスターの前に姿を現した。川のすぐ傍を歩き、水面に映るその姿を横目に見る。全身灰色の体躯《たいく》――身長は三メートルと少し、硬い甲殻のような外皮と厚い皮が守る筋肉の塊。

その姿は俺が知るどのモンスターとも違った。身長の半分はある尻尾を揺らし歩く。真っすぐに大きなワニと向かい合いながらも歩みを止めることなく近づいていく。明らかに大きさでは負けているが、それが何だというのか？

俺はこの肉体がどれほどの力を秘めているのかを知っている。しかし、その力がどこまで通用するのかは知らない。だから相手が必要だった。言ってしまえば目の前の巨大なワニである必要はなく、ただそこにいたからという理由でこのモンスターは標的となった。

「不運を恨め」などと言うつもりはないが、俺の目に留まったことは不幸であることは間違いない。向かい合う二匹のモンスターは動かない。先に動いた方が負けるという状況ではないのだが、こちらは相手の行動パターンが予測できているので、それに合わせて動くつもりでいる。実験とは言え手を抜くつもりはない。

そうして両腕を広げ待つこと十数秒——動かぬ俺に痺れを切らしたか、大きなワニ型モンスターが口を広げ威嚇《いかく》の体勢を取る。すぐには攻撃を仕掛けない辺り、知能は決して低くないと見るが、それが臆病さ故のものであるならば、こう言わせてもらおう。

「がっかりだ」と——俺としては獰猛《どうもう》なモンスターが標的として相応しいと思っている。力でねじ伏せる自然界での戦いを想定している以上、小細工無用の力比べを期待したのだが、図体がでかいだけの見掛け倒しのモンスターなのだろうか？

俺は落胆し、肩を落として息を吐く。だがやることは変わらない。構えることもせず、自然体のまま大きなワニに向かって歩く。距離が縮まるにつれ、気が引き締まっていく。無意識に固く握られた拳が、これほど頼もしいと思えるのも不思議なものだと少し笑ってしまう。そんな俺の落ち着きようが気に食わないのか、威嚇の体勢を解いたモンスターがこちらに向けて突進してくる。

「ゴアァァァァアッ！」

体を左右に振りながら全力で向かってくるのだが、あまり速くはない。巨体故に機敏に動けないだけで十分速いのだが、想定をかなり下回る。口を広げ、噛みつかんばかりの勢いで俺に向かい、飛びかかって来たところを右フックで迎撃。下顎をぶち抜く勢いでカウンター気味にぶん殴る。

自分でも会心の一撃だと思った。だが、ワニの下顎部分が無くなったのは想定外だ。どうやら俺の一撃は威力がありすぎたらしく、ぶち抜く勢いどころか本当にぶち抜いて肉と骨を持っていってしまったようだ。巻き散らかされた肉片が川へと落ち、そこに魚たちが群がり始める。

一方、下顎を吹き飛ばされたワニはというと、尻尾を巻いて全力で逃げ出した。このまま放置して血を撒き散らかされるのもどうかと思い、トドメを刺すべく一気に距離を詰める。その直後、ワニの尻尾が鞭のようにしなり、俺の横っ腹を強打した……のだが、少しよろけた程度で大した痛みはない。どうも戦闘力に差がありすぎるようだ。

完全に怯えてしまったワニを前に、俺は選択を迫られる。こいつを生かすか、それとも殺すか——答えは初めから決まっている。どう見ても最早生存不可能であるこいつを逃したところで、すぐに死ぬ未来しかない。

ならばここでトドメを刺してやるのがせめてもの情けというやつだ。逃げるワニを追いかけ跳躍して一気に距離を縮め、着地と同時に頭部に一撃を叩き込むとピクピクとしばし痙攣《けいれん》した後、動かなくなった。

(こんな簡単に狩れるものなのか……)

二度三度と拳を閉じたり開いたりを繰り返し、先ほどの感触を思い出す。

(こんなものは闘いとは呼べない)

しかし自分の力を確かめるという目的は果たした。圧倒的なパワーは他の能力にかかわらず

「俺」という存在が生存するには十分なものであると確信できるものだった。ただ一つ予想外だったことがある。

（どうやら俺は、結構……いや、かなり強い部類に入るようだ）

Ⅰ

吾輩はモンスターである。名前は多分ない。この場合個体名ではなく種属名だが、ただの名無しのモンスターと思うことなかれ。どうにも自分には人間だった時の記憶がある。「生まれ変わったら怪物だった」ということはなく「ただ人体実験の結果、怪物にクラスチェンジ」というホラー映画でよくあるような、話としてはありがちな設定である。

ちなみに「モンスター名」がないだけで「ユーノス」という人間だった頃の名前はあるが家名はなし――貴族ではないから当然だな。今後使うことがあるのかどうかは不明なので名前うんぬんは正直今はどうでも良い。

さて、何故俺が自身を「名もなきモンスターと定義したか？」なのだが……自分の姿が知識の中にあるどの生物とも似ていないから、である。つまり、冒頭の台詞などただのヤケッパチ。

この大した学歴もなく「特筆すべき点はなし」という至極真っ当な理由で徴兵を避けることができなかった凡骨のオツムで絞り出したものがこれでは、戦況の悪化故の兵力増強のための措置に真っ先に槍玉に上がるのも致し方なし。おまけに俺を実験台にしたマッドな科学者はとうの昔に死んでおり、その実験に命令を下した帝国も今は存在しているかどうかも怪しい。

二百年ほど前に廃棄された研究施設の中で目を覚まし、泣いたり喚《わめ》いたりして無気力になり、現実が受け止められず奇行に走ったところで、ようやく少しは冷静さを取り戻して状況を把握しようと周囲を探索したらこの結果ときたもんだ。

「冷凍睡眠装置とか一体いつから実用段階に入ってたんだよ？」という至極真っ当なツッコミが脳内で起こっているが、まさか映画や漫画でしか見たことのなかったものが現実にあるとは到底信じることができず、未だにドッキリを疑っている。

しかし、俺が怪物になったという現実離れした現実が、これが本当のことなのだろうと薄々理解させられる。それと現在の時間がわかったのは施設の中にまだ生きている機器があったためである。

現在は北皇歴一八七二年――俺の生まれは一六四八年で軍人となったのは十八歳の時であり、実験体となったのも同年――つまり機械が故障していない、もしくはこれが「誰かの脚本ではない」というのであれば、俺は二百歳超えという超高齢者であり、無事帝国兵として職務を全うし年金暮らしのはずである。

ところがその帝国が最早ない可能性が極めて高いことで、俺の人生はお先真っ暗どころか「人生」はとっくの昔に終了し、残る余生は怪物生という有様だ。我が人生に一体どれほどの悔いがあったのやら。

そもそもの話、帝国がまだあるのであればとっくの昔に目が覚めていなければおかしい。つまり勇ましき我が祖国は、これらの実験が行われていたことが把握できない状況にまで追い詰められたか、もしくは滅んだと考えられる。なお、過去の情勢から鑑みて「帝国は滅んだ」と見る方が無難であろう。

何せ周辺国全部が敵に回って大戦争という状況である。こんな三流映画的な人体実験を敢行するほどに追い詰められていた帝国が残っていられるはずもなく、きっと「トンデモナイ新兵器」とやらで国ごと消し飛ばす羽目にでもなったに違いない。

そうでもなければ冷凍睡眠装置の維持限界までぐーすか俺が眠っていられたことに説明がつかないのだ。もっとも、俺の浅い知識での認識なので実際はどうだか知らない……というかわからない。科学者でもなければ学者でもないので当然である。俺が一体何をしたというのか？

ちょっと軍に徴兵されて「君、いい体をしてるねぇ。今軍の研究で軍人の肉体を強化する実験をやってるんだ。薬を飲むだけの簡単な実験でリスクなしの素晴らしいものなんだけど、よかったらどうだい？　ああ、これは定員いっぱいになったら締め切るもので、先着順だから後になって『やっぱりお願いします』と言われても枠がないなんてこともあるから。っていうかぶっちゃけ残り十名切ってるんだ。どうだい、やってみないかい？」なんて如何《いか》にもな勧誘に引っかかっただけである。

同意書を書かされている時に思い留まるべきだった。「気が付いた時には二百年後、化物になって冷凍睡眠から目覚めました」とか笑い話にもなりはしない。そう考えると今の状況がいっそ笑えてきた。

「ガッガ、ガッハ……」

声を出したら泣けてきた。人語が喋られないんだよ……さっきもそれでがおがお泣いた。「がおがお泣く」とはまた斬新な表現である。念のために言っておくが「鳴く」ではないし、涙は出てなかったがちゃんと「泣く」である。

人間離れこそしているが、見た目も辛うじて「人型」と言えなくもない風貌で、ほぼ全身が硬い外皮に覆われ、尻尾を生やした身長三メートルオーバーの爬虫類と哺乳類の中間……いや、割と爬虫類寄りのどう見てもゴッツイパワー型のモンスター。

どうにかして自分の全身を確認したが人間だった頃の名残がほとんどない。あと地味に体毛が全くないことにショックを受けた……これは体毛がないだけであって決してハゲではないと言っておく。

二足歩行で目が二つに鼻と口、それに耳らしきものがちゃんと二つあったところでこの甲殻のようなカチコチ体皮とご立派な尻尾のおかげで人型離れが進んでいる。だからと言って流石に切り落としたいとは思わない。そんなことをすればどれだけ痛いか想像もつかない。

おまけに二足歩行より両手も使った四足歩行の方が気持ち安定する——いや、手が若干長い気がするから「もしかして……」程度に思ってたんだが、軽く走ろうとすると重心の都合上、手も使った方が安定した。

この時は自分が完全に人間を辞めてることに否が応でも自覚させられた。だが時間が経てばこの現実を受け入れざるを得ない状況に嫌でも気が付くし、いつまでも現実逃避をしていては何も始まらない。

そんなわけで「能力の方はどうなっているのか？」と試しに研究所の外壁を徐々に力を入れて殴

り続けてみたところ——壁が凹み拳は無傷という結果には驚きを隠せなかった。加えて痛みに対してもかなりの耐性があるらしく、金属製と思われる扉を強めに殴っても痛みがない。

試しにほぼ全力で殴ると扉が折れ曲がり、真っ暗な通路をバウンドしながら音を立てて吹っ飛んでいった。勿論拳は無傷で痛みもない。更に蹴りを壁に放ったところ轟音を立てて外壁が割れた。

金属製の扉を壊し、コンクリートの外壁を粉砕する様に「やっべ、俺強くね？」とちょっと面白くなってしまったが、ここは施設内部——暴れるのは色々不味いとすぐに気が付くべきだった。とは言え、この身体能力はまさに「遺伝子強化兵計画」の面目躍如《めんもくやくじょ》と言ったところである。

（しかし、これだけ暴れても誰かが来る気配はなし……というか警報すら反応しないのか）

まるでここには誰もいないかのような静まりっぷりに不安になってくる。というか誰もいないのだろう。本当に二百年後の世界なのだろうか、と自分の両手を見る。「遺伝子強化」と言うより「合成獣」とかの方がしっくりくるレベルの変化っぷりだが、元となったモンスターに関しては該当する個体が記憶にない。まあ、能力面においては文句なしの合格なので気にしない。

問題があるとすれば、被験者が人間の原形を留めていないことが挙げられる。「がおがお」としか声が出ないとか「意思疎通に難あり」と評価せざるを得ず、一体この計画を推し進めた人物は、遺伝子強化兵を一体どのように運用するつもりだったのだろうか？

答えを口にするまでもない、と察してしまう辺りに帝国の末期感が伺われる。そんな風に一人……もとい一匹で黄昏《たそが》れつつ、汚れた鏡で自分の風貌を改めて確認する。

（これ絶対討伐対象とかになって狩られるタイプだよな）

取り敢えず誰かに会おうとする考えは吹き飛んだ。巨大モンスターを討伐するゲームだったなら、贔屓目《ひいき》に見ても中ボスくらいにはなれそうな見た目なのだから仕方ない。加えて家族や友人、恋人……はいないので知り合いが一人として生きているわけがない。仮に生きていたとして、一体この面を下げてどうやって会えというのか？

（親父はともかく、姉……は大丈夫だな。となると心配するのは妹だけだが、姉さんがいるなら大丈夫か）

ふと家族のことが気になったが、凡骨を絵に書いたような俺と違い、うちの女は妙に強い……というよりハイスペックだ。母親に至っては「女傑」という言葉が似合いすぎたほどであり、姉はモデルをやっていた時期があるだけあって容姿に優れ、尚且学歴も自慢できるレベルという超人である。「俺なんかが心配するまでもない」という結論に早々と至り、少しだけ気が楽になった。

親父？

どうせ女の尻でも追っかけて流れ弾に当たってくたばってるだろうよ。ともあれ、ここから生きて出ないことには何も始まらない。差し迫った問題として、この部屋の機器や電力がいつまで持つかは不明なので行動は早い方が良いだろう。

そんなわけで取り敢えずぶん殴って壊れた扉から研究室を出たわけなのだが……小一時間ほど出口を探してみたところ、それらしいものは何も見つからなかった。電気の供給も俺が目覚めた部屋以外はどこも止まっており、真っ暗で狭い通路をおっかなびっくりのっしのっしと歩いている。

地味に天井が低いせいで大きく前屈みにならざるを得ず、自然と両手両足で歩く羽目になっている。

さらに歩く度に爪が床に当たってカッツンカッツンと音を立てており、この音が反響して雰囲気が出すぎて正直怖い。暗いことも相まってまるでホラーゲームのようである……というか、廃施設にモンスターというのはまんまホラーゲームの設定である。

(照明がない視界不良の廃棄された軍施設に徘徊する怪物――どう見てもホラーゲームだよな)

もっとも、やたら夜目が利くせいで割と普通に見えているのだが、やはり本能的に暗闇を恐れてしまうのは俺が元々人間だったせいだろう。そう思っていたのだが、恐怖心など気が付いた時には何処かへ行っていた。

まあ、兵士にしようとして体を弄くり回しているのだから「怖くて動けません」とかあったら大問題である。多分その辺も何か弄くられているのだろうと深く考えないようにする。

(しっかし広いな、この施設)

この体には通路は狭く感じるが、それに反して部屋の方はそこそこ広いものが多い。

虱《しらみ》潰しに一室ずつ部屋を当たっているが、未だに出口と思しき通路はなく、自分が迷子になったかのような錯覚に囚われる。正直に言うと多分錯覚ではなく、絶賛迷子中である。せめて人間の姿であった頃に内部を見て回れていたら良かったのだが、どうも記憶にある施設と今いる施設は別物らしく、先ほどから見覚えのあるものがさっぱり見当たらない。

こうなると案内板が欲しくなってくる。なので部屋や通路重点的を探してみるが、それらしいものは一切見当たらず、研究のための設備や実験のサンプルと思しき何か、ボロボロの紙の資料の束、何かよくわからない電子部品といった細々とした物が見つかるばかりである。

というか、幾らそれなりに見えるからと言っても光源なしでの探索は無謀すぎて効率が悪いにも程がある。加えて文字を読むのが本当に辛く、何でもいいから明かりが欲しい。このままアテもなく彷徨《さまよ》い続けて良いものかとしばし悩むが、考えるより体を動かすことの方がまだ得意な性分。「何か役に立ちそうなものを持っていくため」という理由もあるので、もうしばらくこの探検気分を味わうことにする。そんな具合に探索を始めて早速問題が発生。入手した道具が小さすぎる……いや、体が大きくなったために物が小さすぎてもの凄く扱いづらいのだ。

例えばライターを手にしたものの、サイズが小さすぎて使えなかった上、ムキになって着火しようとしたらあっさり壊れてしまい、この体の力加減が中々に難しく大きく息を吐いた。

他にも懐中電灯を見つけたは良いのだが、親指と人差指で摘むように持つ他なく、電源が中々入れられないことに苛つき、力を入れすぎて破壊してしまうという結果には思わず苦笑い。なお、どれも電池が切れており使える物は一つもなかった。

「そりゃそうだ」と外殻とも言えなくないやたらと硬い肩を落とすと、俺はまたのっしのっしと研究所内を歩き回る。そして見つけた。いや、見つけてしまったと言うべきか？

俺が目覚めた時に見た光景と同じ部屋――つまり、俺とは別の被験者がいる部屋だ。その作りは酷似しており、円形の部屋の中央に冷凍睡眠用のカプセルがある。その周囲に様々な機器やモニターが置かれ、外壁からは十数本のパイプが中心に向かい伸びている。

パイプを踏み潰さないように注意しながら恐る恐る中心部へと近づく。すぐに俺は気が付いた。冷凍睡眠装置は稼働しておらず、俺と同じ姿をした怪物がカプセルの中で眠ったように死んでいた。

ただ呆然と立ち尽くす。自分もこうなっていたかもしれないと想像してしまったのだ。

(俺は、運が良かったのか?)

だが果たしてこれを「運が良かった」と言って良いのか自問する。人として生を享け、怪物として生きることになった今、果たして「生き残った」ことは幸運か不運か判断がつかない。

ただ考えることが増えてしまったことにお気楽ムードは鳴りを潜め、暗い気分で探索を続行した。

そしてまた見つかった。結果として全部で八つの冷凍睡眠装置を発見することができたが、その全ては何らかの理由で稼働していなかった。

カプセルが破損し、干からびた被験者。失敗だったのか、明らかにおかしな細胞の変異を見せて朽ち果てた残骸。中には装置の外に出ていた者もいた。だがその全ては死んでいた。

死因は不明だが、どうやらこの部屋から出ることができず、ここで息絶えたと窺える。俺は、彼らとは離れた場所のカプセルの中にいた。これが何を意味するかは今となっては断定はできない。所詮は憶測でしかない。しかし、それでも――

(俺は、運が良かったのだろうか?)

繰り返しそう思ってしまうのは、きっと仕方のないことなのだろう。これ以上この場所を調べる気が起きず、何一つ持ち出すことなくその場から離れる。その日はもう、何もする気にはならなかった。とは言ったものの「今日」とやらがいつまでなのかは正確なところ不明であり、気分的なものである。

一応日時を知ることができる機器はあるものの二百年もの歳月が流れている。これが果たして正確なものなのかどうかは言うまでもなく、日付が変わる正しい時間などわかるわけもない。

やる気はなくともやらざるを得ない状況下。しばし落ち込んだ後は再び探索タイムとし、せめて明るい材料がないものかと大きくなった体には狭い通路をのっしのっしとゆったり歩く。

（そうだ。何をするにしても、まずはここから出ないことには始まらない）

そう、何をするにしてもまずは出口である。仮にここにまだ用があったとしても、また戻ってくれば良いだけのことだ。曲がりなりにも軍関係の施設である。こんな体になったとしても、役に立つものはきっと残っているだろう。

そんな具合に希望を胸に新たな扉を開けると、そこには半分以上が岩と土砂で埋まった状態の部屋に行き当たる。しばしその状態を観察して思う。

（ここ相当深い地下施設とかないよな？）

そんなことを考えたのが良くなかったのだろう。まったく、嫌な予感というやつはどうしてこうもよく当たるのか？

十数分のさらなる探索の結果、ようやく見つけ出した大きなゲートと施設全域の案内板。苦労して読み取った施設情報の中にある「地下六十メートル」という文字。これが何を示すかは大して頭の良くない俺でもわかる。

ともあれ、このデカくて分厚く頑丈であろうゲートの先に昇降機があるということがわかったことで「脱出口が存在しない」という懸念は一先ず消えた。「証拠隠滅のため埋めました」とかない限り大丈夫なはずだ。取り敢えず「信じているからな、我が祖国」と強く念じておく。

目下の問題としては、肝心のゲートがうんともすんとも言わない。押す、引く、持ち上げる――全部ダメだった。つまり出口に通じる昇降機がすぐ目の前にあるが、肝心のゲートを動かす電源が落ちているため、まずそこを何とかしないといけないということだ。

ますますもってホラーゲームの体をなしてきた現状に「ゴフー」という溜息が吐き出される。ふと「ブレスとか吐けないだろうか？」と思い頑張ってみたが、出てくるのは無理をしたが故の咳ばかり……俺は一体何をやっているんだ？

特に意味のない失敗はさておき、ようやく施設脱出の手がかりを得たわけである。目的が定まったことでやる気は十分――さあ、ゲートを管理する部屋を探すとしよう。情報は全くないと言えど、電源さえ入れてしまえば、培われたゲームの知識でゲートの操作くらいならできるはずだ。

そんな風に楽観的に考えていた数十分前の自分を殴りたい。ゲートがそこにあるからね、きっと近くにあると思ってた。でもなかった。それ以前にこの図体で人間サイズ用の施設を調べるということを舐めてた。後、マジで明かりが欲しい。

おまけにどこを探してもそれらしき部屋はあれど、ゲートに関するものを見つけることができなかった。よくよく考えればね、ここが「軍施設」だってことはわかるはずなんだ。機密保持のために外部からしか操作不能ということも十分あり得る話だった。だがそれ以前に大きな問題があった。

（……ちょっとぉ、どの機器にも電源が入らないんですけどぉ？）

と言うより発電施設からの電力供給が途絶えている可能性すら出てきた。と言うより濃厚だ。この無機質で真っ暗なゲート前の空間で一人……いや、一匹佇《たたず》む。どうしたものかと思案する。そこで思い浮かんだのが俺が目覚めたあの部屋だ。どういうわけかあの部屋だけは電気が通っている。それが何を意味するか、という部分はあえて触れないようにしておくが、自分一人が生き残っていたことを考えると嫌でもあれこれと想像してしまう。ともあれ、思考を切り替えて「その電力をどうにかこちらに持ってくることできれば……」と考えたところでこの案はボツとなった。

俺は技術者でもなければ工作員でもない——ただの徴兵されたばかりの取り柄のない新兵である。そんな知識も技術は持ち合わせていない。どこをどうすれば良いかなどさっぱりわからないのだから、ボツとなるのも仕方ない。加えて各種工具をこのデカくてゴツい手で使用できるとも思えない。

そもそもの話、電力の都合が上手くいったとしてゲートを開ける操作ができるかどうかも今となっては疑わしい。緊急時の備えの一つや二つあるとは思うが、末期と思われる帝国に果たしてそのような余裕があったかと言えば答えに詰まる上「緊急時」に使用するものなのだから、この施設の関係者でもない俺がそのための手段を行使できるとも思えない。

つまり、俺が採れる手段は一つだけ——そう、力業である。俺はゲートの前に立つと構え、そして振りかぶる。突き出された拳がゲートに突き刺さる……かのように思えたが扉は凹むどころか傷一つなし。この結果には正直少し驚いた。思わず「やるな祖国」と不敵に笑う。

気を取り直して「拳を痛めないように手加減しすぎたか」と反省しつつ、少し痺れた手の調子を整えるようにブラブラと振って一呼吸。

（次は全力で……行くと痛そうだけどしゃーないよなぁ）

しばし照明のない天井を見上げ覚悟を決める。右足を引き、拳を作ると腰を落とし腕を引いて動画で見たことのあるような構えを取る。そして――「ズゴン」という大きな岩の塊を鉄の塊にぶつけたかのような大きな音が響く。

結果、俺は右腕を押さえゴロゴロと痛みのあまりのたうち回り、肝心のゲートは無傷のままそこにあった。まさに惨敗……いや、完敗である。どうやら扉は特別頑丈に作られているらしく、俺の拳では破壊不能であるという結論を出さざるを得なかった。

だが拳がだめならば足がある。蹴りの威力は拳の威力の凡そ三倍とも言われており、この見た目「筋力特化型モンスター」にクラスチェンジした俺の切り札を早くも切らされる形となった。

取り敢えず痛みが治まるまで手をブラブラさせながら深呼吸で息を整える。準備が整い三度目の挑戦。「ホォアタァッ！」と頭では叫んでいるつもりでも出てくる声は「ゴッボァア！」という聞くに堪えない汚い奇声。

先程の一撃よりも、より深く大きい音が振動となって響く。手応えは――なかった。むしろ俺の足の方が重症だと言わんばかりに痛みでガアガア泣いてのたうち回る。破壊するには至らずとも亀裂なり入るだろうと予想していた。

だがまさか僅《わず》かな凹みを作るのが精一杯だったとは思わなかった。しかも触ってようやくわかるレベルの小さな凹みである。無傷ではない。そう、まともな損傷がないだけだ。

続ければいつかは……そんな考えが一瞬頭を過《よぎ》るが「先に足が壊れる」という結論が即座に出な

いほど馬鹿でもなければ楽観的でもない。その瞬間、俺の脳裏にあの部屋から出ることが叶わず、朽ち果てた被験者達が浮かぶ。死が現実となって俺の背に覆い被さった時、俺は叫び声を上げた。

（いや、だ……嫌だ！　こんなことで！　こんなところで！　死にたくない！　死んでたまるか！）

言葉にならない咆哮《ほうこう》は行く当てもなく響き、冷静さを失った俺は矢鱈滅多にゲートを殴り、蹴る。がむしゃらな攻撃に手足の痛みが増すばかりだが、それでも俺は止めなかった。息を切らすほどに感情をぶつけたところで、目の前のゲートは何一つ変わらぬ様相であり続ける。

「出られない」と認めたくない現実が肩を叩く。その瞬間——フッと唐突に恐怖が薄れた。まるで憑き物が落ちたかのように呆然と立ちすくみ、しばしアホ面でゲートを眺める。「何だこれは？」と言葉にはできないが口にしようとした時、俺はあることに思い至る。

（感情……いや、恐怖の抑制か！）

なるほど、戦闘用なのだから「恐怖」はない方が都合が良い。先程暗い通路で感じた恐怖が抑制された推測が現実味を帯びてきた。効果に違いがあるようにも思えるが、今回のはまるでスイッチが切り替わるような劇的な変化である。これは憶測にすぎないが、条件を満たしたことで発動する場合の効果とは別に、感情を抑制する二重の機能があるのではないだろうか？

ともあれ冷静さを取り戻すことができたのは僥倖《ぎょうこう》である。どうやら真っ向勝負では強化されたこの肉体と言えど分が悪い……というより何かあっても良いように、こちらのスペックに合わせて設計しているであろうことは予測しておくべきだったと今頃気が付いた。

考えてみればこのスペックの怪物が暴走した場合、どれほどの被害が出るか想像がつかない。ならば封じ込めることができるようにはできていて然るべきだ。普段ならこれくらいのことはすぐに思い付くはずなのだが……もしかしたら知能低下などのデメリットもあるのかもしれない。

しかしそうなると正面からぶつかるだけではこのゲートを突破できず、このままここで餓死する未来が見えてくる。どうしたものかと顎に手をやり考えるポーズ。

（バカ正直に真正面からゲートに当たったところで、壊す前にこっちが壊れる。ならどうする？普通のやり方ではダメ。電気を引っ張ってくるのも無理。出入り口はあのゲートのみ……あったとしても通風孔のようなものがあるくらいだろうし、そんな場所に俺が入れるわけがない）

「ならば通風孔を見つけて拡張。通れるようにするか？」と考えたところで何かがまとまりかけた。

（ゲートの破壊は現実的じゃない。でもゲートを通らなければ外には出れない……いや「ゲートを通る」必要はない。ただ扉の向こう側にさえ行くことができれば、それで良いんだ）

俺がゲートをじっと見る。分厚く、頑丈で俺の全力でもビクともしない。この先に地上に通じる昇降機がある。ならば――。

地下に響く轟音。その度、地面には硬い岩の塊が転がる。直面した問題を前に俺が閃いたものはと言うと――ゲートが無理なら迂回すれば良い。つまり、穴を掘ってゲートの先に行くという手段を取ることにした。

幸いというべきか、この肉体能力ならば外壁の破壊は容易にできる。最初は「ゲートのすぐ横を破壊していけばいけるのではないか？」と思い、早速行動に移ったのだが、思った以上にゲート本体が横に長く、結局岩盤も叩くことになった。

岩盤の掘削には少々手こずってはいるものの、あのゲートを破壊するよりかは余程現実的だ。拳や蹴りでは破壊することが難しくなれば、戻って適当な金属部品を拝借。それを楔《くさび》のように打ち込んでは次々に岩盤にめり込ませて切り取り削っていく。

これを繰り返し「そろそろ道程の半分は超えたか？」という辺りで俺の手足が限界に近づいてきた。具体的に言うと痺れてきた。俺は手をプラプラさせながら掘った横穴から這い出ると、体についた土埃を払い大きく空気を吸う。どれほどの時間が経過しただろうか？

ただ一心不乱に掘り進めていたので時間などわからないし、時刻を知るには俺が目覚めた場所まで戻る必要がある。当然そんな無駄なことをするつもりはなく、そもそも戻る道など覚えていない。

少し体を休めたところで、削岩再開——と思ったら土が出てきた。

（あー……これもしかして反対側掘ってたら楽にいけてたかもなぁ）

掘る場所次第では楽に行けた可能性もあったかもしれないが、ここまで来たのなら後の祭りである。ともあれ残りはさっくりと掘り進み、ゲート横の外壁を破壊。空いた穴にこの巨体を強引にねじ込み、更にそこから力業で抜け出ると、そこはやっぱり真っ暗な空間だった。

周囲を軽く探索してみたが、ここも電気が止まっているらしく全ての機器が反応しない。詰め所と思しき場所には中身の入った酒瓶が幾らかあったが、流石に飲むことが躊躇《ためら》われる。缶詰を発見したことで、空腹感があまりないことについて考えてしまうと同時にある問題が浮上した。

（飯、どうすればいいんだ？）

時間が経過しすぎてこの施設にある保存食など到底食せるものではない。「この体ならばあるいは……？」などと考えてしまうが、流石に御免被る。この姿で腹を壊した状態など想像もしたくない。

（ま、飯のことは外に出てから考えよう）

真っ暗な広い通路の先に進み、目の前にあるのは俺でも何とか入れる通常サイズより少しだけ大きい昇降機。

（六十メートルかぁ……）

電気がない以上、俺はここを自力で登らなければならない。扉をこじ開けると生暖かい風が俺の体を撫でた気がした。埋められていなかったことは確実であり、外と繋がっていることを確信せずにはいられない。

かご室は上にある――と言うことは目の前にあるワイヤーで登った後、底をぶち抜くか持ち上げるかして扉を開けることになる。ロッククライミングのように外壁をよじ登るでも良いが、そこは臨機応変に対応していこう。そんな風に考えていたのだが、梯子《はしご》があった。

流石にこの体には小さすぎるのだが、足の指が何とか引っかかるのでないよりは遥かにマシである。この梯子と昇降機のワイヤー、それに所々ある外壁の出っ張りを使い順調に登っていく。体が大きいおかげで手足を置く場所に困らない上、手と足を思い切り伸ばさなくとも壁に届くのでホイホイと登っていける。

最後の障害がこんなあっさりクリアできて良いのかとも思ってしまったが、天井――つまりかご室の底が見えてきたところで俺は選択を迫られる。

（さて、こいつをどうするか？）

選択肢としては「ぶち壊す」か「持ち上げる」の二つくらいしか思い浮かばない「下に落とす」というのもあったが、この図体ではそもそもかご室の上に上がれない。取り敢えず背中に乗せるようにして体を持ち上げてみるとあっさりと動いた。

掛かる負担もそれほどでもなく、このまま行けるかと思ったが出口がどうやら反対側にあるらしく、一度下りて場所を変える。扉を開けやすい中央に陣取り、もう一度同じようにかご室を持ち上げつつゆっくりと登っていく。腕が入るほどの隙間ができ、伸ばした片手に扉をこじ開けようと力を込める。

（よし、いける！）

確かな手応えがあった。そのままねじ込むように指が僅かに動いた扉の隙間に滑り込ませる。指が一本入った。扉は開く、開けることができる。僅かではあるが、開けた先から光が漏れる。

後はこのままかご室を持ち上げれば良いだけ——そう思った直後、足場として指をかけていた梯子が崩れた。二百年という歳月故の老朽化か？

それとも俺が重すぎたか？

その両方という線が濃厚だろうが、俺が持ち上げようと力を込めたことも要因の一つだろう。俺の片足を宙ぶらりんとなったことで、かご室の重量が扉の隙間に入れた指に伸し掛かる。

「がぁっ！」

「痛ってぇ！」と小さく叫んでしまう。反射的にワイヤーを掴む手を引き体を上へと持ち上げる。かご室が浮き指にかかる圧力が消えると体勢を変え、最早遠慮は無用とばかりにガッコンガッコンと揺さぶり、跳ね上げながら力業に訴える。

隙間に通した指をさらに奥へ、背に伸し掛かる重みなど知ったことかと強引に、荒々しく扉を抉《こ》じ開け片腕を通す。昇降機の扉から出た手を床に食い込ませて掴む。もう片方の手が扉にかかり、思い切り掴むと体を引っ張り上げ少しずつ扉を押しのけながら腕をねじ込んでいく。

両腕がしっかりと扉の先へと辿り着く。ここまでくれば後は時間の問題である。両腕を広げ、扉を抉じ開けつつ体を引っ張ると扉の先が見えた。恐らく、出入り口となるこの部屋は厳重に施錠されていたのかもしれない。

しかし二百年という歳月か？

それとも戦争の爪痕か？

天井が僅かに崩れ、そこから光が差し込んでおり、侵食した植物が部屋を半分近く埋めていた。

（ああ、ここから抜け出せば外だ）

こんなことで感動をすることになるとは思わず、涙は出ないが目頭が熱くなったような気がする。

それからしばらく扉やかご室と格闘し、やっとのことで扉の隙間に体をねじ込むと、芋虫のように体を揺さぶり這い出た。すると昇降機のかご室が落下。轟音が響いた。

映画だと炎でも吹き出してきそうだが、しばし落下先を見続けたがそのようなことはなく、俺は手足を広げそのままぶっ倒れた。肉体的な疲労はともかく精神的にはもう限界だ。

（と言うか情報が欲しい、整理したい、全く足りてない。そのためには……）

僅かに光が漏れる天井の亀裂を見る。地上へは出た。外の世界まで後少しだ。二百年ぶりの地上——と大げさに言うものの体感では多分二日ぶり程度。隙間から見える太陽の位置から今は昼前と言ったところだろう。天気も快晴で旅立ちには最高と言える。旅に出るかどうかは不明だが。

日光浴と洒落込みたいくらいではあるが、残念なことに俺の周囲……いや、見渡す範囲が薄暗い。何故か？

その疑問に答える前に俺も一言言いたい。「どこだよ、ここ？」と——施設の外に出て見渡した周囲は緑、緑、緑——森というより、手つかずの自然そのままと言った感じである。

（こんな場所帝国にあったか？　こんな自然豊かな土地が帝国にあるなんて聞いたことないぞ？）

やはり時間が経ちすぎているのか？

まさか帝国が新たに領土を獲得した？

幾つもの可能性が頭に浮かぶが、そのどれもが「流石にそれはないだろう」と頭を振るようなものばかり。考えていても仕方がないので、取り敢えず周囲をよく観察してみることにする。

（一応植物は見たことのあるものばかり……位置的には帝国領だった場所から然程《さほど》離れてはいないと見るべきか？）

そもそもの話、俺は意識がなかった時に移送されているわけである。体が既にこの状態であろうとなかろうと、冷凍睡眠装置などという大掛かりな物がホイホイ用意できるとは思えない。

よって、ここは元帝国領であることはほぼ確定と言って良い。流石にここまで大規模なドッキリを仕掛ける意味がわからないので、これはもう「冷凍睡眠装置で二百年以上眠っていた」という部分は確定にしても良さそうである。

（となると、緑だらけのこの状況には何かしら原因があると言うこと——あー、戦争がどのような形で終着したか気になってきた。まさかこんな状態のまま放置して戦争継続とかあり得ないだろうし、どこかの領土になってるなら、これだけの土地をこんな状態のままほったらかしとか考えにくい。いや、西側だったならあり得るが……東側でも事情次第では……ダメだ。判断材料が少なすぎる。これは少し施設地上部分の調査に時間を割くことも視野に入れるべきか？）

しばしその場に立ち止まりうんうん唸ってはみたものの、考えがまとまる気配はなし。「考えていても埒《らち》が明かない」とまずは動くことを優先する。とは言うものの、動くのであればまずは情報が欲しい。特に現在位置情報。

何をするにしても、地理の把握に現在位置の確認は必須であり、これからの行動を決める判断基準にもなる。それに水や食料も手に入れなくてはならない。今はまだ空腹や喉の渇きを感じていないが、これで「強化故に感じにくいだけで無理が利く」とかであるならいつ危険な状況に陥ってもおかしくはない。

何せコールドスリープとは言え二百年以上眠っていたのである。睡眠はともかく、飲まず食わずが続いてる現状では水と食料は可能な限り早く確保したい。これだけ自然が多いのであれば、食べられる物が何かしらあるだろうが、如何《いかん》せんこの巨体である。

野生の木の実など食べたところで腹の足しになるのか怪しく、それ以前に食べられるものがあるかもわからない。いっそ獣でも狩った方が良いかもしれない。しかしそうする場合、今度は「生で食う気か？」となり、火をどのように調達するかという問題が発生する。

（そうだ、一度戻って使えそうな物を何かに入れて持ち運ぶか？　こんな体になっても道具は扱えるならあるに越したことはないはずだ）

そんなわけで一度施設地下へと戻ってみたのだが……目の前には土砂で埋まったゲートがあった。ゲートは無事でも周囲の老朽化は深刻なレベルだったのか、そこに俺が横穴なんぞ掘ったことで限界を突破。後は六十メートルからのあの落下による振動がトドメにでもなったのだろうか？

俺があれだけ苦戦したゲートは、僅かにその痕跡を残し土砂に埋もれ、研究施設への唯一の道が完全に消え失せていた。誰がどう見ても戻ることは不可能な状態である。これは無理に掘ろうものなら「自分まで埋まりかねない」と判断し、肩を落とし諦める。

「ゴッハァァァ……」

俺は大きく溜息を一つ吐くと、せめて周囲に何かないかと探してみる。そして探すこと小一時間――俺の持ち物はこのようになった。

・リュックサック：背負えないけど小さな荷物は全部これに入る。密封されたロッカーに入っていたためまだ十分使えるのが良い。色は濃い緑。
・空き瓶：お酒の空き瓶。水とか入れるのに使える。蓋も健在。比較的綺麗な物を三本。
・マッチ：ライターはどれも使用不可だったが、包装された状態の新品が三箱。まだ使えると信じたい。

はい、一時間探してこれだけの成果です。無能と思うことなかれ、大半の物は錆ついていたり破損状態が酷かったりで、とてもではないが使用に耐えうる耐久性が認められなかったためである。

（そりゃ二百年も経ってれば使える物なんてほとんどないわな）

むしろこれだけあっただけでも上出来とすら言える。欲を言えば使える刃物が欲しかったが、贅沢を言っていられる状況ではない。リュックを腕に通し……たかったが手で掴み、縦穴を登り施設から出ようとしたところで周囲を見渡す。

見事なまでに緑に侵食された廃墟——こちらは地下と違い「探すだけ無駄」というのがひと目でわかる。だがそれでもこの状況の手がかりくらいはあるかもしれず、無視するわけにはいかないというのが俺の知能で出した結論。

このでかい身体では施設地上部分は狭くて仕方がなく、正直探索どころではないのだが「見逃し」があるとどうにも気持ち悪くて仕方がないのがゲーム脳。まずは時間のかからない施設外縁部——周囲を回りながら何かないか見て回る。

外壁の破損に銃弾の跡や爆発物でも使ったような形跡があれば、少しは今後の推測の役に立つだろうとの判断である。ところがグルっと一周して見たもののそのような痕跡は一切見つからず、この施設はまさに「自然に朽ちていった」という有様だというのがわかっただけに終わった。

（やっぱ内部から資料とか何か見つけるしかないのかー）

しかしそう都合よく紙媒体で、しかも読めるレベルで保存状態が良好な物があるとも思えない。ましてやこの植物の侵食具合……この状態で無事な紙があるならもはや奇跡かファンタジーである。そして帝国にはそのファンタジー要素がほとんどない。俺は一度施設全体を見ることができるように少し遠ざかる。

施設を囲む所々崩れたコンクリート製の壁をひょいと乗り越え、何かないかと見渡したところで俺はその「何か」を発見した。入り口——緑に覆われた壊れた門に何かが貼り付けられている。それは金属製の板であり、何かが書かれていた物であることがすぐにわかった。

俺は近づくなりその周囲の蔦や葉を毟《むし》るように引き千切り、看板の役目を果たしていたであろう残骸を注視する。文字のほとんどは消えかかってはいるが、断片から読み取るには十分であり「立ち入り禁止」のマークと合わされればそこに何が書かれていたは想像に容易い。

その内容を簡単に言えば——「汚染地区につき立入禁止」である。欠けてほぼ読めない部分を補完し、もっと詳しく言うならば「重度汚染地区指定に付き閉鎖、立ち入りを禁ず」と言ったところだろう。俺は探索を即座に中断し、全力で廃墟を後にした。

どれほど走っただろうか？

少なくとも十分近くはこの鬱蒼《うっそう》とした森を走り続けたので、それなりに離れることができたことは間違いない。とは言え、得てしてこういう場合の体感時間は当てにならないものだが、今の体は身長が三メートルはある巨体。走る速度が違うのだ。

もっとも、その大きな体故にあっちこっちに接触し、しっかりと走ることはできなかった。しかし、それを補って余りある速度が出せる肉体であることが確認できたので良しとする。

（それにしても、本当に高い能力を持った肉体だな）

自分の足の速さにもびっくりしたが、恐らくこの体に慣れればもっと速く走ることもできる気がする。と言うか確実に可能だ。こういった分析が冷静にできるくらいには現在の俺は正常である。

「汚染」――と言うからには化学物質による汚染と思われるが、そもそも帝国領で起こったことと考えるとそれしかない。加えてそんなことが起こりうる科学技術を持つ国と言えば――帝国《うち》だけだ。

（おう、祖国。何やってくれてんの？）

北のカナン王国でも科学は取り扱っているがその水準は帝国のそれを遥か下回る。とてもではないが候補に入らないどころか考慮する余地すらない。東のセイゼリアに至っては魔法国家である。科学一辺倒のフルレトス帝国内で魔力による汚染――それも重度のものを引き起こすなど地形が変わる規模の変化でもない限りあり得ない。西も同様だが、自然崇拝が盛んなエルフ国家が汚染なんぞ引き起こすかと言えば、その可能性は限りなく低いと言わざるを得ない。

最後に南のレーベレン共和国とハイレ連邦だが……レーベレンのような小国にそんな実力があるはずもなく、領土に関して貪欲極まりないハイレに至っては、大戦中にセイゼリアに戦争を仕掛けられており、帝国領土でそのようなことが行えるわけもなく、こんなことをする余裕が当時のあの国にあったとは到底思えない。となれば答えは一つしかない。

（帝国の自爆だな。間違いない）

自国と言えどこの信頼よ。カナンと戦争中にトンデモ兵器をホイホイ作ってその度に爆発事故を繰り返していればそのような考えも定着する。「今回の重度汚染は一体何をやらかしたのやら」と呆れる他ない。まさかとは思うが、この鬱蒼とした森林地帯全域が「重度な汚染」の影響で誰も人が寄り付かなくなりできたものではあるまいな？

だとするなら森林地帯全域がアウトである。と言うか大陸最大の領土を持つ帝国がどこもかしこもこんな状態だとしたら、凄まじい緑化運動である。祖国の一大プロジェクトに思わず危機感を抱いてしまうが、未だ汚染が残る状態であるならば植物に何かしら異常が見られるはずである。

だがそのような光景は未だ目にしておらず、周囲を見渡しても見知った植物と昆虫しか見当たらない。当然奇形のようなものはおらず、汚染は過去の物であるという可能性も十分ある。後は希望的観測にすぎないが、この肉体が化学物質による汚染に強い可能性だってある。

こんな状況だからこそ焦りは禁物。まずは当初の予定通り、周囲の地形の把握と現在位置の確認を優先する。なお、施設探索は現状の凡その原因に見当が付いたので必要ないものとする。取り敢えず周囲を見渡してみるのだが、この身長を持ってしてもこの森の先を見ることは叶わないほどに木々が成長している。

と言うわけでいっちょこの身体能力を活かして垂直跳び。ドン、という大きな音を立て地面を蹴ると、頭上の枝をバキバキと粉砕し雲一つない青空が視界に広がっていく。ビックリすることに自分の身長くらい飛んでいた。

（これ、着地大丈夫か？）

増えに増えたこの体重を支えるだけの強度はあると信じているが、やっぱり怖いものは怖い。正面に見える景色には丁度良い高所が近くにはなく、ただただ森が広がっておりこの方角に進むという選択肢は消えた。

少し心配だった着地も、ドスンと両足が地に着いたところで痛みもなければ痺れもない。ただ衝撃と音にビビった鳥が飛び立ったことくらいだ。「いやはや、本当にお強い体なことで」と感心しっぱなしである。

今度は反対方向を見るために体を百八十度回転して再び垂直跳び。するとあるではありませんか——小さいながらも切り立った崖が。少なくともこの周囲を一望できるくらいの高さはありそうだ。距離もそこまで離れておらず二、三十分も歩けば着けそうである。ちなみに全力で走るには木が邪魔すぎる。

さっきの全力疾走でも無駄に広い肩幅のおかげでガッツンガッツン木に激突していた。木々の密度が少し高いこの辺りではランニング程度に押さえて走るのが正解だろう。二足歩行ではなく両手も使ったものを「ランニング」と称して良いのかどうかはわからないが、ニュアンス的にそんな感じなので問題はないだろう。折角なので走り方を最適化しつつ目的の崖に向かう。

わかってはいたが兎に角勝手が違う。体の重心もそうだが、身体能力がデタラメに高く、その制御に神経を使うあまり周囲の地形の把握が覚束ない。結果、ちょっとしたものに脚や肩をぶつけることが多く、勢い余って自然に自然破壊を行う体たらくである。

これには「自然に慣れるのを待つのではなく、自分から慣らしていく必要がありそうだ」と考えるくらいには危機感を持たざるを得ない。野生動物程度に負けるつもりは微塵もないが、魔獣とも呼ばれるモンスターや人間の集団が襲いかかってこないとも限らない。

特に人類種に狙われた場合、状況にもよるだろうが「危険な生物」と認定されれば多少の犠牲は払ってでもこちらを狩りに来ることが予測される。流石にそれは勘弁願いたい。何かあってからでは遅いのだ。

「体への慣れは時間を割いてでもやるべきである」というのが、えっちらおっちら走りながら出した結論である。さて、色々と考えているうちに目的の崖が見えてきた。視認できる距離まで近づいたところで凡その高さが把握可能となってくる。

（んー……まあ、俺が跳ぶよりかはずっとマシか）

正直少々がっかりではあるが、じっくり見渡せば何か見つかるかもしれない。何はともあれこの小さな崖を登ってみないことには始まらないので、足場となるような場所を探す。そうして探すこと約一分――この巨体の足場なのだからあるならすぐに見つかるだろうとは思っていたが、本当にすぐに見つかるとは思わなかった。

バカでかい階段状になった二～三メートルほどの高さで三段あり、跳べば簡単に登れるお遊戯レベルのアスレチックが俺の目の前にあった。足場としても十分の広さがあり、今の肉体スペックでこれを危ぶむ理由はない。もう少し崖に見えたこの場所を見てみたところ、何故かこの周囲だけがせり上がっているような奇妙な地形だった。

どのようにしてできたものなのか少々気になるところではあるが、今はその原因を究明する時ではないので一段一段を確実に登っていく。さてさて、何か見覚えのあるオブジェクトでもあれば良いのだが、と期待していたが、またしても見渡す限り緑、緑、緑……緑しかないこの景色に俺は黙って頭を抱える。

地形の凹凸こそあれ、人工物は勿論のことながら「自分が今どの辺りにいるか？」の指標にすらならない光景には目眩《めまい》すら覚える。辺りを見渡せばここよりも高い位置にある場所はあるにはあり、ここと同程度ならばそれなりに点在している。

だが目に見える範囲で最も高いのは、最早「そびえ立つ一本糞」としか形容できない足場もなさそうな突起物。言い方は汚いが、そんな棒みたいな岩肌がにょっきりと森から生えている。

（こんなオブジェクトが存在する地域なんて知らないぞ）

可能性として戦争の結果、あのようなものが発生したというケースも考えられるが、流石に俺の記憶からでは該当するものがない。取り敢えずここが「俺の知識にはない土地であることはわかった」くらいのことは負け惜しみでも言っておく。

残念なことに俺にはロッククライミングの経験もなければ、知識や技術も持ち合わせていない。そもそもこの巨体である。人が生み出した技術が使えるとも限らず、その知識が正しく作用するかもわからない。物理的に考えるのであれば、増えすぎてしまった体重を支えるだけの腕力はあると思うのだが、掴んだ場所が崩れる可能性は十分に考えられる。

今は無理をするより安定した行動という方針だ。というわけで川でもないかと目を凝らして緑一色の大地を見渡しているのだが……見当たらない。ちなみに研究施設はギリギリ見つけることができた。緑に侵食されすぎて外壁が一部どうにか見えるくらいで、この距離では注意して見なければそこに人工物があるなどとはとてもではないが気が付かない。

そうやって注視し続けていて一つ発見があった。同じ場所を注意深くじっと見ていると、まるで望遠鏡の倍率を変えるように視野が狭まり遠くのものがよく見えるようになったのだ。それを何度か繰り返すことで見事に感覚を掴むことに成功。

程なくして俺はほぼ自由自在にこの機能を使うことが可能となった。色々試したところ、遠くのものを見るだけでなく、近くのものをより詳細に見ることもできた。要するに「ズーム機能」である。

何をどうしたらこんな能力が備わるのかさっぱり不明だが、あって困るものでもないので素直に受け入れる。

（いやまあ、兵器として投入するのだからあっても損はない能力なんだが……）

一体どういったコンセプトでこのような能力を備えることになったのか？

その経緯を少しばかり知りたくなった。ともあれ、ますます人間離れしていく我が肉体……まあ、既に見た目がかけ離れすぎているので今更ではある。さて、折角手に入れた——というより発見した能力を使って川はないとしても水場を探す。

また、この場所から自分の現在位置を探り当てるのは諦めた。今はまだ太陽がほぼ真上に位置しているので、日が傾き次第方角を決めて移動することにして、今は生きるために必要な水を探すことを優先する。

そんなわけで新たに体得したこの望遠能力を確認がてら、このどこまでも広がっていそうな森を高所から見下ろしていたところ、自然物とは思えない色合いが目に映った。そこを限界まで拡大したところ、緑に覆われていながらも見える「白っぽい布地に赤のライン」という明らかに人工物にしか見えない物を発見。

ここからではそれが何なのかは判別できないが、確認しに行く価値はあるだろう。幸い、と言うべきか研究施設とは反対の方角であったため、その関係性はそこまで高くはないと思われる。ならば汚染の心配も薄れる上、場合によっては何か良い物が手に入るかもしれない。

早速崖を降り、見つけた人工物の下へとのっしのっしと移動する。流石に距離があってすぐには着かなかったが、道中何事もなく日が少し傾く頃には到着できた。それに近づけば近づくほど、俺は遠くから発見したそれが何であるかわかってくる。

手を伸ばせば触れることができるほどの距離まで近づき、森の中に落ちたそれを見上げその姿を見て確信する。バカでかい丈夫な布地のようなものと、割れたガラスの先から見える「操縦席」とでも言わんばかりのもの——。

(飛行船か……)

どうやら人類はまだ空を諦めていなかったようだ。怪鳥に竜……仮にそれらを除いたとしても空を飛ぶモンスターは無数に存在し、人類はその脅威から逃れる術を持っていない。そんな中、落ちれば死ぬような人類が空に浮かべばどうなるか、などわかりきった話である。

(それでも、諦められない理由があるってのはわかるんだがな)

「空を制する」——この意味がわからない馬鹿はこの世界にはいないだろう。軍事に流通、その利用価値は計り知れない。一体どれだけの富を生み出すかなぞ想像もつかないだろうし、革命だって起きることは間違いない。だが、それができた試しはない。

「やるだけ無駄」と誰しもが諦めていたはずなのにまだ挑戦する者が今の世にはいるようだ。

（となれば、こいつがいつ頃の物なのかが気になるな。墜落して燃えていないということは魔法技術が主軸か？　となると東か北か……）

どこが作った物なのかわかれば見えてくる情報もあるだろうが、パッと見では情報はなし。これが墜落した時期が特定できたのなら手に入る情報は多く、何より積荷である保存食が残っているのであればまだ食える可能性もある。まさにこの飛行船の残骸は可能性に満ちていると言って良い。

少しばかり自分の運の良さに驚きはしたが、そもそもこんな姿になってしまっているのだから、どこかで埋め合わせてくれなければそうそうに余生をリタイアしそうだ。そんなわけで早速調査を開始したわけだが……一言で言えば探し甲斐がなかった。操縦室の他にあったのは座席以外ない小部屋と小さな小さな貨物室。

こちらが大きいのもあるが、中に入って探すことなど不可能なので壁や扉を引き裂いたのだが体を滑り込ませるので精一杯である。仕方なしに外側から探っていたところ、出てくる出てくる白骨死体。原形を留めていないものを含めて恐らく合計四人分の骨が見つかった。

一部齧《かじ》られている部位があったことから何があったかはあまり想像したくない。残った衣服からどの国のものか判断がつくかとも思ったが、二百年もあれば当然の如くデザインが一新されており何の判断材料にもならない。

ともあれ、この墜落した飛行船での収穫は主に二つ。一つはこの缶の中に入った非常食。帝国産の缶詰ほど信用があるわけではないが、まさか無事なものがそこそこの数手に入るとは思わなかった。

次に情報——俺としてはこちらの方が非常にありがたい。何せ、この飛行船は一八六七年に落ちたものらしい。つまり二百年経過が確定し、施設で知り得た年代からこの飛行船は五年前に墜落したものであると思われる。これは船員の日誌がまだ読める状態で鞄の中に入っており、それがカナン王国語であったことから多少読むことができたため得られた情報だ。

カナン王国は帝国の北に位置する魔法と科学を両立させた王政国家であり、最初に帝国と戦端を開いた国家である。俺が学校に通う年齢の頃には既に戦争をしており「敵性言語を習うとはけしからん」などという教師もいた。

それを表立って言われた時は「それだと諜報員とか育てるの苦労しません？」という風にやんわりと返したところ、いつの間にか「スパイ志望」に置き換えられて大変苦労する羽目になった。

そもそも諜報員のような忍耐を必要とする職業は俺には向いておらず、こうして大きくなってしまった指でページを捲るのが地味に辛く、途中で何度か投げ出したくなるような奴がなれるものではない。

それにしても第一外来語にカナン王国語を選択していたことがまさかこんなところで役に立つとは……何が起こるかわからないものである。わかっていたならもう少し真面目に勉強していた。

「二百年のブランクがあるんだから読めない部分が多いのは仕方がない」と大体二日前に目を覚ま

した年金暮らしのはずの元帝国兵は自分に言い訳をする。取り敢えず日誌からわかったことと言えば、この飛行船は試験として飛ばされたものらしく、案の定というか飛行生物の襲撃に遭い墜落した模様。
俺の目が覚めていた時代でもお約束な出来事ではあるが、いざそれを目の当たりにすると笑えない。ちなみに日誌はほとんどが役に立たない情報ばかりで、わかる範囲ではひたすら上司に対する恨み言が書き綴られていた。読めない部分を補完しつつ意訳するとこんな感じだ。

「ふざけるな、俺が希望したのは空飛ぶ棺桶の乗員でもなければ実験台でも探検家でもない。俺は、確かに『最新鋭魔動機のテスター』を志望した。これのどこが『最新鋭魔導機』だ？　どう見ても百年前にもあったガラクタか骨董品だろうが。○○○（翻訳できず、恐らく人名）よ、お前さんはきちんと栄養を脳にまわしているか？　毛のない頭に幾ら栄養を送ろうがもう手遅れ、無駄なんだよ、脳みそに送れ、脳みそに。後口がくっせ、歯磨け」

ここから先は全部罵詈雑言《ばりぞうごん》なので割愛するが、二日目も似たようなものとなっている。

「おいおいおいおい、飛ぶのはいいがずっとこの速度で飛ぶつもりか？　てっきりどんどん速度上げていくものだと思ってたぞ？　これじゃフライニードルの格好の的だろうが。ああ、あの無駄に目立つ赤い模様は得点計算のためか？　おう、冗談で言ってると思ってるのか？　俺は自殺志願者じゃねーんだ、今すぐ引き返して降ろしてくれ」

ちなみに「フライニードル」は別名で正式名称は「カタルンヤ」と言い、見た目は体長五十センチメートルほどの細長い羽の生えた魚。「飛杭魚」の名前の方が有名で、鉄板も余裕でぶち抜く硬く鋭く尖った口が、時速百二十キロメートルで飛行物目掛けて飛んでくる。ぶっちゃけ、今の俺でも耐えられる自信がない危険極まりないモンスターである。

「クソが。昨日は日誌を見られてぶん殴られた。ふざけるな、やっぱり俺が言った通りに襲撃されて飛行継続不可能とか言ってんじゃねーか。『このままだと後三時間保たない？』そう、関係ないね。もう俺しーらね。さっさと落ちろ、俺だけでも絶対逃げ出してやるからな」

どうやら飛行船は三日程で落ちたらしく、乗員の忠誠度も低いことからその結果は「お察し下さい」と言ったところだろうか？

一見すると役に立たない情報だが、無事な保存食が多いのは緊急事態故に、手を付ける余裕がなかったのが理由だと推測できた。問題は中身だが、カナン王国の技術力なら五年くらいは保つ……と思いたい、というか保って欲しい。

帝国産と違い缶に蓋をするタイプのものなので魔法的な技術の介入がなければ正直怖くもあるが、開けてみないことにはわからない。俺は人間の拳大ほどのサイズの缶を一つ摘み上げるとじっくりとそれを見る。

記憶が確かならば開封のための専用の道具があったと思うが、そんな物は今の俺には必要ない。つまりは力任せ——缶ごときが今の俺の腕力に耐えられるはずもなくあっさりと粉砕され、中から出てきたのはカチカチのパン。要するに定番の乾パンだ。

カビの有無を確認し、ないことがわかると爪を使って引っ張り出しそれをポリポリと食らう。

「ないよりマシ」

そんな言葉が鮮明に脳裏に浮かぶ。

(栄養考えてドライフルーツか何か入れることはできなかったのだろうか)

数はあるのだが、如何せんこの体形——一日は確実だが、二日分となると少々怪しく思える。まあ、この量では先延ばしが精々と言ったところである。半分以上が破損していればこんなものだろう。加えてこの水分が飛んだカチカチ感では、喉が渇いたわけでもなく水が欲しくなる。やはり水源の発見は必須である。

リュックサックに入るだけ保存食を詰め込み、比較的状態の良い木箱に残りを詰め込みそれを片手で持つ。軽く歩いてみて「大丈夫そうだ」と判断した俺は墜落した飛行艇を後にする。収穫がないわけではなかったが「もうちょっと何かあっても良いんじゃあないかな?」とガオガオ呟く。

走った場合の振動で分解しないか怖かったが、幸いなことに木箱は壊れることなく俺に運ばれている。荷物は増えたがこの程度なら今の俺には問題ない。

(飛行船……それもあまり速度が出ていないもので三日の距離。カナン国境からそこまで離れていないとなると……東に向かってみるか)

現在のカナン王国の領土がどのようになっているかはわからないが、地理的に東に向かうことで「グラッシェル」という町かそこに繋がる経路が見つかるはずである。まだ町があるかどうかは不明だが、都市の跡地でも見つかれば戦争がどのような形で終えたのかくらいは想像ができるようになる。太陽の位置から方角はもう把握できている。

(まずは東――そこから先は臨機応変に、だな)

こうしてリュック片手に木箱を抱え、体を慣らすように色々と試行錯誤しながら東へと向かう。両手が塞がっているという状態は思いの外この体には都合が悪いらしく、しっかりとバランスを取る必要があったが、訓練と思えばこれくらいどうということはない。

曲がりなりにもこっちは軍人。新兵と言えど、軍事訓練にはしっかりと参加していた身なので「この程度のことで音を上げるなどありえない」と疲れ知らずの上がりまくった身体スペックで言う。もっとも、訓練を受けていた期間はもあまり長くはないので本来のものを全て知っているわけではない。

それで新兵と名乗れる辺りを帝国の余裕のなさと取るか、それとも訓練時間を短縮できる兵装を持つ強大さと解釈するかで、現代の歴史家が言い争っているならば終止符を打ってやりたいところだ。「がおがお」としか喋ることができない俺に何かできるはずもないが、こういうのは想像して楽しむものである。何せ「自分がモンスター化して二百年後の世界で目覚める」など非常の極み。どうにかして楽しみでも見出だせなければやっていられない状況だ。

そんなこんなで日も傾き、もうじき夕方になろうという時、俺の嗅覚が何かを捕らえた。そう、臭うのだ。もっと言えば、ぶっちゃけ臭い。俺は自分の嗅覚を信じ、誘導されるようにフラフラとその先へと歩いていく。すると予期していないものが視界に入った。

「え？　何で川が見つかんの？」という疑問が聞き慣れた「がっがっ」という声で出た。予想外な発見にしばし川を見る。水場は見つかった。それは良い。だが先客……というより先住民がいた。

「ギャイギャイ」と煩い、やたらと群れて害を成す腰巻一丁で子供サイズの緑のアレ……そうゴブリンだ。

（なるほど、臭いの元はこいつらか）

知識として「臭い」ということは知っていたがこれ程とは思わなかった。五感が強化されているが故のものなのかもしれないが、正しく「鼻が曲がる」という臭いである。初めて生ゴブリンを見て思うのはその不潔さ故の創作物との乖離である。

エロ動画でゴブリンに扮した男たちに女性が襲われるというのは割とよくあるシチュエーションだが、それは最早現実的なお話ではないからこそのネタであり、こんな汚らしいのであればそんな対象にはなり得ない。「そういうのが好き」という人もいるだろうが、ものには限度があるのだ。

加えて武器や防具がどの国でも発達したことでその脅威度は徐々に下がり、帝国に至っては精々田舎の農作物を荒らすが限界だったのが俺の知る実情であり、基本的に都市部に住む人間には関わることがなかったが故の無関心さが、それらに拍車をかけたのだろう。

またモンスターに出くわすような危険な場所をフラフラと女が歩くわけもなく、危険度で言えば真夜中に一人で出歩く方がよっぽど危ないくらいである。とは言え、上位種や他種族――例えばオーガや知能の高い魔獣などに使役されていた場合は少々話が違ってくる。

どこかの国で輸送中の馬車がオーガに率いられたゴブリンの集団に襲われ、乗っていた女性が酷い目に遭うというのは俺が生きていた時代でもあったことだ。帝国では銃があるのでそのようなことが起きたことはなかったが、他国で子供が攫《さら》われて筆舌に尽くし難い扱いを受けたというのはニュースになったことがある。そんな具合に連中は無視するには少々小賢しいのだ。

「よし、滅ぼすか」

そんな軽いノリで荷物をそっと降ろして「こんにちは、死ね」を敢行。ものの数分で十五匹いたゴブリンは肉塊と化した。特筆すべき点などどこにもなく、精々バラバラに逃げられたことで時間が少し予定よりかかってしまったくらいである。

そもそもサイズが前屈みになってる俺の半分くらいしかない。数字にすると百二十センチメートルくらいなので、体格差の暴力だけで片がつく。拳を振るうだけで「パン」と音を立てて呆気なく弾けるので、手加減して殴り殺す必要ができたほどである。グロ耐性はある方なのでゴブリンが弾けた程度では何とも思わないが、手が汚れたことには少しばかり頭を悩ませた。

また散らばった肉塊や、微妙に付着してしまった肉片などには辟易する。まあ、訓練中にイタズラで見せられた戦場の写真の方がまだ胃にきたし、すぐ近くに川があるのでこの程度なら問題ない。

ちなみに折角なので尻尾も使って殴ってみたが、加減がわからずゴブリン君が木の高さまで吹っ飛んだ。頭から落ちたのでそのまま首の骨を折って即死である。尻尾があることにはまだまだ慣れないが、これはこれで使えるようになったときのことを考えるとちょっとワクワクする。

そんなわけで無事何事もなく水場を制圧し、早速川の中に入ってみるが、深い場所でも膝下ほどの水深とあまり深くはない。また透き通っているおかげで底にいる魚までしっかりと目視できる。帝国にこんな綺麗な川があるのは驚きだが、臭いにも異常はないので「実はがっつり汚染されてます」なんてこともなさそうではある。喉の渇きは特に感じているわけではないが、血塗れの拳を洗い少しだけ水を飲む。

(臭い、味におかしな点はなく、見た目も透き通っていて綺麗な水だ。自分の体で試すのは気が引けるが、ここにゴブリンが住んでいたのなら大丈夫と信じたい)

後は腹を下さないことを祈るばかりだが、この体がそうなった場合、一体どうなるのか少しばかり気になる。実はまだ一度も用を足していないので、その辺りに関しては不安しかなかったりする。ともあれ、ここの水を飲むことができるのであれば、水の心配はなくなり後は食料問題となる。川の中からゴブリンの死体で死屍累々《ししるいるい》となった川辺を見渡し後始末に頭を悩ませる。

ふと「ゴブリンの肉って食えるのか?」と思ったが、ゴブリンは兎に角臭く、その死肉ともなれば口にするまでもない。嗅覚が向上した今となっては尚更だ。たとえ非常時であっても食べる気にもならず、これの始末をどうしたものかと頭を悩ませるくらい使い道が思いつかない。

「魚の餌にするのが精々といったところだろう」と死体の一つを試しに川の中に放り込みしばらく観察したところ、ちゃんと魚が食らいついていたのでどうやら死体の処理には困りそうにない。だが水質汚染に繋がりそうなのでこれ以上は止めておく。

(釣り餌には使えるかもしれない)

魚が水中の肉を突く様を見てそんな感想を抱いたが、残念なことに針も糸もない上に竿すらない。どうやらゴブリンの肉は撒き餌程度が限界のようだ。しかし死体の処理を全て川に任せるわけにはいかないので、半分以上は適当に遠くへ投げ捨てておく。きっと野生動物や昆虫が処理してくれるだろう。

と言うわけでゴブリンを適当に小さく引き千切り、肉を川へと投げて集まってきた魚に狙いを定める。貫手を意識し、狙いをつけた魚に向かい突く――が成果なし。その後も色々と試行錯誤してみたところ、手を広げて掬《すく》うようにして魚を川辺に放り投げるのが正解であると判明。

野生動物染みてきた己の姿に少し悲しくなってしまったが、人間とて自然の一部である。よって何ら恥じる部分などないといっそ開き直る方向で進める。そうでもしないとやってられない。環境どころか体そのものが変化しているのである。発狂しない自分を褒めたいくらいだ。

一先ずゴブリンの匂いが移らない程度の距離に荷物を移動させ、ここを本日のキャンプ地とする。せめて屋根のある場所を拠点としたいのだが、現状では望んだところで洞窟が関の山である。ゴブリンが使っていたであろう木と葉っぱを組み合わせた住居らしきものなど臭いが酷くて近寄りたくもないし、そもそもこの体では入ることなどできやしない。

「どこかに安全そうなねぐらとなりうる施設でもあれば良いのだが」と考えもしたが、二百年も経過してまともな形で残っているものが周囲にあるはずもなく「自作することも視野に入れるべきだろうか?」とも考えてしまう。となると建材は現地調達可能としても、道具を一体どこで手に入れろ、という話だ。

（何も持たないゼロからのサバイバル生活系のゲームには手を出していなかったんだよなぁ）

人間時代、帝国のゲームセンターにあったいつも人集りができていた人気ゲームを思い出す。いつ見ても誰かがやっているため、予約を入れようとしても十時間待ちとか当たり前。放課後くらいしかまともにゲームをできない学生だった俺ができるはずもなく、情報すら仕入れることがなかった。

所詮ゲームとは言え、サバイバルの基礎を学べたかもしれなかったのだからやっておけばよかったと少しばかり後悔する。

（まあ、過ぎたことは仕方がない。明日からは川を中心に探索を進めるとして……これが東西どっちの川かでも今後の方針が変わるんだよなぁ）

川を登ればいずれカナン王国には辿り着くだろうが、人間との接触についてはまだ良い案がない。見つかった場合どのように対処するかは今のうちに考えておいた方が良いのはわかっている。わかっているが、二百年前とどの程度違いがあるかで大きく変わる部分がある。

例えば装備――この体すら容易に切り裂くような武器が開発されている可能性もある。特に魔法技術に関してはド素人どころか全く何も知らないと言っても過言ではない無知っぷりである。それならば魔法国家である東西を避けて、北にある科学と魔法を両立しているカナン王国を目指した方がまだマシなのだ。

両立を目指した結果、どちらも中途半端であったカナン王国は現在の技術力を測るにはある意味で最適である。理由としては帝国が滅亡したと思われる今、その技術を継承している可能性があるのは周辺国ではカナン王国のみである。どの程度の武器を持っているかで今後の方針は当然変わる。

その最大値を知ることさえできれば、現代でどの程度俺が戦えるかわかるというもの。つまり対人における俺の生存力を測るためにはカナン王国の技術力は知っておきたいのである。魔法に関してはお手上げだ。いきなり眠らされるなりして無力化。気が付けば力を出せなくなっていて、見世物小屋とかオークションにかけられるとかありそうで怖い。なので魔法に重きを置く東や西の住人とはまだ接触したくはないのだ。

（いっそ、人間とは関わらないように……ってのも考えはしないんだけどなぁ）

やはり元人間としてその選択は取りたくない。しかしそうなるとやはり問題は山積みである。

（やっぱりまともに喋ることができないっていうのが大きい）

そう苦笑したところで気が付いた。俺が話すことができるのは「フルレトス帝国語」のみである。要するに恐らく既に滅んでいるであろう帝国の言語である。仮に話すことができてもこの姿では厳しいのではないだろうか？

考えれば考えるほどにドツボに嵌まるとはこのことか？

「問題が山積み」どころか問題しかない気がしてきた。

（なんかもう考えるだけ無駄な気がしてきたなー。いっそ開き直ってモンスターとして生きるか？）

だが、その場合どのような生活になる？

想像した瞬間「その生き方は無理だ」と諦めた。元帝国人として文明から切り離された一生など考えられない。現在の状況はまだ二日目だからこそ耐えることができているだけであって、これがずっと続くとなれば発狂する自信がある。

一ヶ月……それくらいならばまだこの体を楽しめるだろうが、それ以上となればきっと壊れる。どこかで折り合いを付けなくてはならないのは言うまでもなく、タイムリミットまでに俺は「何か」を見つける必要がある。

（この姿で生きていくためのものか……）

何も思い浮かばない。思い浮かばないが、この肉体のスペックの高さには素直に感心している。

（ああ、そう言えばまだまだこの体を使いこなしていないいんだったな）

時間があるので考えるのを止め、体を動かす練習をする。何を決めるにしよ、せめてこの体を使いこなせなくてはどんな選択をしても後悔しそうだ。もうじき日が暮れる。俺は時間の限り体を動かし、その感覚に己を馴染ませるよう訓練した。

ちなみに薄暗くなってきた頃にゴブリンの集団がやってきたので、キッチリ全滅させておいた。多分狩りに行ってた先住民のお仲間だろう。ゴブリンが手にしていたウサギもしっかりと強奪し食料も確保。

「残念だったな、お前らの居場所はエロ本とエロ動画の中にしかない」

そんな台詞を決めたところで出てくる声は「がおがおがお」――人間との遭遇時の不安が消えるのはいつになるのか？

「この体に早く慣れなくては」と焦りが生じるが、まだ目覚めて二日目である。俺は落ち着きを取り戻すと暗くなった空を見上げる。本日はここまでだ。俺はリュックから取り出したマッチで火を点けると、ゴブリンの住居の中にそっと入れる。

やはりというかしっかりと乾燥していただけあってすぐに燃え始めた。適当に拾ってきた棒を兎肉に刺し、焼けた部分からもそもそと食べる。肉の味しかしないのは仕方ないにしても、正直言って美味くはない。

魚も同じように焼いてみたが、こちらは兎肉よりかはマシなのは間違いないのだが、無性に塩が欲しくなる。特に空腹を感じていたわけではないが、食べられる範囲で味気ない食事を済ませる頃にはゴブリンのボロい住処は燃え尽きていた。

燃料となる家はまだまだあるのでしばらくはここを中心に動くのも良いかもしれない。俺は荷物を持ってくると適当な木の下に座り込み、その幹に背中を預け目を閉じた。眠気はないが体を休めることは必要である。こうして眠りに就ければ良かったのだが、結局一睡もできずに夜を明かす。

二百年も寝溜めしていたのだから二、三日寝ないでも平気なのは当然かとも思うので、これを平常として良いかどうかは疑問なので今後注意は必要だ。眠気もないので本日の行動には支障が出ることはないだろう。

さて、今日も良い天気だがここは臭うので上流へ行くことに決めていた俺は早速モンスターとエンカウント。丁度自分の力を試す相手が欲しかったので戦ってみたのだが、これが期待外れもいいところで、戦闘と呼ぶに値しない一方的な蹂躙《じゅうりん》となってしまった。そして浮上する新たな問題――死体の片づけ、である。

（食べるにしては大きすぎる。かと言って食べないというのも何だか申し訳ない）

こちらの都合で一方的に殺してしまった以上、せめて食ってやるくらいのことはするべきである。

選択としては火をおこして焼いて食う。多分これしかない。流石に生で食べるのは勇気がいる。水を飲むのとではワケが違うのだ。

というわけでワニの尻尾を持って引きずりながら拠点に戻ると、リュックからマッチを取り出し家主のいなくなった見すぼらしいお家を燃やす。ワニがデカすぎるせいではっきり言ってもの凄く焼きにくい。腕力任せの解体という名の引き千切り作業で手を真っ赤に染めながら、棒に突き刺したワニ肉を直火で炙りまずは一口。

ただ焼いただけの肉なので味気ないのは仕方がないと思うのだが、はっきり言うとかなり不味い。血抜きもしてないような肉を食べればそうなるかと気づいたまでは良いが、ワニは既にバラバラの肉塊になってしまっている。「やっちまった」と思いつつ、川に入って体についた血を洗い流す。

（不味いとは言え、奪ってしまった生命……どうしたもんか）

パチパチと音を立て川原で燃える見すぼらしい小さな家を見ながら、綺麗になった手を顎に考える。完全に肉の処理に失敗しているが、狩り自体はこの体のスペックならば容易であることは判明した。というより「確認できた」というべきだろう。この肉体の性能はわかっていたし、それに対抗できるような生物が果たしてどれだけいるか？

少なくとも俺の記憶には竜を始めとする例外的な存在くらいなものだ。俺は焼けた肉を再び口へと運ぶが、やはり肉質そのものの悪さも相まって喉を中々通らない。

（適当なところに捨ててくるか）

しばしの逡巡《しゅんじゅん》の結果、ワニの肉は廃棄することにした。流石に食べるに適した処理すらしていない肉を食うのは無理があった。もっと言えば帝国ではモンスターの肉を食べる習慣がなく、また食すために必要な措置等の知識が俺にはさっぱりないことが決め手となった。

そして今更だが「モンスター」という理不尽な生態を持つ生物故に、こんな大型であったとしても毒を持っている可能性を否定できないのだ。なので、これ以上食べることにはリスクもあったのでこの決断は仕方がない。以上を以って「不味い肉をもう食いたくない」という言い訳を終了とする。

折角の肉ではあるが、そもそも今の俺は一日三食食べる必要があるのかどうかも疑問である。いっそのこと「腹が減ったら適当に食べる」でも良いような気もしてきたが、自分の体のことなのに自分でもさっぱりわかっていないこの状況では、それは少々危険にも思える。

(食料事情に余裕ができたら試す。その程度で構わないか)

水場は把握できたし、食料についてもどうにかできる目処は立ったと見て良い。今後のことを考えるのであれば何かしらの着火道具を補充したいところではあるが、これればかりはどうしようもない。

「運良く町の跡地などで何かが見つかれば」という程度の希望しか今はない。

と言うわけでサバイバル生活二日目は探索である。条件の良い場所が見つかるまでは暫定的にここが拠点となるので、荷物は置いて出発だ。

(見つけたいものが多い。欲しいものも多い。でもその前に、現在地を確認しなくては始まらない)

予定通り真っ直ぐ北上したのは良いとして、何か目印になるようなものはないかと歩きながら周囲を見渡す。自然の侵食というのは思ったよりも速いらしく、かつての帝国領の面影は綺麗さっぱり消えており、建造物すらものの見事に消えていた。

辛うじてアスファルトで舗装されていたと思われる痕跡を見つけることができたが、ほとんどがかなり細かく粉砕されており、視界に入った程度ではそこらの石との判別は難しい。これは戦争があったが故に壊れてしまったのだろうとは思うが、それにしては痕跡が薄すぎるというのは少々違和感がある。

今の俺の身長の倍はある高さの木々よりも高い建築物は幾らでもあったはずなのだが、それらが全く見当たらないというのもおかしな話だ。「一体どんな戦争をしていたのやら」と帝国の末期にますます興味が湧いてくる。

既に帝国は亡きものとして見ているが、あったらあったで我が身の振り方をどうするか悩ましい。最悪モンスターとしていきなり攻撃をされる可能性だってある。と言うかその可能性が高い。更に酷いケースを想定するならば、過去の技術を解析するとかそんな理由で生きたまま解剖されるとか想像してしまった。勿論抵抗はするが、現在の帝国の技術力は未知数であり、今の俺のスペックでも対抗できるかどうかは不明である。

考えながら歩いた結果「ない方がさっぱりして楽」というのが出した結論ではあるが、それはそれで寂しくもある。家族の子孫がいるかどうか、というのもやっぱり気にはするのだ。

さて、川が見える位置をこのまま北上し続けるのは良いとして、問題が一つある。カナン王国から南に位置するフルレトス帝国に流れる代表的な川は全部で二つ。一つは西側にある「ヘナ川」――もう一つが東の国境沿いにある「レストナント川」だ。

問題は東のレストナント川が帝国の東側にあるセイゼリア王国との国境付近となっているためで

ある。そしてセイゼリアは「魔法国家」である。それも科学嫌いな魔法国家。正直、ここと上手くやっていける気がしない。

俺がまだ人間をやっていた頃は魔法に頼りきりな上、未開の土地が多く有り余った領土半分以上を腐らせていた国家だ。それ故に大量のモンスターが蔓延《はびこ》り、結果お国柄故の近代兵器お断りの傭兵業が盛んになって「退治屋」などと呼ばれるモンスターハンターがそこら中にいる国となっていた。

（今の俺と相性が悪いなんてもんじゃないんだよなぁ）

俺の今の姿はまさしくモンスター。こんな姿でうろついてたら何か起こらない方がおかしいとさえ言える。しかも帝国産の一品物というレアモンスターだ。一体どれだけのハンターに襲われることになるのか予想すら難しい。

むざむざ狩られるつもりはないが、相手は人間。元人間だから、という理由で殺人を忌避するつもりはないが、下手に殺すと討伐隊とか組まれてバッドエンドになりそうな未来が本気で見えてくる。人間だったからこそ、その恐ろしさを俺はよく知っているつもりだ。

新兵とは言え軍人だったこともあり、多少はやり口がわかっているからこそそのものでもあるが、個対組織を招くような真似をするつもりはなくとも、脅威となりそうならやってくるのが人間なのだ。関わるにしてもセイゼリアのようなモンスターを「狩り対象」と真っ先に見る国はご勘弁願いたい。

そういう意味で行くなら西――エルフ国家だ。自然崇拝がお盛んで「モンスターも自然の一部である」と言い、それを実践しようとしてゴブリンの巣に連れ込まれるアホがいる国家である。もしかしたら俺くらいなら受け入れてもらえる可能性も無きにしもあらず。

ちなみにゴブリンの巣に連れ込まれたアホは「そういう文化なんです！」と考えを改めない筋金入りだったと記憶している。「そんなんだから『エルフ×ゴブリン』のエロ本が絶えないんだよ」と言いつつも、何度かお世話になったことがある身としては、思い出しては自然に手を合わせてしまう。

この一件で帝国とエルフ国家の間で一悶着あったのだが、あまりにも下らない内容だったおかげで周辺国からは「何やってんだこいつら？」と白い目で見られていた時期があったりしたが、詳細は帝国の恥となるので割愛する。

「何でエルフと異種姦ものってあんなに色々あるんだろうな？」っていう疑問はそういう馬鹿が馬鹿をやるからだと思うんだ、と帝国に向かってエロ本片手に抗議活動していたエルフ議員を思い出しながら「ガッ、ガッ」と笑う。そこで思い出した。いや、思い出してしまった。

（俺のコレクション……絶対家族に見られてるよ）

顔を隠して転げ回りたい気分だが、この体でそんなことをすれば軽く自然破壊である。

「がーっ、がーっ」と恥ずかしさのあまり声が出る。そんなこんなで顔を伏せたり隠したり羞恥《しゅうち》に悶えていると、不意に冷静な思考が戻ってきた。

（あー、この感覚はアレだ）

地下施設で恐怖を抑制してくれた時の妙なクールダウンと同じ感覚である。どうやら羞恥心を抑制でもしてくれたのか、意外ほどあっさりと平静を取り戻すことができた。よくよく考えてみれば今の俺は全裸である。確かに羞恥心などあっては戦闘に支障を来すことは間違いなく、あっても不思議ではない。

「んなわけあるかバカヤロウ」と心の中で冷静にツッコミを入れる。どう考えてもこの機能は様々な状況でのブレーキ機能として備わっているものと見るのが自然である。例えば「怒り」——帝国が無事であったとして、目が覚めて自分がこんな姿になっていたならばどうするか？

わかりきった話だ。こんなスペックの化物が感情のままに暴れたらどれほどの被害が出るだろう。そうならないようにするための機能と思って間違いないだろう。「感情抑制機能」と一先ず名付け、頭の中の自分の能力一覧のメモに書き込んでおく。

ちなみに俺は今の姿が嫌いというわけではなければ、嫌悪感を持つようなこともない。もともとホラーゲームは大好物であり、自分の見た目はグロテスクなものでもなし、その性能に至っては驚愕の一言。現状そこまでこの姿に不満がないのはゲームのやりすぎだろうか？

それともまだ誰とも人間に出会っていないからか？

はたまた「そうなるよう」に調整されているためか？

「人は皆映画のような現実を心のどこかで望んでいる」

これはとある天才映画監督の言葉なのだが……否定はしないし、むしろ賛同するが我が身に起こるのであれば映画を選ばさせて頂きたい。ホラーやモンスター系のパニック映画ではなく、ヒーローものであって欲しかった。ちょっとエロ要素が多めのラブコメならもっと良し。

思考が脱線してしまったが、この体でできることに関しては妄想が捗《はかど》るが、どれもこれも人間と友好的な関係を築くことができるのが前提だ。客観的に自分の姿を見て、こんなモンスターと仲良くしようと思う奴がいるなら見てみたい。

　ともあれ、この体を使いこなすことが何かのマイナスに働くことなどなく、今は少しでもこのスペックをフル活用できるように訓練あるのみである。走るだけでも訓練になるのだから、今は取り敢えず体を動かし情報を集めていこう。

　そんな感じで飛んだり跳ねたりも加えながら川を上り続けたことで、主流へと辿ることができたのだが、ここで再びモンスターと遭遇。前回遭遇したものとは別種の巨大ワニ……川が一気に大きくなったこともあってかさっきの奴よりも少し大きい気がする。「また君かね」と呆れたように息を吐くが、ワニはこちらを「食いでのある得物」とでも思ったか真っ直ぐにこちらに向かってくる。

　それを戦闘と呼べるはずもなく、俺は飛びかかってきたワニを横に蹴り飛ばすと生死を確認することなく、仰向けになったモンスターを無視してさらに上流へ向かう。既に日は真上を過ぎた辺り、人間だった頃なら昼食時といったところだが空腹感は未だなし。

　そのまま進んでいたところ視界に人工物らしきものが映った。一旦停止した俺はそちらに向けて歩くのだが、木々の隙間から見えた物に一瞬我が目を疑った。

（……あれは戦車か？　まさかここは軍事基地だった場所か？）

　緑に覆われながらもその形を見間違うはずもない。視界の先に映る人工物が軍事基地跡だとすると少々面倒なことになる。何せあの基地は川の西側に存在している。つまり、帝国から見て東側の備えとなるはずだ。地理的に考えればその対象はセイゼリア王国が有力になり、同時に川が「レストナント川」と確定する。

さらに帝国領を流れるレストナント川のすぐ東は国境となっており、セイゼリアとの小競り合いが頻発していた地域でもある。人間……と言うよりハンターとの遭遇フラグが立った気がしてきた。近づくことで予感は確信に変わった。正面にある施設跡地に近づけば近づくほど確信はより強いものへと変化する。

（多少形を残しているとは言えこれだけ草も生え放題となれば……）

「何が残っているか？」ではなく「何か残っているのか？」という状態の基地跡。国境から然程離れていないのであれば、何も残っていないと考えるのが道理ではある。しかし何分お隣さんは科学嫌いの魔法国家。「もしかしたら？」が通用する可能性も無きにしもあらず。

何より戦車のような持ち運びが不可能だった物はしっかりと残されている。価値がわからず放置されているものだってあるかもしれないのだ。折角軍事基地跡があるのだから、使えるものがないか探索するのは当然の選択だろう。それに部分的にとは言え、ようやく見つけた屋根が残っている人工物である。

位置情報が大まかではあるが判明し始めている状況、場合によっては中継地点として出番があることだってあり得る。ほとんど残骸と化したとは言え、元軍事基地。屋根はあるし地下だってあるだろう。だが、こういった場所にはアレが住み着くのが定番――と思っていた矢先、何か音が聞こえてくる。

「グォオオオオオオッ！」

何か聞こえたと思ったら今度は何かの咆哮。緑のアレでも住み着いてるかと思ったが、どうやら違うものがいるらしい。そう思ったのも束の間、川原で嗅いだあの臭いが漂ってくる。やっぱりお前もいんのかよ、と思わず舌打ち。

（これはあれだ。何か別の強い種族に率いられているかしているパターンだ）

国境付近なのだから大して強力なモンスターなどいるはずもなく、これは体を慣らす訓練として丁度良い相手かもしれない。念のためにコソコソと声がした方へと向かう。するとあっさりと声の主が確認できた。緑色のデカくて二本角が生えた奴――オーガである。

人型でデカイのは初めてなのでこれは実に良い練習相手である。割れた窓と崩れた屋根越しに見えるその背丈は凡そ三メートルといったところか？

しかも丁度オーガはその腕と同じくらい太い棍棒を持っている。まさに「試すにはもってこい」である。

（まだまだこの体には馴染んでいるとは言い難い。存分に試させてもらおうか！）

まあ、正直「オーガが棍棒で武装したから何なんだ？」という感想なのだが、段階を踏んでいくには実に丁度良い相手なのだ。これが金属製の武器を持っていたなら考えたが、木製の棍棒では脅威度はただ下がり。評価はただの「実験用」で十分だ。ハンターとの遭遇フラグがサクッとへし折れたところでちゃんと跳べるか足元をチェック――問題はなし。

と言うわけで「行っきまーす」の掛け声が「ガッガゴーア」という感じに変換され、壁を跳び越え着地場所はオーガの真ん前。ドスンと着地しガンを飛ばして気が付いた。人間が何人かいるんですけど？

と言うか大量の血を流している者もおり、視界の端に少し映った程度では生きているか死んでいるかわからない。今目を離すのはよろしくないので、死にそうかもしれないがもうしばらく待ってもらう。しかし気が付かなかったとは言え、この乱入はやってしまったという他ない。

(まさか人間と戦闘中とはなぁ……ゴブリンが臭すぎて気づけなかったわ)

「お手頃実験材料だ！」と馬鹿みたいにはしゃいで目の前に降り立ったのが少し恥ずかしくなってきた。少し様子を見るくらいのことをしておけば、このようなミスを犯すことはなかっただろう。おまけにこんなところにいる人間などハンターくらいのものだから、フラグは折れていなかったというか。

一人は生死不明だが、一瞬視界に映った範囲では残り二人はゴブリンが集《たか》っているが戦闘中にも見えたので生存は確実。横殴りはマナー違反だとゲーム脳が囁く。そんな風に手を出すかどうか少し戸惑ってしまったのが悪かった。また余計なことを考えすぎたのも駄目だった。

頭部に衝撃――それがオーガが手にした棍棒で殴られたものであることはすぐにわかったが、まさか完全にノーガードでまともに受けることまでは想定していなかった。だが残念、少しクラっとしたが大したダメージではない。「この体どうなってんだ？」という疑問が湧くが、取り敢えず「衝撃にも強いっぽい」と心のメモに書き込んでおく。

恐らくオーガは本気ではなかったのだろうが、殺す気でやったことには違いはない。これでは全力もたかが知れるというものである。つまりオーガにはもう勝機はない。

しかし俺がオーガの攻撃をまともに頭部に受けたことで、周囲のゴブリンどもから笑い声が上がった。どうやら先程の一撃で勝負が決まったと思っているらしい。状況を把握する能力もないようだ。そう思ったらオーガもニヤニヤ笑いで棒立ち……こいつもわかっていないとか野生での生存能力を疑うレベルだ。

取り敢えず一発貰ったのでこちらも一発返すのが礼儀。えぐりこむような右ストレートがオーガのボディにクリーンヒット。ガードすらできていなかったのだから、このオーガを実験台とするには不適格と言うしかない。

そして「殴った」にしては随分と水っぽい音と何かを折った……と言うより砕いたような感触を残し、オーガは地面と水平に吹っ飛んでいく。緑のデカブツは十メートルほど先にあるちょっと鉄筋が剥き出し気味のコンクリートの柱に背中から激突すると、そのままの姿でガクンと頭を垂れる。

距離が離れすぎて逃げられるというのも締まりが悪い。俺はその場から軽く助走をつけるように数歩踏み出すと吹っ飛んだオーガに向かい跳躍。目の前に立ってやろうと思ったのだが、情けないことにこのオーガ君は意識を失っていたらしく、壁から引き剥がされるように前のめりに倒れていく。

結果、俺はオーガの頭部に華麗に着地。グチュリという効果音と共に足の裏から大変気持ち悪い感触が登ってきた。

「グォアァァァァァ！」

自分的には「キャー」くらいの悲鳴のつもりだったが、思ったよりもでかくて汚い声が出た。えんがちょである。足をどけるとねちゃりと糸を引いた。ゴア表現は視覚だけで十分だ。俺は慌てて足についたものを振り払うが、その直後にまるで電気ショックでも受けたかのように全身が痺れる。

今までとは比較にならない痛みが俺を襲うのだが、割と余裕を持って耐えられる。原因を探すように後ろに振り返ると、そこには如何にもな杖をこちらに向ける一匹のゴブリンの姿があった。

（こいつ、俺に魔法を使ったのか⁉）

未知の攻撃でこそあれ、タネは恐らくあの杖だ。ゴブリンが道具を使うことくらいは知っているが、あんなものを一体どこから手に入れたのか？

だがそんなことは今はどうでもいい。

（ゴブリンの分際で！）

俺は一吠えすると杖を持ったゴブリンに向かい跳躍する。逃げ出した杖持ちを背後からの一撃でミンチに変えるとゴブリンどもは蜘蛛の子を散らすように我先にと逃げ出す。手に付いた血肉を一振りで吹き飛ばし、持っていた杖を取ろうとするが……残念なことに折れていた。

（あー、しまった。手加減して殺すべきだった）

頭に血が上って加減を失敗してしまった。魔法を使われた以上、手早く倒す必要があったが、手加減をミスったのはまだまだこの体を使いこなせていない証拠だろう。「また別の機会があるだろう」と気持ちを切り替え、思わず得物を奪ってしまう結果となってしまったハンター達を見るのだが、生きていると思っていた人間はピクリとも動いていない。

と言うか全身が結構グロいレベルで潰れている。まあ、囲まれて集られていたのだから、ボコボコにされてグロいオブジェクトと化すこともあるだろう。「後一人いたな」と思っていたら二人いた。

見落としていた……というよりゴブリンが覆い被さるように集っていたので見えなかったと見るべきだろう。

こう視線が高いと床に押さえつけられている場合、気が付きにくいというのもあったかもしれない。ゴブリンに押し倒されてひん剥かれた女性ということはそういうことなんだろうが、見た感じスタート前か直後かくらいのギリギリなところだ。叫び声の一つでも上げてくれれば気づいてやれたのだが、それがなかったということは熟練のハンターということだろう。

衣服の残骸がかろうじて引っ付いているという乱れ具合――つまりはほぼ全裸。それはもう無意識にしっかりと、目に焼き付けるように見てしまうのは当然だから前後くらいはわかりもする。

（っていうかおっぱいでっかいな）

おまけによくよく見れば美女と美少女。美女の方はスカートの一部が申し訳程度に残ってるだけで上半身は完全に裸。乱れたセミロングの赤茶色の髪が肩にかかって色っぽく、六号……いや七号あってもおかしくない胸の大きさは自然と視線を釘付けにする。

美少女の方は気を失っているらしくぐったりとしている。服が引き裂かれて下着も剥ぎ取られたままなので全部丸見えのはずなのだが、長い金髪が邪魔をして年齢制限のない漫画のエロシーンのように芸術的なレベルで隠れている。写真を撮ってでも保存すべき案件だ。胸はまあ普通――二号、あっても三号と言ったところ。

意識のある巨乳美女がこちらを睨みながら、ゴブリンのものと思われる血の付いた折れた杖の先をこちらに向け、もう片方の手で気を失っている少女を探すように探りながらずりずりと後ろに下がり始める。

立つこともできず、こちらから視線を決して外さないよう後方にいる少女を手で探しながら、手と足を使い一歩ずつ小刻みに後ろに下がる度、隠していない大きなおっぱいがふるふると波打つように揺れる。

しばしそのたわわな果実を倍率調整してまでじっとガン見しているとようやく美女の手が少女に触れた。少女を少しずつ引き寄せ、その体を起こして頭部を抱え込むように抱いたことでおっぱいタイムは終了。

「ガッ、ハ」と残念そうな溜息が漏れるが構わない。少女を引き寄せる際に見るべきものは見た。引っ張る度に揺れるところもバッチリ見た。ともあれ、二人をどうこうする気はないので、倒れた傭兵の遺品を少しばかり拝借することにする。

過程はどうあれ助けたことには違いはないので、その礼として頂いておくだけである。俺は二人に背を向けると死亡した彼らの所持品であろう背嚢に向かう。ついでに頭部が潰れて死亡している男が持っていたと思われる剣も頂いておくことにする。

わかっていたが持ち手が小さい。それでも俺には貴重な刃物なので文句は言わないでおく。すると後ろから巨乳美人さんが何か言っている。

「――――――！――――――！」

多分「セイゼリア王国語」なんだろうが、残念ながらさっぱりわからない。俺は振り返ることもなくチラリと一瞥しただけで背嚢を片手にその場から立ち去る。まだ後ろから何か声が聞こえるが、

残念ながら何を言っているかわからないし、そもそも聞く気がない。

女性二人を放置してこの場を去るのは心苦しいが、彼女たち以上に重要な案件ができたのだから仕方がない。そう、俺はあの至福の時に気が付いてしまった。俺の相棒が何の反応もしていなかったのだ。あれだけ見事な生乳をゆさゆさ揺らしてくれていたにもかかわらず、俺の永遠の相棒はまるで自分など最初からいないとでも言うように無反応だった。

（と言うか、おっぱいさんがまだ何か言ってるんだが、ちょっと長くない？）

きっと「助けてくれてありがとう！」的なことを言ってくれているのだろうし、ほとんど裸の女が二人という状況ならば、どうにかして俺という頼りになる存在を引き留めようとする気持ちもわかる。

（すまないレディー……今の俺には君達の声に応える資格がないんだ）

俺は男として……雄として大事な何かを失ってしまっている。こんな精神状態では自分が何をしてしまうかわからない。それに、ここはゼイゼリアとの国境付近——ハンターならば大物がいなくなった今、二人もいれば無事に帰ることもできるだろう。

俺は彼女の声を振り切るように基地跡を探索することもなく立ち去る。「安全圏まで送ってやってもよかったかな」と思わないでもないが、オーガの頭を踏み潰した足が今ももの凄く気持ち悪い。これをさっさと洗い流したいし、背嚢の中身が早く知りたいってのもある。流石に持ち主の目の前で堂々と漁るのは気が引けるからね、それくらいの常識はある。「常識を語るなら荷物を持っていくな」という人間もいるかもしれないが、そもそも今の俺はモンスターだから関係ないのよね。

そんなわけで美女との別れを惜しみつつ、剣と荷物を片手に持って向かった先は川。距離が然程ないことから何事もなくあっさり到着するや否や、荷物を置いて手足を洗う。取り敢えず気持ち悪さだけはなくなった。

気の所為だろうけど、まだ何か付いてる気がするのだからこういう言い方になるのはやむなし。

手足をブラブラとさせ水を切り、置いた荷物の元へと向かいお待ちかねの物品判定。背嚢を開け、まず取り出したるはこの干し肉。

思わず一つ味見と齧ると、何とも言えない塩っ辛さが口の中に広がる。やはり肉体を酷使するハンター業なら塩分は必須のようだ。久しぶりの塩分に俺の体も喜んでいるのではないだろうか？

次に見つけたのはガラスの小瓶。青色の液体が入った物が三本に、緑色のドロリとした少し粘性の高い液体が入った物が二本あった。

（おお、これがポーションというやつか！）

画像や映像で何度も見たことはあるが、実は実物を見たのはこれが初めてである。帝国は魔法関連が禁止でこそないものの、当時は戦争真っ只中であったことから禁制品のような扱いだった。

そのため民間には全くと言うほど縁のない代物となっていた。平時であればそれなりに出回っていたという話を聞いたことがあるが、何分物心ついた時には既にそうなっていたので真偽は不明。

魔法国家との戦争自体は俺が生まれた後の話なのだが、科学技術の飛躍的な発展により、国力が周辺国と比べて抜きん出ていたことから外交関係が大きく悪化。この辺りから魔法関連の品物が手に入りにくくなっていたそうなので、親の世代でもポーションの現物を見たことがある人は少ないのではないだろうか？

しかしながら、この二種類にどのような効果があるのかは残念なことにわからない。モンスターとなった自分の体に使ってても大丈夫なものなのか少々不安ではあるが、いざという時の手があるとないとでは大違いなので大切に持っておこう。

他には目ぼしい物はなし。包帯等の医療品と思しき物や何かよくわからない物はあるが、持ち歩くということは外で活動するには必要なものと思われる。追い追い確認をしていくことにして、最後はこの両手剣――ツーハンドソードではなく、長さ的にはバスタードソードだ。

これ、持ってみればわかるのだが、人間用に作られているので俺の手には小さすぎて使いにくい。取り敢えず適当にブンブン振ってみたが、長さが全く足りていない。サイズ的にミニチュアの剣を振ってる感が否めない。

「武器として考えるのはよそう」という結論が即座に出るくらいには扱いにくい。そもそもこの拳に勝る武器などそうそうない。俺は剣の刃の部分に拳をカンカンと打ち込む。帝国発の遺伝子強化兵のこの甲殻のような硬い皮膚に覆われたこの体――ただの鉄の塊で傷付くことなどあるわけがない……と思っていたがちょっと切れていた。爪を滑らせるとちょっと引っかかるくらいには拳に傷が付いている。

（マジか？　切れ味良すぎだろ）

そう思ってじっくりと観察してみたところ、この剣がただの剣ではないことがわかった。そう、所謂《いわゆる》「魔剣」という奴である。ゲームなどの創作物ではよく見かけたものだが、まさか現物を拝む機会があるとは思わなかった。知識の上ではこういったものがあることは知っていたが、いざ手にするとなると少しワクワクする。

そんなわけで幾つか実験した結果、どうやら「切れ味が鋭くなる」とかそんな感じの能力を持っていると判明。詳細は流石にわからないが多分正解だと思う。それならば俺の拳に傷が付いたことにも納得が行く。何よりナイフの代わりとして非常に有用なものとなるのでそうであって欲しい。使えないなら処分しようかとも思ったが、捨ててしまうのももったいないし、かと言って今更返しに行くのも格好がつかないので、丁度良かったと思っておこう。ちなみに俺が人間だった頃の魔剣は非常に希少価値が高く、作成に年単位で時間がかかる代物であった。

国ごとに作成の手順やらが異なるらしく、帝国でも技術研究のために集めていたと記憶している。現代の技術ではどうなっているのかは定かではないが、少なくとも貴重な物であることには違いない。つまり、あのおっぱいさんは俺が一番高価なものを持って行こうとしたから止めようとしていたとも考えられる。というかその可能性が高い。

ハンターのような装備品が命や稼ぎに直結する職に就いている以上、そこを妥協するのは三流のやることだ。これがどれほどの価値があるかはわからないが、彼女たちにとっては一財産であったことには違いない。

「やっちまったなぁ」という後悔の念がこみ上げてくる。これはもしかしたら少々対価を頂きすぎたのかもしれない。一応……というより間違いなく俺は彼女達の危機を救った。これは間違いないのだが、あくまでそれは俺の視点である。彼女達の視点では、どのように映っていたかは残念ながら知る由もない。

場合によっては友好的な関係を築くことができた可能性もあったのだが、これでは潰えたと見るしかない。今はもうモンスターなのだから人間関係など考える必要はない……ないはずなのだが、思うところはある。

（いや、だってさぁ……あんな凄い巨乳美人と良い関係とか、人間だった時にもなかったのよ？）

たっぷりとあのたわわに実った二つの果実を拝ませて頂いたわけですが、今思い出しても相棒がうんともすんと言ってくれない。悲しい現実を思い出し、俺は大きく溜息を吐いた。

「ガッハァァァァ」

この声を聞く度に気落ちするようになりつつある。

（やっぱりさぁ、元々人間なわけだから、モンスターになっちまったら戸惑うことは多いし、色々と諦めきれないものがあるんだよ）

例えばゲーム――まだクリアしてないものもあったから続きをしたいし、シリーズものの続編だってやりたい。漫画や映画のような創作物にしてもそうだ。人気シリーズや愛読しているものの続きが知りたい、見たい。

（ああ、そういうことか……）

何てことはない。今の俺には生きる楽しみがないのだ。まあ、帝国人として文明的な暮らしから一転、この大森林でサバイバル生活である。人間楽しみもなく生きていくのは辛いことだ。ましてや俺は帝国の文化を知っている。

（今の俺の楽しみ――）

この体とこれからも付き合い続けることになるならば、望遠能力を生かした覗きなんかもやってみたい。この時代の風呂事情など知らない上に、どうやって町へ入る気なのか自分を問い詰めたい。真っ先に思い付くのが「覗き」とか俺の頭はどうかしているのだろうか？

もしかしたら俺は無意識に様々なことを諦め、妥協点を探しているのかもしれない。だとしても、これはない。そもそもこの図体である。

（デカイから目立ちすぎるんだよ。隠密行動なんて透明人間……いや、透明モンスターにでもならんと無理だ……ろ？）

何がきっかけかは言うまでもなく、今一瞬自分の体が透けたような気がした。「これはもしかして」と思った時には確認作業を行っていた。結論――俺、擬態能力あります。しかもかなり高性能。石と草の上に手を乗せて擬態を発動させたところ、それはもう綺麗に手の甲の色が分かれた。

（何これぇ？　凄いを通り越してちょっと気持ち悪いんですけどぉ？）

気持ち半笑いの実験の結果、擬態できる色に限界があるかどうかはわからないものの、極めて精巧である上に、全身の色を変えるために必要な時間は凡そ五秒ほどと判明した。ちなみに尻尾の先が一番遅く、尻尾を除けば三秒あるかないかの速度である。

何と言うか、海に生息しているとある生物の能力を取り入れたのではないかと思える高い擬態能力である。「あの生き物の遺伝子が入っているのかぁ」とちょっと見た目グロテスクなイメージがあるだけに少しばかりモヤッとする。取り敢えず改めて冷静に考えて「生き甲斐が女湯の覗き」はないと思う。

（まあ、将来のことなんて今考えても埒が明かないな）

そろそろおっぱいさん達も基地跡から出ているだろうし、戻って探索することにしよう。というわけで早速この擬態能力を試しつつ、荷物を持って隠密行動を開始。すると少し進んだ辺りで音がした。流石の聴力であると思いつつ、体を伏せて荷物を草むらに隠すと気配を消したような気分でそっと様子を見る。すると血塗れの服をまとったおっぱいさんと破れた服をベルトで無理矢理縛った少女の姿が見えた。

少女は肩を借りながらもゆっくりと歩き、それに合わせて少ない荷物を背負ったおっぱいさんが折れた杖を手に進んでいる。

（なるほど、死亡したメンバーの服を拝借したのか）

ほとんど全裸に近い状態だったおっぱいさんは自分の服を諦め、仲間から剥ぎ取ることを選択したようだ。とは言え無事な衣服は少なく、サイズも合わないのであのような不格好になってしまっており、下半身に至っては服を巻いただけとなっている。拡大して見たが恐らくノーパン。

（ロングブーツに下着なし。位置的にチラリと見えなくは……駄目だ見えない。だがチラチラ見える肌色が悩ましい！）

どうやら今から川を渡るらしく、靴を脱いで背嚢《はいのう》に乗せると足場を確認しながらゆっくりと侵入する。肩を貸しているおっぱいさんは流れに足を少し取られはするが、浅い部分をしっかり通って二人共向こう岸に順調に進む。

川幅が十メートル以上あるので深いところは結構深く、見ているこっちは少しばかりハラハラさせられる。途中おっぱいさんの腰に巻いていた衣服が流されてしまったので、水の中ではお尻が丸見えの状態となっているはずだ。早く見た……心配なので早く渡り切って欲しいものである。

俺の彼女達の無事を願う祈りが通じたか、何事もなく二人は川を渡りきった。おまけに結構体力を消耗しているらしく、その場で両手を着いてしばし休憩。俺からすれば膝下の深さだけど、人間の女性だと腰の上辺りまである。その上、人一人を支えながらの川渡りなのだから、体力を使い切るのも致し方なし――と頷きながら望遠能力で彼女のお尻をガン見する。

擬態能力に制限時間がある可能性もあるので、しばらくは使いっぱなしで様子を見なくてはならない。また、姿が消えているだけなので俺自身の隠密能力を試す必要がある。「これは仕方のないことなんだ」と自分に言い訳をしつつ、じっとおし……二人を見守り続ける。

無理そうなら助けに入るつもりだったが、どうやらその必要はなかったようだ。少女が先に立ち上がり、ベルトで縛っていた法衣を脱ぐとおっぱいさんに手渡す。なお、少女の方は比較的無事だった肌着をチューブトップのように巻きつけていた。濡れて透けていたので横からではなく正面から見たかった。

その後、少しだけ休憩していた二人は靴を履いて立ち上がると東の方に向かって歩き出した。その後ろ姿をしばし見守り、彼女たちの周囲に何か生き物はないかを少し探る。

（……大丈夫、だよな？）

少なくとも見える範囲、臭う範囲にゴブリンはいない。しばらく付いて行こうかとも思ったが、彼女らはハンターである。下手な同情からの行動は禁物。そもそも今の俺はモンスターなのだから、それは彼女達の誇りを傷付けることになる。

俺は対岸から彼女達を見送ると、予定通り基地跡へと向かった。然程距離はないので俺の足ならすぐに到着したのだが、まだ擬態能力を続けることができている。もしかしたら制約なしに使える能力なのだろうか？

能力はさておき探索である。少々ゴブリン臭いので手早く、効率的に進めていきたい。そんなわけで一時間ほど探索していたのだが、見事なまでに何もなかった。そして気が付いたら擬態が解けていた。

夢中になって解除される瞬間を逃してしまった上、再度擬態を試みるも反応がない。どうやら使いすぎたのでしばらくはクールダウンが必要ということらしい。

（なるほど「乱用はできない」と……）

心の中でメモをしつつ室内だったと思われる天井のない部屋を探る。机は既に引き出しは開けられており何もなく、木製故に腐敗している。壁にはポスターでも貼っていたのか、その痕跡が見られる。そしてコンクリートの床――音に違和感を感じ、その周囲を爪で叩く。

小さく響く金属音に「アタリだ」と俺はニヤリと笑うが、実際はそんな気になっているだけだ。どうやら何か仕掛けがあるようだが、そんな物は俺の力でこじ開ける。引っ剥《ぺ》がされた金属板の先には梯子と暗い空間――地下室発見である。

恐らくまだ盗掘されていない未開封の隠し部屋ともなれば、期待も高まるというもの。さあ、本日の最大の成果とご対面だ――と意気込んだは良いものの、入り口が俺の体には小さすぎて入れなかった。折角隠し部屋を見つけたのにこの仕打ち。出鼻を挫かれるとはまさにこのことである。

（よし、壊すか）

即座に力業の決断を下すことに最早躊躇いはない。徐々に染まっていく脳筋思考にはもう歯止めがかからないようだ。とは言うものの、この手段以外ないわけだから仕方がない。入り口の周囲をべきべきと壊し、この体が通れるサイズまで拡張すると、梯子に手と足の指をかけてゆっくりと降りる。

着地地点に何かあるわけではないのだが、この体重がドスンと着地したら地下室の中に影響があるかもしれないのでその配慮だ。「さあ、お宝ちゃんは目の前だ！」と意気込み薄暗い地下を見渡すが、予想よりかなり狭い。

おまけに棚が三つにテーブルと椅子があるだけで他には何もない。見た目厳重に施錠されていたであろう、古ぼけた棚――ガラスが一切使われておらずその中を知るには開ける他ない。

扉を守る鎖と鍵は既に錆びついており、軽く引っ張るとバキリと音を立てて崩れ落ちる。俺は壊さぬようそっと扉を開けた。

（……瓶？）

棚の中身はギッシリと詰まった瓶。中身もまだ入っており、ラベルの文字もきちんと読める保存状態の良さである。

（おい「ランディール１５５５」に「フージー１６１９」って酒じゃねぇか！）

見れば全てが酒だった。おまけに古めの年代が書かれたものばかりということは、この棚は高級酒用のもののようだ。「ガッハー」と溜息を吐くと次の棚の鎖を引きちぎる。だがまたしても棚の中身が瓶。

予想通りと言うべきかこちらも酒瓶しかなかった。そして最後の棚にも酒瓶があった。一応グラスも色々と取り揃えており、本もあったが全て酒のカタログという徹底っぷりには笑うしかない。

(……飲兵衛にも程があるだろ)

まさか地下を作ってそこを丸々趣味に使うとか職権乱用も甚だしい。一体どこのどいつがこんな地下室を作ったのかとじっくり調べたところ、地下からは何もわからなかった。けど地上を探索中に判明した。

この基地にいたのは「対セイゼリア前線総司令部」の大佐殿。名前までは読めなかったが、命令書らしきものから読める範囲で情報を得たところ、ここの基地は戦車を川の向こうへと送るために作られたものであることが判明した。

(基地の規模の割に戦車があったのはそういう理由か。そう言えば、確かどこかの川を渡ろうとして橋を作っていたが、それを尽《ことごと》く崩壊させられて作戦が進んでいないとか何とか聞いた記憶がある)

「もっと川幅が狭いところからなら橋など必要ないだろうに」と思ったが、今と昔では地形が随分変わってしまっている。情勢だって異なるのだからできない理由が何かあったのだろう。

そんなわけで酒を飲む気にもならず、持っていく気もない俺は地上部分の探索を再開。そして再び見つけた地下室では出てくる出てくる白骨死体。明らかにここ一年くらいのものなので「お前らどんだけゴブリンに食われてんだよ」とツッコミを入れたくなる数のハンターが犠牲になっている。

ちなみにゴブリンは人肉を普通に食べるので、男はモグモグされ女はニャーンである。使える銃の一つでもあればと思ったが、収穫らしい収穫はなかった。ガックリと肩を落とした俺だが、ここで一つ閃いた。

（あれ、これだけハンターがやられているってことは、その装備品やアイテムがどこかにあるんじゃね？）

この予想が大当たり。基地内を念入りに探したところ、隠すようにどう見ても人間用の武器や防具、魔法道具と思しき何かが見つかった。簡単に分類するとこんな感じだ。

武器
剣×七　槍×二　斧×二

防具類
盾×五　金属鎧×二　革鎧×八

道具
松明×十　用途不明品×三

この中で欲しいのは道具のみ。金属製品も捨て難いが持っていったところで嵩張るだけだ。武器防具はさておき、用途のわからない謎の道具——これは既に一つ持っており、先程手に入れた物と同一のものである。

これで合計四つになったわけだが、この小さなステッキのようなアイテムが一体何をする代物なのかさっぱりだが、ハンターがよく持っている物と考えれば用途も自然と絞れてくるはずである。

今日は一度仮拠点に戻る予定なので、確認はそちらで行うとして全て持って帰ることにする。そんなこんなで探索を無事終了。成果は思ったほどではなかったが、なにもないよりかはずっと良い。軍事基地跡を探索したらハンター用品ばかりが手に入ったというのも変な話ではあるが、地理的な情報を得ることもできたので一先ずはここらで一度戻る。

荷物を入れるには丁度良い頑丈そうな箱もあったので、これに入れて持ち帰ることにする。帰る頃には夕方くらいにはなっているので、時間の調整も兼ねて周囲を探索しつつ帰路についた。

とある冒険者の視点I

貧乏クジを引かされた。隣にいる男にもわかるように溜息を吐き、濃紺のウィッチハットで表情を隠すように指で角度を調整する。元々うちのチームは討伐専門で探索なんて面倒なことは専門外だ。何を探すのかさえはっきりとしていないなら尚更で、自然と不満が口から出ようというものだ。

そこにいるやつを潰す――ただただシンプルで面倒事のない仕事だからこそ、私らは何の憂いもなく命のやり取りができる。だというのにこんな話が来るということは、余程「フルレトス大森林」の探索が難航しているということになる。

恐らく、退治屋家業の連中をまとめて「冒険者」として組合に所属させたは良いものの、成果が思い通りにいかず、腕の良い連中を片っ端から探索とやらに出しているのだろう。そして帰還した数が明らかに少ない、というのはつまりそういうことなのだ。

「まったく、こっちは探索なんてガラじゃないんだけどねぇ」

わざとらしく大きく溜息を吐く。モンスターを狩ってこそのハンター。それを便利屋のように扱われれば文句の一つも口から出る。

「そう言うなよ。組合からの評価が上がれば、今後の活動で旨い仕事が回ってくるんだ。一度のハズレくらいは引き受けようぜ」

隣を歩く赤髪の男――リゼルが宥めてくるが「殺してなんぼ」の業界から強引に移されて面倒事が増えているのに、そこに畳み掛けるようにまた増やしてきたのだから恨み言の一つは言わせてもらう。

私はもう一度「まったく」と腕を胸の下で組み不満を顕《あらわ》にする。すると自慢の胸が持ち上がり、その谷間に彼の視線が吸い込まれる。

（もうちょっといい男になったら、抱かせてやってもいいいんだけどねぇ）

長く組んでいるとそういう感情もないわけではない。だが生憎と好みからは外れてしまっており、それを少し残念に思う気持ちはあれど「そうで良かった」と安堵もしている。

通り慣れたギルドの開かれた扉を抜けると、何人かの視線を感じる。碌《ろく》でもない男に声をかけられることが多いため、今ではリゼルと一緒に行動するのが当たり前になってしまった。

隣を歩かせるにはほど良い相手ではあるので、適当に話をしながら組合から大通りへと出ると待ち構えていた男女の中の女性から声がかけられる。

「兄さん！　森林の探索を引き受けるって本当ですか⁉」

白い法衣をまとった少女が駆け寄りリゼルに詰め寄ろうとするが、手にしたスタッフで軌道を修正させると抵抗することなく私の胸に飛び込んでくる。濃紺のドレスローブと白のローブが重なると長く美しい金髪を梳かすように撫でる。それを抵抗することなく受け入れると彼女は満面の笑みをこちらに向ける。

「ああ、本当さレナ。お前の兄貴は私らに『大森林を歩き回ること』がご所望らしい」

レナの髪を撫でながら愚痴っぽく言うと、その兄であるリゼルが慌てて言い訳がましい言葉を吐く。

「勘弁してくれディエラ……今後の活動を考えたら引き受けないわけにはいかなかったんだよ」

「まあ、大森林って言ってもそんな奥には行かねぇんだろ？　旧帝国領のちょい先辺りなら精々出てもフォレストタイガーくらいだろうし、それくらいなら問題ねぇさ。そもそも『何を見つければ良いか』を提示されてねぇのなら、適当なもんを『見つけた』ことにすればいいんだよ」

レナの隣にいた黒髪で色黒の優男が「その程度は問題にもならない」とばかりに口を挟む。確かに一理はあるが、問題はその「適当なもの」の範囲である。それなりに名の通ったチームであるからこそ、誰でも見つけることができるようなものではギルドも納得しない。

「はあー、エルフどもが領有宣言なんぞしなきゃ、こんな面倒なことにはならなかったのに……何考えてんだろうねぇ、あの耳長連中は」

それもこれも、五年前に突然共和国が旧帝国領ほぼ全域に及ぶ大森林の領有を宣言したからだ。

「うーん……『汚染で危ない』って最初に警鐘鳴らして不可侵領域にしておいて、それを最初に破るってのもおかしな話だよね」

「いんや、俺は最初からそのつもりで実はこれまでの『汚染被害』はエルフの謀略だった可能性を推すね」

腕を組み頷く男にレナの呆れた声が続く。

「ジスタってほんとエルフ嫌いだよね」

「ああ、まだこっ酷くフラれたことを根に持っているのさ」

レナの言葉に私が続くと「ちげーって!」と声高に否定するジスタ。からかうように疑いの目を向けるレナ。そこにリゼルが加わって賑やかな大通りの中に私達は溶け込んでいく。このいつもの風景がずっと続くと思っていた。そう、願っていた。

最悪と言って良い状況だ。出発前にあれこれと話し合って決めた旧帝国基地跡という取り敢えず定めた目的地がドンピシャだった。帰還していない同業者が何組か確認できたため、モンスターが住処にしていそうな場所に狙いを定めたのだが、まさか一発目で正解を引くとは思わなかった。

オーガに大量のゴブリン……こいつらがこれまでの失敗の原因だとすぐにわかった。警戒はしていたはずだったのに完全に包囲されていたのだから、帝国の施設というやつは本当に碌でもない。科学とやらを厭う連中の気持ちが少しだけわかった気がする。

近づいてきたゴブリンをスタッフで払いながらも小技を多用し手数で攻める——集団に囲まれて相手をするならば大技を狙わず前衛が敵の数を減らすまでじっと耐える。うちの前衛ならそれくらいはできるはずなのだが、相手はオーガ……しかもゴブリンの妨害があることもあってリゼルが押し切ることができずにいた。おまけにこのオーガは相当戦闘経験が豊富らしく、状況を有利と見るや現状を維持するかのような立ち回りへと変化させた。

（ゴブリンは消耗品、ね！）

スタッフで飛びかかるゴブリンを殴り飛ばし心の中で吐き捨てる。オーガはゴブリンの損耗を全く気にも留めておらず、リゼルの相手をしながらこちらに綻びができるのをじっと待っている。人型のモンスターというのは総じて猪突猛進と思われがちだが、稀にこうした考えで戦う個体が現れる。そしてそういう個体は大抵頭角を現し群れを率いる。

こいつはその前段階と言ったところだろう。早急に対処しなければならない案件だが状況は悪くなる一方だ。しかも最悪なことに魔術師がどれだけ厄介かをこいつらは知っている。だからこそ、ゴブリンには不釣り合いな盾を持った奴が常に私の前に陣取っている。

（対魔法の騎士盾なんて、どこの馬鹿が奪われたのよ！）

これのおかげで「魔術師」という盤面をひっくり返すことができる駒が完全に封じられてしまっている。手持ちの術ではゴブリンを減らすには至らず、ダメージの蓄積こそあれ倒すには程遠い。隙を見て援護こそできてはいるものの、背中を守るレナとの分断を常に狙われている状況では無理もできない。

投石と矢を防ぐために魔術を使い、オーガを相手取るリゼルにちょっかいを出そうとするゴブリンを牽制し、正面の相手をしながら自分の身とレナの背中を守る。少しばかり手が足りず、一つのミスが命取りとなる状況。それがわかっているからあのオーガはニヤニヤと笑っているのだ。

ジスタが遊撃枠となりゴブリンの数を減らしてはいるものの、数が多い以上に人間から奪った武具を装備しているが故に、一体を倒すにも必要以上の警戒と時間を必要としている。

（クソ、ジスタがゴブリンを減らす前にこっちが先に瓦解するって読みかい！）

「舐められたものだ」と奮起こそすれ、体力と集中力は確実に削り取られていく。「このままでは相手の読み通りになってしまう」と焦りを覚え始めた時――破綻の時は予想外の形で訪れた。

柱の陰から身の丈ほどもある杖を持ったゴブリンが現れ、その杖の先をリゼルに向ける。閃光、そして雷鳴が走った。それがライトニングスピアーの魔法を宿したものであることを察した時には遅かった。

「がっ、あぁ！」

警告を発する時間などなかった。直撃を受けたリゼルの硬直をオーガが見逃すはずもなく、手にした巨大な棍棒による一撃を真正面から受けた。オーガが棍棒を持ち上げると、潰れた頭部に折れ曲がった体……リゼルだったものがそこにはあった。

「リゼル！」

叫んだジスタが代わりを務めるべくオーガの前に出ようとした。直後、転身したジスタの足にゴブリンが飛びかかるとしがみつく。それを蹴り飛ばすように振り払った直後に軸足にも飛びかかられ、体勢を崩し膝と片手を地面につける。

ジゼルのショートソードがゴブリンの喉を引き裂く――しかし、後ろにいた一匹から後頭部に棍棒の一撃を受け、得物が手から滑り落ちる。それを見るやゴブリンは一斉にジスタに群がり袋叩きにされた。

「グォオオオオオオッ！」

オーガの咆哮が合図だったかのようにゴブリンが一斉に襲いかかってくる。詠唱もなしに咄嗟に放つ魔法などたかが知れている。上手く急所に当てない限り、ゴブリンですら怯ませることが精々。

「舐めるなっ！」

飛びかかるゴブリンの鼻っ面に小さな爆発を叩き込み視界を奪い、同時にスタッフで顔面を殴るとそのまま薙ぎ払うように別の標的の横っ腹に打ち込み吹き飛ばす。足を取ろうと姿勢を低くして突っ込んできたやつの顔面を蹴り飛ばし、再びスタッフを横薙ぎにして正面から向かってきたゴブリンを弾き飛ばす。その直後、背後からの衝撃を受けた。

（盾を、投げつけやがったな！）

所詮ゴブリンの力で投げられたものなので多少よろめく程度だったが、この状況ではそんな小さなものでも命取りになる。好機と見たゴブリンが飛びかかってくる。スタッフを使い無理矢理姿勢を戻し、振りかぶるゴブリンの手を避けた筈だった。

胸が大きいことを恨んだのは恐らくこれが初めてだろう。伸ばしたゴブリンの手を避けたかと思いきや、その指が私の服に引っかかったのだ。体重をかけられ、ずり降ろされた服から二つの豊かな膨らみが飛び出すとゴブリンどもがこちらに向かって殺到する。服に引っ張られるように体が前のめりになるが、服を掴むゴブリンを蹴り飛ばし、飛びかかってきた奴をスタッフで叩き落とす。

だが叩き落とせたのは、最初の一匹だけだった。スカートの端を掴まれ、引っ張られて体勢を崩されたところで腕にしがみつかれた。振り払おうとしたが、三匹のゴブリンに押し倒されると同時にスタッフを持つ手首を踏みつけられる。

これを手放せば反撃の糸口が潰えてしまう。そう理解している故に、何があっても手を放すわけにはいかない。再びゴブリンの足が私の手首を踏みつけるが、それでも手放さないと見るや両手で持った石を叩きつけスタッフを叩き折られた。

邪魔だと言わんばかりに錆びたナイフが服を切り、力任せに引き裂かれ抵抗も虚しく肌を隠す布がなくなっていく。両手を押さえつけられ、衣服を切り裂かれても下着を掴むゴブリンを蹴り飛ばし抵抗するが、そいつは下着を手放すことなく一緒に後ろに倒れたため破れた白い布が持っていかれる。

足が伸びた瞬間、その足首を掴んだ盾持ちだったゴブリンが、倒れた仲間を踏みつけ私の股の間に入り込むと太ももを両脇に抱え込んだ。通常サイズならばまだ跳ねのけることもできたかもしれないが、あの騎士盾を持っていただけに他と比べて大柄で力が強い。

押さえつけられた腕をどうにか振りほどこうともがくも、この細腕では体重をかけられればどうにもならず、ただ胸を揺らすだけでゴブリンどもを喜ばせるだけだった。盾持ちが笑い、その舌が自慢の胸を舐める。今度は醜い顔を上げ私の頬に舌を這わせた。

勝ち誇った顔――「今から陵辱してやる」と言わんばかりの顔に頭突きをくれてやる。片手で鼻を押さえる盾持ちを鼻で笑ってやると周囲のゴブリンから嘲るような笑い声が上がる。周囲の声に怒りの声を上げると一斉にゴブリン達が黙った。

こいつがリーダー格であることはわかったが、今更知ったところでどうしようもない。私の頭突きが余程お気に召したのか、こちらを睨みつけながら胸を掴もうとするが、大柄とは言えゴブリンの手には余る大きさなので、手が埋まり爪が食い込む。それでも不敵な笑みを止めない私に苛立ったのか頬を殴ってくる。

視線だけは逸らすまいと目だけはそちらに向けるが、それが視界に映ってしまった。その綺麗な長い髪を力任せに引っ張られ、最早原形を留めていない法衣を引き裂き、まさに今下着を剥ぎ取られているレナの姿。手を伸ばした先にあるメイスを一匹のゴブリンが蹴り飛ばした。

――全滅――

その単語が脳裏に浮かぶ。

(守れなくてごめん)

本当の妹のように思っていた。叶うなら命を賭してでも助けたかった。そのレナと視線が合うとコクリと頷いた。

（ゴブリンどもの玩具になるくらいなら……！）

残された道は自害しかない。ゴブリンに捕まった女がどのような目に合うかなど何度も見てきた。この状況では躊躇《ちゅうちょ》すれば最悪が待っている。レナもそれがわかっているから頷いた。覚悟を決め、舌を噛みちぎろうとしたその瞬間――そいつは現れた。

オーガにも勝るとも劣らない図体に加え、甲殻のような灰色の肌。ゴブリンの背丈程もある長い尻尾を持つ人とトカゲを合わせたかのような新種のモンスター。そいつはオーガの前に降り立つと挑発するかのように笑った。

しかし、目の前に突如姿を現したそいつは何もしなかった。奇襲をかけるわけでもなく、ただオーガの前に着地しただけだったのだ。ゴブリンどもの動きが止まり、全員の視線が新種のモンスターに集まる。

最初に動いたのはオーガだった。手にした棍棒で目の前に現れた闖入者《ちんにゅうしゃ》の頭部をぶん殴ったのだ。身動き一つすることなくまともにその一撃を受けたことで、周囲からはゲタゲタと下卑た笑い声が響く。一体こいつは何をしに来たのか？

そんな場違いな疑問を抱くほど理解不能なモンスターだった。こちらの太ももを脇に挟んだ盾持ちは笑い声を上げると続きをするつもりらしく、私の腰を浮かせようと体を反らす。猶予がないことを嫌でも悟らされた私は舌を噛もうとして――衝撃に硬直した。

それは果たして殴った音だったのだろうか？

まるでその場の空気全てが震えるほどの衝撃が響いたと思えば、オーガが地面から水平に吹っ飛び柱に叩きつけられていた。突然のことに私は疎かゴブリン全員が固まった。さらに新種は柱に叩きつけられたオーガに向かって飛びかかり、崩れ落ちたその頭部を着地と同時に踏み抜いた。

「グォアァァァァァ！」

そいつは吠えた。それはきっと勝利の雄叫びだ。オーガのこん棒をものともせず、たった一撃で勝負を決めただけでなく容赦なくトドメを刺す。

（そうか……！　こいつが、こいつこそがこれまでの失敗の原因！　ゴブリンはこいつが殺したハンターの死体を漁っただけか！）

それならばこれまで送り込まれた同業者が不覚を取ったことも頷ける。幾ら数が多いと言っても所詮はゴブリン。冒険者の装備品がなければオーガに後れを取るとは思えない。こいつに遭遇し、敗れ、その遺品をここの群が手にしていたとなれば、行方不明者の数も納得がいく。

「ギギィ！　ギャッギャッ！」

盾持ちが声を上げるとゴブリンが一斉に動き出す。同時にレナが頭部を棍棒で打たれ気を失った。それを確認した四匹のゴブリンがレナを持ち上げ、ゆっくりと動き出した。

（こいつら、私達を持っていく気⁉）

気絶などさせられてたまるか、と抑えられた腕を振りほどこうと全力でもがく。予想通りと言うべきか、目の前で棍棒が振りかぶられ「間に合わなかった」と思った直後――再びあのモンスターの咆哮が聞こえた。

そちらに目をやると杖を持ったゴブリンに向かい飛びかかっていた。モンスターの体から僅かに漂う煙から、どうやら杖の魔法を使ったが怒らせるだけの結果となったようだ。

（けど、これはチャンス！）

杖持ちが肉塊に変えられたことで、ゴブリンどもがパニックを起こし我先にと逃げ出し始める。レナを攫おうとしたゴブリンは今や一匹もおらず、私を拘束していたゴブリンも最早いない。自由になると同時に折れた杖に手を伸ばし、未だ足を抱え込んでいる盾持ちの喉を狙い突く。

少々不格好ではあるが、狙い通りに盾持ちの喉に折れた杖を突き刺してやった。自分の喉に刺さった杖を両手で掴み、引き抜こうとするがそんなことをさせるつもりはまだない。自由になった足を曲げ、両足で盾持ちの腹を蹴り飛ばすとゴブリンの手からするりと杖が離れ、血を吹きながら仰向けに倒れる。

一難は去った。だがそれ以上の危機がまだいる。視界に僅かに映ったそいつに折れた杖を向け、視線を外さないように睨みを利かせる。そんなものが無駄であることは承知しているが、背中を見せることができる相手でもない。

新種のモンスターも棒立ちのままこちらをじっと見ている。恐らくは杖の先端――もしかしたら先程の杖持ちのゴブリンの攻撃を受けたことで、警戒して動かないでいるのかもしれない。

（ゴブリンに感謝するなんて、生まれてはじめてね……！）

状況が悪いことには違いはないが、生きて体が動く以上はやるべきことをやる。杖と視線をモンスターに向けたまま、体勢をそのままに自由に動く左手で後方にいたはずのレナを探しながらゆっくりと後退る。睨み合いがしばらく続き、ようやく私の手がレナに触れた。

腕を掴み、こちらに少しずつ引き寄せる。視線をそちらに向けることができず、少々手荒になってしまったが、どうにか無事レナの体を抱えることができた。これで何かあっても一緒に死んでやることくらいはできる。そう思うと笑みが溢れた。

「ガッ、ハ」

その光景を見ていたのか、あのモンスターから短い声が漏れた。

(笑った？　こいつは私を嘲笑ったのか⁉)

「興味を失った」と言わんばかりにこちらに背を向け歩き出す。だがその先にあったのは、私達の荷物、そして――リゼルの剣。あろうことか、あいつは荷物を手にすると剣も掴みそのまま立ち去ろうとする。

「待って！　持ち物なら金だって薬だってくれてやる！　だけどその剣だけは止めてくれ！」

モンスターに言葉などわかるはずもない。わかっていても叫ばざるを得ない。

「それは……それは、私達チームの物なんだ！　私達が生きぬいた証なんだ！」

何を言っているのか自分でもわからず、追いすがろうとして思い留まり、ただ叫び続けた。幾ら叫べど、何を叫べどモンスターは振り返ることはなかった。

「行くな！　その剣だけは置いていけ！」

杖を突きつけたところで立ち去るモンスターは止まらない。実力に訴えることすら叶わず膝が崩れる。自分の無力さに歯噛みしながらその背を見送る。

「覚えておけ！　お前がその剣を持つ限り、私はお前を追い続ける！　お前を必ず狩り殺す！」

負け犬の遠吠えであることは自分が一番よくわかっている。それでも、あの日を生き延びた私達の証が持っていかれる様を、ただ指を咥えて見ていることしかできないからこそ、言わなければならないことだったのは間違いない。これが、私とあいつの最初の遭遇だった。


「報告は以上か？」

どうにかして生きて戻った「サイサロス」の町の冒険者ギルド——その応接室にてギルドマスターを前にソファーに横になって話を終える。最近はめっきりと白髪が増えたなどと愚痴をこぼしているようだが、これからもっと増えることになる。それほどの脅威となる新種の登場である。

「精々禿げ散らかすがいいさ」と心の中で毒づくと、大きな欠伸を一つする。疲労で体を起こすのも億劫なので横になったままの報告だったが、決して有能ではない男でも「新種のモンスター発見」ともなれば無駄口を叩く余裕はないと見える。何も言わずに私の話を最後まで聞いていたが、内心ではそれどころではないだろう。

「ああ、憶測混じりだけど、これまでの退治屋……ご同業が失敗したのは多分あいつのせいだと思うよ」

ボロボロになった服は既に着替えており、レナもギルドの仮眠室で眠らせている。二人の死体から衣服を剥ぎ取り、血塗れの姿のおかげで門番に随分と足止めを食らったが、ようやく一息がつけるとなると二日に渡る強行の疲れが一気に襲ってくる。

報告が終わったのでこれ以上は流石にきついと、考えに耽るギルドマスターに「少し眠る」とだけ言うとそのまま目を閉じ意識を手放す。何か言っていた気もするが、こっちはもう限界なのでそのまま眠らせてもらった。

次に目を覚ましたのは翌日の昼前だった。前日の夕方に眠ったことを考えると半日以上眠っていたようだ。伝言が残されており、もう一度詳しい説明をしなければならないらしい。ソファーから起き上がるとレナの様子を見るために仮眠室へと向かう。

何度か利用したことがあるので、迷うことなく部屋の前まで来るとノックもなしに扉を開ける。そこにはベッドの上で体を起こし、窓から外を見るレナの姿があった。

「仇が生きていたら、まだ張り合いもあったんだけどね」

近づくと私が口を開く前にレナは話しを始める。

「討つべき仇はもう死んで……兄さんもジスタも死んで……どうすればいいのかな？」

「まだやることは残ってる。リゼルの剣が奪われた。それを取り返すよ」

「ディエラ姉さん、もうチームは無くなったんだよ？　無理をするべきじゃないと思う」

チームの中でも最年少とは言え相応に場数は踏んでいるレナにも、あのモンスターの異常性は感じるものがあったのだろう。「無謀なことはするべきではない」と自分でも薄々わかっている。私達が生き残ったのはただ運が良かっただけだ。

「ああ、私もそう思うよ」

あの時、モンスター同士の抗争がなければ私達は死んでいた。そしてあの新種の気まぐれで見逃されることがなくても死んでいた。

「じゃあ……」

「でも、それはできないんだ」と首を振る。自分でも馬鹿なことだとは思っている。けれど、その馬鹿をやり続けて生きてきたのが私なんだ。

「それで諦めてしまうのなら、それはもう私じゃない」

笑って話す私を見て、レナは何も言えずにいる。レナはきっともう誰も失いたくないのだろう。兄が死んで、ジスタも死んで……崩れ落ちてしまいそうなギリギリのところで踏ん張っている。

「死んで欲しくないのはお互い様だね」

そう言ってレナの頭に手を乗せて笑いかけるが、レナは笑い返さない。

「必ず、私達の剣を取り返す。だから、待っていておくれ」

待たせることに罪悪感がないわけではない。「共に行こう」という言葉が出なかったわけでもない。ただ、私が死なせたくないというエゴを突き通しただけのことだ。

「私は、必ず帰ってくる。だから私が帰る場所になって欲しい」

声を押し殺し泣くレナの頭を私は本当の妹のように優しく撫でた。

日も落ち始めた頃、無事仮拠点に到着。道中何事もないのは良かったが、特に何も見つからなかったのは注意力不足か、はたまた本当に何もなかったか？

行きと帰りで少々道を替えた程度ではやはり駄目なのかもしれない。置いていた荷物も木箱の上にトカゲがいたくらいで変化はなし。消費期限のわからぬ乾パンをポリポリと齧りながら、水を飲みつつ干し肉の塩加減に文句を言う。適量がわからないので図体を考えれば少量程度に抑えた食事をし、手に入れた用途不明のステッキもどきを指で摘んでマジマジと眺める。

（材質は木製。長さ二十五センチメートル前後で細い先端部分には見たことのない鉱石らしき物がはめ込まれている。スイッチは……なし、と）

取り敢えず振ってみるが何も起こらない。強く振ってみても変化はなし。キーワードに反応するとかの場合、俺の声では無理がある。その場合この棒が無用の長物と化す。俺は「がーがー」言いながらカチカチとステッキで石を叩きながらどうしたもんかと考える。

（これが予想通り魔法関連の品物であった場合、俺が魔力か何か使用する必要があった場合もゴミとなる。後はどういうケースが考えられる？）

あれこれ使用法を考えていたら気が付けばステッキの先が赤く光っていた。そっと指を近づけてみると熱い。枯れ葉に押し付けると燃えたので、どうやら着火用の魔法道具だと思われる。ハンターがよく持っているのも納得の道具である。

使い方を検証したところ、三回杖の先を叩くとスイッチが入り徐々に温度が上がっていくようだ。「電気コンロみたいな感じか」とありきたりな感想を抱きながら、問題としていた着火関連が解決されたことを素直に喜ぶ。

火は文明の始まりを告げる。「文明的モンスター生活の始まりだ！」なんて言ってみたところで「がおがお」喧《やかま》しいし、肉を焼くくらいしか今はまだやることがない。文化的な暮らしは遠い――今日はもう寝よう。

（まあ、眠くはないし眠れないから起きているんだけどね）

それならばいっそのこそ、夜間での行動がどのようなものかを知っておくために、明日の予定であった北上を今から行うのはどうだろうか？

しばし考えてみたところ、結論は「アリ」である。俺は荷物を全て大きな箱に詰め込むと、それを両手で持って移動を始めた……のは良いのだが、思いの外、箱が邪魔だ。仕方がないので箱は廃棄、二つのリュックに入る分だけ物を入れて荷物整理を開始。

整理が終わると布で包んだ魔剣を紐を使って背嚢に縛りつける。それを腕に通して走行に問題がないことを確かめる。こうなると俺のサイズに合うリュックか鞄が欲しくなるが、そんなものが一体どこで作られているというのか？

無い物ねだりをしても仕方がないと、早々に諦める。人間だろうとモンスターだろうと時には諦めが肝心だ。

（よし、これなら走れるな。空き瓶は一本あれば大丈夫だろうし、取り出した乾パンも早く食べれば問題ない）

意外と乾パンの容器がかさばっていたので全て取り出し、別の袋にまとめて入れる。明日の昼にはなくなる予定なので、少々雑でも問題はない。では出発――仮拠点に別れを告げて、夜間移動の開始である。

施設内部にいた時を除けば夜に活動するのはこれが初めてとなるわけだが、思いの外、問題がない。夜目が利く上、視覚や聴覚、おまけに嗅覚でも周囲を探ることができるので、少し意識をするだけで問題なく行動ができることは判明した。

昼間は見かけなかった夜行性の動物や昆虫がチラホラと見受けられ、中々に新鮮である。やたら深い森の中を突っ切っているので少々怖くはあるが、その辺はすぐに収まったので支障はない。

野生動物の鳴き声を聞きながら軽く走る程度の速度で北上するのだが、月がちょくちょく雲に隠れるせいで何度か方向修正を必要とするが、概ね北へと進むことができた。多少の観察を挟みつつも真っ直ぐ北へ北へと移動を続け、気が付けば夜明けが近づいている。

（流石にあれだけ走り続ければ息も少し切れるか）

呼吸を整えるよう深呼吸をすると空を見上げる。まだまだこの辺りの加減がわかっていない。周囲の木々が邪魔ではあるが、見えないわけでもない空はもうじき日の出となる。一度荷物を降ろし、少し早い朝食を摂る。乾パンと干し肉を適度に食らい、空き瓶に入れた水を飲む。

川の水はそこそこ飲んだが、未だ体に変化はないので恐らく飲料水としては合格ということで良いだろう。そのまま日の出まで体を休めていると木々の合間に漏れる光が少しずつ増えていき、暗い森が徐々に明るくなっていく。

朝日が昇る。同時に俺の視界に大きなものが映った。

（でっかいな……何の木だ？）

二十メートルはあろう大木を見つけた。実際はもっと大きいかもしれないが、見える範囲からの予測でその大きさだ。丁度良い位置なのでそちらに登って周囲を見ることにすると、その大木に向かい歩いていく。

木登りは得意ではないが、この体のスペックなら問題はないだろう。木の太さも十分あり、俺が掴まったところで折れる心配はなさそうだ。近づくとわかるのだが、本当にでかい。

俺が両手を広げたくらいの太さなのだから「何故この木だけこんなに大きいのか」という疑問も湧いてくる。念のためにおかしなところはないか調べてみたが、特に何かを見つけることはできなかったので木登り開始。この体重を支えることくらいは難なくできる肉体能力ならば容易なことだ。

そして周囲の木々を抜けるほどの高さまで来たところで振り返ると、ようやく見つけたかったものが目に飛び込んできた。それはかつてコンクリートの森だった場所――今や緑に覆われた廃墟。そう、旧帝国の町の廃墟で間違いない。俺はようやく自分の正確な位置情報を掴むために必要なものを見つけることができた。

町の廃墟――長い年月放置されたが故に自然の侵食を受け、至るところに植物が生い茂っているこの都市の残骸は、モニター越しに見たことがある風景とよく似ている。原形を留めるビルの姿はほとんどなく、どの建物も一様に外壁が崩れてしまっており、大小の違いはあれど内部までしっかりと緑に覆われている。

（さて、まずはこの町がどこなのかを調べることから始めますか）

外壁の跡がないことからここはまだ内側の都市であるのは間違いない。帝国では空を飛ぶ脅威に対抗すべく、国境に近い都市には城壁の如く高い外壁が何層にもわたって存在しており、その全てに高射砲を始めとする対空兵器が大量に用意されていた。国土を守るという戦略の下、配備された兵器で飛行型のモンスターの侵入を阻むことに尽力した。

なぜ帝国が最大の版図を得るに至ったかと言えば、この対空政策に拠るところが少なからずある。何せ「空の脅威の排除」というどの国も諦めていたことをやり出したのだから、帝国臣民からの支持は大幅に増大。周辺国からの移民も増えたことで外交問題にまで発展した。

最大の脅威である竜こそ除くことはできなかったが、大きな成果を上げたことで国力が増強したのは間違いない。結果、周辺国からの難癖が始まった。その言い分を要約すると「お前のとこが飛行型のモンスターを追っ払うからその皺寄せがこっち来てんぞ。どうしてくれるんだ？」である。思えばこれが切っ掛けで戦争に発展したのではなかろうか？

昔からカナンは帝国と折り合いが悪かったが、一応これには納得の行く理由がある。北は海で西は難攻不落のエルフの森。東への侵攻はドデカイ山脈のせいで難しいので、勢力を伸ばすには南の帝国とやり合う他ないという状況だった。消去法の結果、帝国と事を構えたのは仕方がない話と言える。

さて、じっくりと調べてみたが、やはり外壁と呼べるほどの大きさの壁はなく、この廃墟が内側の都市であった事が確定した。次はこの都市の名前だが……数こそ少なく原形を留めているものはないとは言え、ビルがあるならば田舎ではない。

「知らない都市名でした」ということは恐らくないだろうし、一応ここがどこなのかについては幾つか候補が俺の中で上がっている。無事な標識か何かを目当てに大通りの道路を探し、至るところがヒビ割れた足場の悪い道路をのっしのっしと歩く。

周囲に何かないかを確認しながらなので速度は遅いが、ここは見落としがないくらいしっかりと探すくらいが丁度良い。最初に見つけた標識は形こそ無事だが書かれていたはずの文字に読めるものはなく、手掛かりとなりそうなものは何もなかった。そして二つ目の発見でここがどこなのかが判明。

「エイルクゥエル」――俺が予想した中で最も可能性が高い町。旧帝国領では北東部に位置する前線となった都市を支えた町である。となればここから北北西に向かえば、カナンとの国境に最も近い町「ルークディル」に辿り着くことになり、東に行けば「旧カーナッシュ砦」の前線基地があるはずだ。

自分の現在位置が把握できたので今後の進路に心配はなくなった。これで行こうと思えばいつでも旧帝都へと向かうことができる。ちなみに俺は帝都住みの富裕層であり、能力さえあればエリートコースに進めていた可能性があった。

「まあ、可能性だけなんですけどね」と心の中で付け加え、最初の目的を果たしたので次は探索のお時間です。体がデカイせいで入ることができる建物は限られるが、大半が壊れているので多少壊したところで問題はない。

そんなわけで探索を開始したのだが、廃墟だからやっぱりアレがいるわけである。本当にこいつらはどこにでも湧くから困ったものだ。もしかしたら旧帝国の都市全部にこいつらが住み着いている可能性がある。その場合一体どれほどの数になっているか考えたくもない。

こいつら繁殖力は帝国の学者ですら「何こいつら、やべぇ」と言わせるほどなのだからどうなっているのか想像すらできない。というわけでお掃除も兼ねて嗅覚訓練と洒落込もう。流石にこれだけ臭いと場所が丸わかりで訓練にすらならないが、他の生物をゴブリン臭の中から嗅ぎ分けるともなれば話は別だ。

そんなわけで開始したこの訓練。一言で言ってしまえば「難しすぎる」である。そもそも臭いという情報は人間にとってそこまで重要なものではないのだ。そして「嗅ぎ分ける」という行為を日常的に行うような人物像を想像してみて欲しい。珍しい職業に就いているか、もしくは特殊な性癖を持っているか――恐らくこの二択ではないだろうか？

当然俺はそのどちらでもないので、臭いについては無頓着の部類に属していたと思われる。なので突然嗅覚が上がったところで、性能をフルに発揮することなど到底無理な話なのだ。

（うん、これは無理だ。時間をかけてちょっとずつ慣らしていくしかない）

俺は早々に訓練を諦めてゴブリン退治に精を出す。のっしのっしと道を行き、建物を壊してゴブリンを狩る。そのついでに何かないかと見て回るが、目ぼしいものは何もなし。隠れていようが臭いでわかるが、たまに間違えるのはご愛嬌《あいきょう》。

野生動物の逃げる姿をちょくちょく見かけるが、やはりゴブリンの臭いがきつすぎてそこにいたことさえわからなかった。そんな風に三十匹ほど処分したところであることに気が付いた。

（逃げ出す方向が決まって北か……この町の北側には何があったか？）

記憶の中のエイルクゥエルの町を掘り起こすも、残念ながら該当はなし。じっくりとこの町を探索するためにも、大雑把で良いから掃除が必要だ。そこに何があるか……もしくは何がいるかはわからないが、行ってみることにしよう。擬態能力も使わず草だらけとなった道路を堂々と歩く。

俺を見つけたゴブリンは皆一様に北へと逃げていく。わざわざこちらに見つかるように逃げているのだからまるで誘っているようだ。こちらを誘導しようとしているのであれば、何か秘策でもあるか――それとも俺に勝てる自信がある何かがいる、ということだろうか？

見るだけならば問題ないだろうとそのままゴブリンの逃げる方向へと歩いていく。道中も周囲を見ながら進んでいたのだが、やはりというか無事な店は勿論、原形を保っている家が一つもない。

ここのゴブリンが使用しているのか、崩れたものを建材として利用しているのか色々な場所から剥ぎ取られた跡まである。町の状態を確認しつつ、進んだ先にあったのはかつて俺が通っていた場所とよく似た建物。

（学校か……あー、体育館とか広いもんな）

状態は比較的良く、天井がまだしっかりと残っている部分が多く、確かにこれならゴブリンが籠もるのも頷ける。そしているいる――校門の先にわちゃわちゃと緑のアレがひしめいている。この分だと校舎の中や体育館にもたっぷりと詰まっていそうだ。

崩れた壁を補強したような跡があり、ゴブリンの群がここを根城にしているのは間違いなさそうである。取り敢えず修繕したとは言い難い壁をワンパンで破壊し、ゴブリンを薙ぎ倒しながら敷居に入ると連中の動きを観察。

どうやらここのボスは体育館にいると思われるので、そちらに向かってのっしのっし。やはりというか立ち塞がるゴブリンが増えてきた。「だから何？」と言わんばかりに殴って蹴って、尻尾で打ってガンガン進むが、臭いがヤバい。

はっきり言って臭すぎて吐きそうなレベルで目的地からは異臭が発生している。このままでは中に入ったら窒息死してしまうかもしれないので、まずは換気も込めて入り口を作成。拳一発でできた穴の周囲を蹴りを入れて壁を崩し、俺が通れるサイズまで拡張する。

この悪臭の元凶は一目でわかった。大きさだけなら俺よりも大きい肥大した緑の怪物が、そのでっぷりとした体を敷き詰められたマットや布団の上で横たえている。

（この数……まさかと思っていたが、やっぱり女王がいたか）

ゴブリンが他種族を繁殖に使うことは確かにあるが、基本的には「女王」と呼ばれる個体が産むのが一般的だ。栄養さえ足りていれば一日に三、四匹は生み出せるというのだから帝国の学者が驚くのも無理はない。しかも生まれたゴブリンは僅か二日で自分の足で歩けるようになり、二十日で狩りを行うようになるのだから驚きだ。

どう考えても科学ではなく魔法の分野である。そしてクイーンやキングと呼ばれる「統率個体」に分類される上位種がいた時にはある現象が起こる。

（こいつらはゴブリンクイーンがいたから逃げずに俺に向かってきたわけか）

そう、統率個体がいる群は逃げ出すことがない。大抵のゴブリンの群は状況が不利になると即座に散開して逃げるのだが、統率個体がいた場合は相手の強さや状況で逃走はしない。頭が潰されない限りは抵抗を試みる。俺が姿を見せると女王が耳に障る甲高い声で鳴く。

するとわらわらとあちこちが崩れた校舎の中からゴブリンどもが溢れてくる。見える範囲でも三～四百は軽くいそうな集団だが、全く負ける気がしない。ゴブリンの武装を見れば、その脅威というものもある程度把握できる。目の前の連中が重火器で武装しているならともかく、石の槍や弓を手にしている時点でもうそれは戦いですらない。ただの駆除である。

俺はまず外にいるゴブリンの集団に突っ込んだ。一斉に放たれた矢は突き刺さることはなく弾かれ、投げられた石は当たって砕けるばかりで妨害にすらならない。突き出された石の槍は折れ、叩きつけたれた石の斧はあっさりと壊れた。

対して、拳を振るえば数匹のゴブリンが一度に死亡し、尻尾を振るえばまた即死。歩を進める度、邪魔なゴブリンを蹴り飛ばせばまとめて何匹も吹き飛ばされる。完全に無双状態である。そもそもゴブリンの腕力で投石したところで通用するはずがないし、石器の武器で鉄より硬い俺の体を傷つけられるはずもない。

ゲーム風に言えば、こちらの防御力が相手の攻撃力よりも遥かに高いため、一切ダメージが通らないという状況――視覚化すればきっと「0ダメージ」の表記で俺の姿が見えなくなっているはずだ。先程から打ち込まれている魔法にしても、ゴブリンが使えるものは低級に分類されるものだけだったと記憶しており、ダメージどころか痛みすらない。

炎は確かに熱いのだが、すぐに消えるので火傷の心配もなく、耐熱能力まである可能性が出てくる始末。よって、マジックアイテムを使った強力なものでもない限り痛みすらない。当然そんなものをゴブリンが作れるはずもなく、また人間の領域から離れたこの場所でそんなものがあるはずもない。

もっと言えばここは帝国領で、魔法道具を見つけることさえほぼ不可能だ。つまり、こいつらが俺に対して採れる有効な手段は一つ――毒だけだ。もっとも、毒でさえ今の俺の肉体には効果がない可能性がある。

これに関しては俺もよくわかっていないが、これだけ強靭な肉体ともなればそれだけ効きにくくなるのもあり得る話だ。加えて帝国領内で採れる自然物の中で危険度の高い毒物というのは、ほとんどがゴブリンに扱える代物ではない。流石に食べたら死ぬような物はあるが、それをどうやって俺に食わせるのか？

成分を抽出する？

それこそゴブリンにはできないことだ。

薬局や病院跡で毒でも見つける？

できるもんならやってみろ。二百年間電力なしの状態で保管できるものの中に、俺に通用する毒物がピンポイントに残っている可能性を考えるのは慎重がすぎるというものだ。「むしろお前らの体臭の方が化学兵器なんだよ」とゴブリンの塊を吹き飛ばしながら毒づく。

（まったく、こいつらが生物兵器だと言われても否定できんぞ）

群がるゴブリンを蹴り飛ばしながら心の中でさらに悪態をつくと、また女王が鳴き声を上げゴブリンがわらわらと集まってくる。どうやら女王が呼び寄せているようだが、折角なので全部呼んでもらえば駆除が楽になる。俺はゴブリンの増援がなくなるまで運動場でゴブリンを狩り続けた。

時間にすれば三～四時間と言ったところだろうか？

ついに増援が途切れた。幾ら鳴こうが喚こうが、女王の呼びかけに応える者はいなかった。最後に女王を守るのは親衛隊と言ったところか？

明らかに他とは武装の質が高い集団が俺に向かい手にした槍を向ける。金属製ではあるが、町で拾った物を研いで作ったような粗末な代物なので何の脅威にもならない。魔法を使う奴もいたが、撃ってきた石の塊を殴り飛ばすと、跳ね返った破片の当たりどころが悪かったのかあっさり死んだ。

向かってきた十五匹の親衛隊は僅か十秒で全滅、後には自力では動けぬほどに肥大した女王が残った。最後に女王をどうやって殺すか、だが……流石に臭すぎてこれ以上は近づきたくはない。そこで使うものがこちら、瓦礫《がれき》である。

要するに「投擲《とうてき》で殺す」ということだ。何せ的がデカイのだ。練習にももってこいである。「何球目に死ぬかな？」と言っても「がっがががっがが」という声しか出ず、まずは一投目——狙いを大きく外して横たわる女王の頭の上を通過。

二投目の準備をするが緑の物体が煩い。そして今度はしっかりと狙いを定めて投げられた瓦礫は女王の肩を撃ち抜いた。叫び声を上げる女王を無視して三投目——命中したのは腹。ゴボゴボと血を吐き散らかす様を見て「ありゃもう助からんな」と思ったが、気にせず四投目。

ようやく頭に当たって俺も満足の行く結果に終わった。後は女王が産んだ子供も処分すればお掃除完了である。そして予想通りというべきか、ゴブリンの子供は校舎の中にいた。教室がたくさんあるからそこにいるだろうと思ったが、やはりゴブリンは考えが浅い。

壁を壊して射線を確保し、手にした瓦礫で先程の続きをする。子供を隠そうとして扉を締めたのが仇となったのだろう、壊れた扉を開けることができず、窓から逃げようとしたものがその死骸で塞いだおかげで逃げ場を失った子ゴブリンがよたよたと教室を逃げ回る。

それをゲーム感覚で一匹ずつ丁寧に撃ち殺し、弾がなくなれば壁を壊して補充する。結果、二部屋で合計三十三匹の子ゴブリンを駆除。周囲の音に気を配るが、聞こえる範囲で動くものの気配はなし。これにて町のお掃除は完了だ。

こうして掃除を終えた俺は学校からさっさと移動する。臭いがきつすぎるのと、体のあちこちに付いてしまった血を洗い流したいからだ。学校なら貯水槽くらいあるだろうが、ゴブリンが日常的に使っていたであろうものなぞ使いたくもない。

贅沢は言っていられないのはわかっているが、他を探すくらいはさせてくれ。というわけで見つけたのがこちらの雨水が溜まってできたであろう元ゴミ箱。虫が湧いてるから論外だ。

結局は下水道の水を使うことになったのだが、長年汚水が流れずに雨水だけを流し続けたおかげか、思いの外、臭いも少なく外で見つけた水に比べて綺麗だった。崩壊した道路のあちこちに隙間が出てきていたことで換気もできていたのだろう。自然の力は偉大である。

まあ、文明の方が好きなんですがね、とさっぱりした体で荷物を取りに戻って探索を開始。やはりまだあちこちにゴブリンの残り臭があるのが気になるが、それでも一つ一つの家や店を調べていくと、太陽はすっかり真上まで来ていた。荷物を少なくするために残った乾パンを全て食べ、少し干し肉も齧る。

人間の一口サイズなのでやはりというか食べごたえがない。酒瓶の中の水も半分ほど消費し探索を再開。まだ読めそうな本や新聞の残骸を集めつつ、手に入れたのはこの登山用のリュック。

なんと俺の腕に通せるほど大きく、これ単体で背負うことはできなくとも紐などを使えば十分可能。そしてこの容量に目的故に十分な耐久性は確実であり、俺の求める条件を見事に満たす優れものである。

おまけに各種登山用品を取り付けたり持ち運んだりするための仕組みも存在しており、これを改造すれば更に利便性は増すことは間違いない。ワクワクしながら使えそうな道具を探し、ついでに情報になりそうなものも見つけていく。

結果、登山用リュックはベルトを使って俺が背負えるようになり、そのサイドには布で巻かれた魔剣が装着され、反対側には保存状態の良いスコップが取り付けられた。

「ガッ、ハー！」

この満足感に思わずポーズを取って吠える。容量が増大したことで新たに綺麗な瓶を幾つか確保。まだ使えそうな布やシーツ、鍋やフライパンと言った調理器具も手に入れホクホクである。

（情報？　後回しだ）

他にもまだ何かあるだろうと血眼になって店を探す。そして見つけたショッピングモール。中は吹き抜けとなっており、俺でも入れる親切設計。これには俺も狂喜乱舞。店頭に並んだ物は流石に使える物はまずない。狙うはバックヤード――開封されていない在庫品だ。

（倉庫が通れない？　なら入り口を壊せばいいじゃない！）

そんな感じでテンションが上がりに上がった俺は、日暮れまでショッピングモールでヒャッハーしていた。そして溜まりに溜まった戦利品の山を見て思う。「持っていけるわけないだろ」と……要反省である。

ともあれ、最早自分が何を獲ってきたかも把握できていないこの山の中から必要な物だけを取り出さなくてはならない。早速品物を厳選するのだが「アレも欲しい、コレも欲しい」でさっぱり決まらない。

冷静になれば持っていく物も決まると思ったのだが……案外踏ん切りがつかないものだ。取り敢えず鍋は必要である。水を煮沸するにも料理をするにも使えるのでここは確保だ。刃物は魔剣があるから、持ってきた鉈や包丁は除外して良い。

（あ、でも十徳包丁とかは……いや、サイズ的に扱いが難しい。ここは切るべきだな。他には……）

時に涙を呑んで採用を見送りつつも選別は続く。気づけば夜になっていた。結局持っていく物は、綺麗な布とブルーシートに鍋が二つ、瓶五本。後はスレッジハンマーにバーベキュー用の鉄板となった。金網も欲しかったのだが、残念なことに無事な物はなく持ってきていない。

未開封のブルーシートは巻かれた状態で背負ったリュックに取り付け、鉄板は吊るせば良いだろう。スレッジハンマーはそのまま右手で持てば完成。リュックの容量は半分以上残っているが、こちらは食料用に残しておく。

（そうなると食料を入れる何かが欲しいな……ああ、あったあった）

追加の大容量クーラーボックスを左の肩に下げる。今度こそ完成である。

（……何この格好）

どう見ても不審者ってレベルじゃない。ショッピングモールの鏡に映った自分の姿を見て冷静さを取り戻す。子供の頃に作った「ぼくのかんがえたさいきょうのプラモデル」感が半端ないこの取ってつけた感には思わず苦笑い。だが不格好と侮るなかれ、趣味と実用だけを考えたこの装備に無駄などあるはずがない――と自信を持つことができないこのスレッジハンマー。

多分俺が素手で殴った方が強い。だってスレッジハンマー格好良いんだから、持って行くくらい良いだろう。ちなみに片手でブンブン振り回せるのでお手軽にゴブリンを潰すことができる。手を汚さないためのものと思えば無駄ではないはずだ。

さて、時間が時間なのでもう探索は効率が悪い。大人しくここで寝泊まりすることにして、安全に眠れそうな場所を探す。一応目星は付けており、略奪中に見つけた家具屋に現在は向かっている。

店の中は基本天井が高いので、俺でもちゃんと屈めば入ることはできる。

リュックを降ろし、ベッドやマットを集めてこの体でも横になれる寝床を作るとボロボロの家具で入り口にバリケードを作る。俺は作った即席のベッドに体を横たえると静かに目を閉じた。


ショッピングモールからおはよう。気が付けば明け方なので、間違いなく眠っていたと思われる。暗くなってそれほど時間は経っていなかったので結構な時間眠っていたことになる。このことからある仮説が浮上した。

(まさかとは思うがこの体、眠気も空腹も喉の渇きも感じないだけなんじゃないだろうな?)

だとしたら徹底した自己管理が必要という何とも面倒な体となる。可能性としては考えてはいた。だが本当にそうであった場合、この体の適量などわからないので本当に面倒くさいことになる。取り敢えず当面は少し食事の量と水の量を増やすことにして、現在の手持ちを確認する。

干し肉：多分後三百グラムくらい
水：なし

探索よりも狩りの必要性が出てきた。水は下水道の水を煮沸するとしても、できれば飲みたくない。

(いっそ昨日集めた物から情報を得て川に向かう方が良いかもしれない)

時間に余裕がないとは思えない。そもそも集めた雑誌や新聞紙は逃げないのだから焦る必要はない。ならばここは一度補給である。一部の嵩張る荷物を置いて東へ向かって走る。改造リュックの具合を確かめるにも速度を少しずつ上げていくが、何事もなく川へと到着。

これで帰りも問題ないならば大丈夫だろう。川に入って体を洗い、水を飲んで魚を獲る。適当に絞めて今食べない分をクーラーボックスに入れ、火をおこし魚を焼きつつ鍋に入れた水を煮沸する。川の水は飲料水として使用できるので、そのまま瓶に入れるが念のために煮沸した水を一つ用意しておく。

焼いた魚を塩っ辛い干し肉で食べると軽く腹ごなしに体を動かす。最初に比べれば確実に体が動くようになってきており、尻尾も問題なく動かせるようになってきている。尻尾の太さと可動範囲の都合上、物を持つことはまだ難しいが叩きつけるのは上達している。

いずれは尻尾で物を掴んで投げるとかできるようになりたいものだ。少し遅めの朝食を終え、水の補給も完了したのでショッピングモールの簡易拠点へと帰還する。森の中の走行も着実に慣れてきており、六割くらいの速度でなら問題なく駆け抜けることができるようになっており、おかげで昼過ぎには戻ってくることができた。

（この巨体でこの速度は反則だよなぁ……）

おまけに休憩なしで三時間以上走り続けてほぼ息切れなし、という化物染みた体力もある。最早ご自慢のスペックとなりつつあるが、今回は頭脳労働だ。集めた雑誌、新聞紙から当時の情報を読み解いていく。その結果、欲しい情報は少ないがわかったことは幾つかある。

まず一つ目、戦争に関してだが……やはりと言うべきか戦況はかなり悪化していたようだ。特に西側の戦線は作戦の失敗が引き金となり、前線基地が崩壊していたと見るべきだろう。情報の統制は行われていたと考えれば、それよりも酷い状況も十分考えられるのだから、予想通りエルフはかなり手強い相手だったということだ。

内側の都市の避難状況などが少し書かれているので、幾つか町が陥落していた可能性がある。対して北と東は戦況が硬直、南に至っては優勢を維持していると書かれている。「本当かね？」と疑問に思うので、一段か二段は下げて考えておこう。

次、二つ目……あまり重要ではないが、やはりと言うべきか「遺伝子強化兵」に関しては何もみつからなかった。「新兵器を導入」すら見つからなかったので、俺の存在は隠蔽されたまま戦争が終わったと見るべきだろう。

そして、最も重要なのがこれ――日付だ。帝国暦一六六七年五月以降の物が一つもない。念のためにもう一度探索に行った。その先で見つけたものの中にも見つけることができなかった。

（これではまるで――）

そしてようやく見つけた最新の記事――帝国暦一六六七年五月二十五日の日付の新聞には「最終兵器の投入を決断」の文字。嫌な予感しかしないのは、俺が生粋の帝国人だからだろうか？

「祖国よ、お前さんもしかして本当に自爆しちまったのか？」と誰に聞かせるではなく呟く。一人空を見上げてガオガオ呟きつつも、未だ確証が持てない俺は日が暮れるまで探索を続けた。だが、それ以降の日付の物は見つけることができなかった。恐らく、ここではもうそれ以上の情報は手に

入ることはないだろう。

（確証を得るのであれば、他の都市――いや、帝都ですべきだ）

俺は今後の目的に一つ追加した。やることがあるうちは、きっと狂わず生きていけるだろう。


翌朝――と言っても夜が明けるまでもう少し時間がある。連日眠ることができたまでは良いのだが、多分四時間ほどしか眠れていない。それで目が覚めるということはこの体に必要な睡眠時間は然程多くはないのかもしれない。

朝食を摂るにはまだ早いので、水だけ飲んで本日の目的地「ルークディル」へと向かう。まあ、既に昨晩残った魚を全部食べてしまったので、道中何か狩るしかないのだから体が大きいというのも考えものである。

（刃物もあるから解体の練習もしなきゃならんのよなー）

「生きるって大変なことなんだな」と他人事《ひとごと》のように頷く。いっそ獣のように生でバリバリいけたなら栄養問題はほぼ解決するのだが、とてもではないができる気がしない。その辺りにまだ、自分が人間であった名残に見えて手放すことはできないのだろう。

などと格好良く言ってみたが、普通に文明人として生きてきた俺には到底そんな覚悟がないから無理なだけである。さて、まだまだ空は暗いが歩みは止まらない。大体北北西に向かって前進していると見て、ルークディルの町の跡までは距離と速度を考えれば昼までには着くだろう。

背負ったリュックとクーラーボックスも移動をあまり阻害せず良い感じである。ただ、たまに丸めて棒状になったブルーシートが木に接触するので、運び方を変えるかサイズを調整した方が良いかもしれない。

途中草だらけになった線路跡を見つけたのでそちらへ移動。進行方向的にルークディルに駅があるはずなので、樹木の少ない線路跡では速度が上がる。結局予定していたよりも早い昼前に町を視認できるまで近づくことができた。

（城壁跡がある――ここがルークディルと見て間違いないな）

町に入る前に荷物を木の上に退避させ、目印の代わりにスレッジハンマーを吊るして準備完了。水を少し飲んでから臭いと音を意識しながらゆっくりと崩れた城壁を越える。すると案の定というか臭ってきたのはあの臭い。

（そりゃいるわなー）

「がっはー」と息を吐いて、擬態能力を使用し隠密状態で移動する。ゴブリンはこの状態の俺を見つけることができるかどうかという実験なのだが……肝心のゴブリンが見当たらない。首を傾げつつも中央へと進んでいくと僅かな音を俺の耳が捉えた。

間違いなく声――それも人間の声だ。残念ながら男のものだが、どうやら誰か一人が大きな声を出している。声が聞こえた方向へと進路を取ると、進行方向からゴブリンが走ってくる。

（怪我が多い……逃げ出して来た？　となると戦闘中か）

逃げるゴブリンがいるということは統率個体はなし。ゴブリンだけの群か、はたまた別の種族が支配しているかは不明だが、これはカナン王国の戦いが見られる絶好のチャンスである。

　俺は大きな音を立てないように気を付けつつ急いで戦場となっているであろう場所へと向かう。逃げたゴブリンは俺が投げた石で土手っ腹に穴開けてたからもうじき死ぬかな？

　さて、いよいよ人間とゴブリンの声がはっきり聞こえてくる距離まで近づいて参りました。まだ崩壊しそうにない頑丈そうな建築物の上に陣取り様子を窺う。

（おおう、バッチリだ）

　まさにベストポジション――広間のような開けた場所では五十名ほどの武装した人間と、それを取り囲むようにわらわらとゴブリンが群れていた。数は恐らく三百未満だが、全体の三割ほどが金属製の武器を持っている。この規模の群ならば恐らく毒も使っているので、しっかりと武装した五十名でも無茶はできない、といったところだろう。

　その証拠に人間の死体は一つもなく、転がっているのは全てゴブリンのものである。この人数で慎重に動かれてはゴブリン程度ではどうしようもないだろう。巨大な剣を持つ大柄の男が声を上げるとそれに合わせて部隊が動き、広場に転がるゴブリンの屍が増えた。多数の人間が一つの意思によって動く統率の取れた集団が相手では、数に勝るだけのゴブリンでは勝負にならない。

（なるほど、あの男が指揮官か……さっきの声もこいつのだな）

「これはもう勝負あったな」と観戦気分であったが、この戦いは最早消化試合のようなものである。

というわけで解説は私、名もなきモンスター。武装から正規兵っぽくないので、恐らく傭兵五十名対粗末な装備のゴブリン三百匹の戦いをお送りします。

当然と言いますか、包囲されているという状況ははっきり言ってかなり分が悪い。しかし「そんなこと知ったことか」と方円の陣で全方位に対応している傭兵陣営。これには武装、練度、強さ、全てにおいて劣るゴブリンは成すすべなし。「突っ込んだ奴から死んでいく」を繰り返しジワジワ数を減らしていっている。

おっとここでゴブリン選手、石を取り出し投げる気だ。それを見ていた他の選手も我も我もと石を拾いに後ろに下がる。あー、どさくさに紛れて逃げているゴブリンがいますねー。

投げつけた石は盾で塞がれ効果なし、地面に転がった木の矢を見る限り、既に打ち尽くして打つ手なしという状況のようですが、これは逃走もやむなしと言ったところでしょうか？

はい、では戦場に戻りまして……どうやら一部が逃げ出したことでゴブリン側の前線が崩壊を始めたようです。ああ、人間側の号令で崩れた場所へと攻撃が開始されました。これは酷い、ゴブリン選手成すすべもなく斬り殺された。

あちらこちらで起こる残虐ファイトにゴブリン軍団は総崩れ。逃げ遅れたものは剣の錆になり、逃げた者の背中にクロスボウの矢が追い打ちをかける。掃討戦へと移行したことが確認されましたので、これにて終了。人間側の圧勝である。

まあ、統率個体なし、他種族なしのゴブリンオンリーではこの程度だろう。さて、人間側の武装を見る限り、十中八九彼らは傭兵。軍隊や騎士であるならば、武装が統一されているはずだが、彼らの装備品はバラバラだ。

ただ一点、彼らの共通事項として右腕に赤い布を巻いている。どうやら俺の知っているカナンの傭兵団の伝統はまだ残っているらしい。そして「シンボル」を許されているということは、彼らは間違いなく腕利きの傭兵団だ。

「カゼッタ！――。――探せ！」

辛うじて聞き取れるカナン王国語から拾えた単語。どうやら彼らの目的はここに巣食うゴブリンの殲滅にあるようだ。名を呼ばれたであろう見た目まんま魔術師風の男が前に出ると、目を瞑《つむ》り静かに詠唱を開始する。

警戒して体を伏せ、向こう側からはこちらの姿が見えない位置まで少し下がると瓦礫の隙間から覗き見る。時間にして三十秒足らず、その間にも傭兵達の追撃は止まず、放たれた魔法は広範囲に広がった。その中に俺も含まれていたのは少々迂闊《うかつ》だったと言わざるを得ない。何故ならば――魔法を使った男がこちらに杖を向けて大声を上げたからだ。

（あー、ソナーとかサーマルみたいに探知する系の魔法かね？）

いや、もう本当に魔法はよくわからん。どうやら傭兵は一部にゴブリンの殲滅を継続させ、残りを俺の討伐に向けるようだ。姿は隠しているので見えてはいないはずなのだが、ちょこっと移動すると杖の先を移動させたことから、マーキングみたいなものをされたか魔法の効果が継続中かのどちらかだろう。

今日は傭兵の装備の確認ができたのでこれ以上の収穫は必要はない。全力で撤退すれば人間の足の速さでは追いつくことは不可能なので、撤退しても良いのだがもう少し相手の出方を窺う。一応ここで傭兵達を撃退し、町を漁るという選択肢もないわけではないが、ここに既に人間がいるということはここはもう取れる物はないと見た方が良いだろう。

つまりこの案は却下。傭兵の装備を見る限り万が一はないと見ているが、戦闘を行った結果がどう転ぶかわからない。ゴブリンと戦う姿も拝見させてもらったが、正直脅威を感じることはなかった。負ける要素は見つからないが、魔法だけは不確かなので踏ん切りがつかない。

陣形を整えた傭兵達を前にうんうん唸っていると、再び命令を受けた魔術師が詠唱を開始する。

詠唱は短く、杖の先から放たれた炎が俺のいる場所を周辺ごと広範囲に薙ぎ払う。明らかに攻撃ではなく、炙り出しが目的の炎――それに隠れるように立ち上がり、拳で払うと同時に擬態を解いて姿を見せる。

炎を払い、そこから現れた俺の姿に傭兵達から驚愕の声が漏れる。一喝して仲間のざわめきを鎮めた隊長が、手にしたグレートソードを俺に突きつけると誘うように上下に揺らす。

(そこまで誘われたら断るのもなぁ……)

傭兵の中には「戦いたいから」という理由でこの道を選択する者もいる。この隊長さんは恐らく戦闘狂――所謂「バトルジャンキー」というやつなのだろう。「ガッ、ハー」と息を吐き「仕方ねぇなぁ」といった具合にその場から跳躍すると、傭兵達の前に着地する。傭兵達をゆっくりと見渡す。

(全部で……三十八人。女性は三人。一人は神官っぽいが……)

残り二人の女性のうちの一人がまた露出度がやたら高い服装である。ジャケットにホットパンツ、一枚の布をチューブトップのように巻きつけており胸の前に結び目がある。防御力が低そうだが大丈夫なのだろうか?

男？

割とどうでもいい。どいつもこいつも似たりよったりの装備だし、臭いのキツイ奴が何人かいるのが少々気になる。まあ、戦闘経験を積むと思えば、多少遊んでやるくらいはやってやってもいいだろう。俺は無警戒に真っ直ぐのっしのっしと広場の中央へと歩く。

（ほら、さっきとは真逆だぞ？）

俺はわざわざ広場のど真ん中に陣取り、傭兵達に包囲させる。この時代の傭兵さんのお手並みを拝見するとしよう。取り敢えず先手は譲ってやるとして、相手がどう動くかなのだが……予想通りのお見合い状態。

（まあ、確かに人間側からすれば俺は「見たことのない新種のモンスター」に分類される。警戒するのは当たり前だよな）

とは言え、こう睨み合ったままというのも少し気まずい。なので動き出しやすいように一歩踏み出してやった。それと同時に命令を待たずに矢を放つ者が数名。どうやら練度の低い者が混じっているようだ。そしてなし崩し的に幕は上がる。放たれる弾幕は一気に増え、前に出た傭兵の槍が俺に届く。

だが、その槍は俺に突き刺さることなく二本の指で止められた。だが、同時に背後からの一撃はまともに受けることになる。そして折れた剣の刃が宙を舞い地面に落ちると、傭兵達は勢いを失い静まり返った。

（まあ、こうなることはわかっていた）

だってさあ、装備品が二百年前から進歩してないんだよ？

対戦車を想定したような攻撃力に、銃弾を想定しているとしか思えない防御力――それをほぼ魔法なしで戦うとか、自殺行為としか思えない。パワーだって桁違い、しかもその全力に耐えられるほどの強靭な肉体を持ち、体力も当然人間の比ではない。それでも、彼らには戦ってもらう。何故ならば、この戦いは彼らが仕掛けたものなのだから。

戦闘開始から約十分――その結果を簡単に言うと「無傷」である。放たれたクロスボウの矢は皮膚に刺さることなく弾き返され、斬りつけたはずの剣が欠け、突き出された槍はへし折れる。「安物の武器では駄目だ」とすぐに認識し、俺を攻撃しても壊れない武器を持った者だけで攻撃をするのは良い。

むしろ即座にその判断を下すことができたこの隊長さんは優秀である。しかし、だ。それで前線メンバーが十五人にまで減るのはどうかと思う。サポートに回った残りの傭兵さん達、できることなくて凄く居づらい雰囲気漂わせてるよ。

（もう少し装備を整えるべきだろ。後魔術師が少ない上にすぐ息切れしてどうするよ？　まあ、魔法がポンポン使えるものじゃないことくらいは知ってるけどさ、それなら数を揃えるなりしようよ？）

そんな感想を抱きながら背後に回った斧使いの男を尻尾で弾き飛ばす。ちなみに戦闘不能の人数はまだ八人くらいなので程よく手加減は成功している。あくまでこれは戦闘訓練なので、早々に脱落してもらっては困るのだ。

余裕がありすぎると思われるかもしれないが、ちゃんとした理由があってこうなった。それは武器の性能だ。指示を飛ばし、常に俺の正面を陣取る隊長の持つグレートソード以外警戒する必要が全くない。

また能力的に見ても危険と呼べるのは彼一人だけなのだから「ちょっとこの傭兵団トップに依存しすぎなんじゃない？」と心配になるレベルである。団員達が何か喚いているが、俺の語学能力だと早口で喋られるとちょっと聞き取れない。ところどころ単語は拾えているのだが、そちらに集中すると目の前の隊長さんがしっかり隙を見て切り込んでくる。

刃渡り一・五メートルはあろう鉄の塊である。流石にこれを真っ向から受けてやるほどお人好しではない、人ですらないが。相手の斬撃に合わせて拳で撃ち落としたり、軌道を力業で変えることで被弾をゼロにしているが、未だ武器が壊れるどころかヒビすら入る兆候もない。

（こりゃ魔剣だ。間違いない）

多分「硬くなる」とかそういう感じの耐久と破壊力を両立するタイプだ。俺をぶった斬るならダイヤモンドカッターでもないと無理だと思われるので、相性を考えるなら恐らく理想的な武器と言える。その一撃を確実に避け、周囲から断続的に行われる攻撃をあしらいながらしっかりと傭兵の持つ武器や技量を確かめていく。

（銃の一つや二つあると思ったんだが……）

俺のこれまでの警戒は一体何だったのか？

最大の懸念材料がない今となっては、ここは既に俺の訓練場である。戦闘を開始してすぐは警戒が強かったせいで早々と一人死なせてしまったが、手加減する余裕ができてからはまだ誰も死んでいない。

しかし連携の取れた相手の攻撃を捌くというのは良い訓練になる。体の動かし方も大分良くなってきていたので、この訓練は実に有意義なものとなるはずだ。漫画の知識を試すべく、自分なりの型を模索しつつ確実に動きを精錬させていく。恐らくもう傭兵連中も気づいているはずだ。これが「戦い」などではないことに――。

「はあぁぁぁぁ！」

突如漂い始めた悪い空気を払うように、大声を上げて背後から突っ込んでくる露出系ワイルド金髪美女。

「アニー！」

それが金髪さんの名前なのだろう。隊長さんの強い口調から恐らくは命令無視で突っ込んだのだと思われる。突撃で味方の士気を回復させようという狙いなのかもしれないが、残念ながらそんな安易な攻撃を許すほど甘くはない。

俺は尻尾を使い、今までの攻防では間違いなく最速の一撃を放ちつつ、飛んできた手斧を左手の拳で弾き返す。ところがその横薙ぎの一撃を彼女は滑るようにくぐったのだ。思わず「うっそだろ！」と声が出そうになるほどの驚愕。俺のすぐ真横についた金髪さんの次の行動は――クロスボウ。狙いは間違いなく俺の目だ。

（遠距離で通じないなら至近距離か！）

可能性はゼロではないだろうが、それでこの危険を冒すのだから何とも豪胆な人物である。露出過剰にも思えたが、この軽装と身のこなしが彼女の最大の武器だったようだ。見誤ったことは間違いない。腕を伸ばし引き金を引いた時、彼女は俺の目を確実に捉えたと思っただろう。

(だが甘い)

形勢逆転を懸けた一撃は俺の歯で止められた。鏃《やじり》に歯が食い込むほど強く噛み締められ、俺は変形した金属の塊を吐き捨てると同時に素早く伸ばした左手で金髪さんを掴む。周囲から怒号が響くが無視。ウエストが良い感じに細く、片手で掴むのも苦労はない。

体を引っこ抜こうとするが力に差がありすぎるので無駄である。年齢は二十代半ばか後半辺りだろうが、美人さんを殺すのはどうにも気が引ける。なので掴んだ彼女を適当に後方に投げつけて退場してもらうつもりだったのだが――抜けられた。

ヌルっとした中にふにっとした感触が指に走ったかと思えば、金髪さんは地に足をつけていた。上ではなく下に抜けた。俺の手には何かの液体とジャケット、結び目の付いた布が残され、上半身裸の金髪さんが腰のシミターを抜く。

(――五号と見た!)

一体どうやったんだ、と驚愕しつつ感想の順序が逆になったことは一先ず置いておく。そんなことより彼女の持つシミターだ。抜いた瞬間、薄く炎をまとった――つまり魔剣だ。当然この距離ならばそのまま仕掛けて来る。

それに合わせるように他の傭兵達が呼応するように動いていた。正面からは最も警戒すべきグレートソードが迫り、背後からは恐らく大斧が、右手からは戦鎚を持った大男が迫ってくる。跳んで逃げるは容易い。

（だが、受けて立つ！）

美人さんが命がけで作ったチャンスなので、潰してしまうのも気が引ける。と言うより、これを潰すと訓練が終了してしまう雰囲気だった。隊長の一撃を受けるわけにはいかないので、こちらは最優先で対処する。振り下ろされた大剣の横っ腹を左のフックで打ち抜き得物ごと持ち主を右側へ吹っ飛ばす。

背後は尻尾で対処するが、運良く振りあげたところで空いた横っ腹に直撃。振り抜かれた尻尾によって大斧を持っていた男は回転しながらふっ飛ばされた。戦鎚は単純に右手で受け止める。大きな打撃武器と言えどそれは人間サイズ――俺の手なら余裕で掴むことが可能だ。そして、腕力ではこちらが圧倒的に有利。この状態で負ける要素はない。

同時に三方の攻撃に対処してみせたが、防げなかったものもある。通り抜けるような素早い一撃。斬られた――確かに今、横っ腹に一撃を受けた。だが能力の差は残酷だ。俺の腹には一筋の傷も残っていない。

（まあ、ちょっと熱くて痛かったのは事実だけどな）

一撃離脱が必須な状況において、彼女は仲間が作った機会が実らなかったことを察し、振り返ると無謀な二撃目へと移る。急激な方向転換で大きく跳ねた胸を凝視しつつ、追撃をさせる前に指で金髪さんの頭部を小突いた。バランスを崩して尻もちを付いた彼女は眉を寄せ怪訝《けげん》な表情を作る。

左手に残っているジャケットと胸に巻いていた布を彼女に投げつけ、右手の戦鎚を持ち主ごと突き返す。ほとんどの傭兵が戦意を喪失している。魔剣の一撃――それは彼らにとって起死回生の一撃だったに違いない。それが通用しなかった。だからこそ、彼女はあの状況で無謀にも追撃に出たのだ。

（これ以上は戦闘訓練ではなく「狩り」になる。見誤ったな）

俺はこの傭兵団最強である男を指差す。意味は通じたらしく、男の声で周囲の傭兵がただ一人を除いて距離を取った。

「――――！――――！」

はい、金髪美女のアニーさんが上半身裸のまま隊長さんに食って掛かっている。「いや、服着ようよ」と言いたいが言えないし、言っても「がおがお」だ。眼福ではあるが、この人数に囲まれながら凝視するのも気が引ける。そもそも皆の視線が一箇所に集中している中、そんなことは言えない――と思ったのだが、ガン見しているのはもしかして俺だけなのか？

しばし視線を固定していると、どうやら話の方は付いたらしいのだが、未だ納得が言っていないのか金髪さんが涙目でこちらを睨みつけてきた。服を着始めたので彼女に視線を送るのもここまでだ。空を仰ぎ見る隊長さんが大きく息を吐くとこちらをしっかりと見据える。

「待たせたな」

多分そんな感じのことを言って剣を上段に構えた。決着は一撃がお好みのようだ。この潔さ……これがいぶし銀というやつか？

少々清潔さには欠けるが「戦場を行く男」とはこういうものなのだろう。ならばこちらもしっかりと応えるのが礼儀というもの。恐らくこの戦闘訓練で初めて構えを取った。姿勢を低くし、右足を引き両手を地につける。

両者が構えると睨み合う。その距離凡そ五メートル。周囲が固唾《かたず》を呑んで見守る中、俺はこの戦闘の決着をどうするか考えていた。

（やっぱ、こうするくらいしか思いつかんよなー）

何をするかは決めた。だから俺は終わらせにかかる。地を蹴り、一気に距離を詰めると隊長さんは即座に反応し剣を振り下ろす。だが、更に加速した俺は剣が振り下ろされるより速くその手を掴む。そのまま隊長さんを持ち上げるが、右手を無理矢理引き抜き腰に差した短剣に手を伸ばす――が、折れた指では引き抜くことができなかった。地から離れた足がプラプラと揺れる。俺は口をめいっぱい開けた。その瞬間、恐らく彼は自分の最期を悟ったのだろう。周りの仲間達をさっと見渡し「生きろ」と短く最後の命令を団員達に下す。

傭兵の何人かが叫んだ。俺は大きく開いた口でその頭を――かぷりと甘噛みしてやった。そして手を離すと同時にぺっぺと頭部を吐き出しえづくように咽《むせ》る。地面に落ちたオッサンは状況を掴めず唾液に塗れた顔で困惑していたが、そんなものは無視だ。

大体甘噛みするならそっちのワイルド系金髪お姉さんの方が断然良い。具体的に言うなら胸肉辺りをハムハムしてみたい。しかしながら状況的にこいつ以外ないのだ。苦しむように「ぐあぐあ」言いながら傭兵の囲いをその巨体でゴリ押し突破する。

ドタドタと退散する俺を追ってくる者は一人もいない。皆呆然としていることだろう。格好はつかないが、ここで俺は何でも良いから「逃げた」という結果に繋がるようにしたかった。少々甘いとは思うが、戦闘訓練をさせてもらった上、良いものを見せてもらったのだから命を助けてやっても良いだろう。

というのは建前で、一応帝国軍人としての矜持がないわけではないので、弱い者いじめというのはどうにも拒否反応が出る。帝国軍人というのは高潔であってこそなので、これぱかりは仕方ない。大体戦車で剣や槍を持った相手を轢《ひ》き殺すのは戦闘ではなく一方的な虐殺だ。何よりここで大量虐殺などやろうものなら、カナン王国を調べる際に障害となりかねない。警戒度を上げてしまった以上、その上昇値を制御するのがクレバーなやり方だと漫画で得た知識でドヤ顔する。

(まあ、隊長さんには泥を被ってもらおう)

実際に被ったのは唾液だが、自分と団員の命が引き換えなら安いもんだろ。っていうか本当に口の中が気持ち悪いので早く口を水で濯ぎたい。

とある傭兵の視点Ⅰ

「ゴブリンですかい?」

傭兵団「暁の戦場」が拠点とするレコールの町。フルレトス大森林に接する都市の中では東側に

位置する故に、国境を巡りセイゼリアと事を構える可能性が高く「魔獣の巣」とも呼ばれる森に近いだけあって、仕事には事欠かない傭兵には住みやすい町だ。

その領主からの依頼で俺を呼び出されたのだが、百二十名を抱える傭兵団に「ゴブリン退治」を提示するとは、一体依頼主は何を考えているのだろうか？

望まぬ内容に不機嫌を隠しきれなかった辺り、俺もまだまだと言ったところか。

「ああ、お前たちにやってもらいたい仕事は、旧帝国のルークディル跡に巣食うゴブリンの掃討だ」

詳細を語るのは「アーンゲイル」という元腕利きの傭兵であり、現在の傭兵ギルドのギルドマスターである。六十歳間近とも言われているが、年の割には精力的によく働く。その経歴で傭兵引退後はこうしてギルドの支部で強面の相手をしているというわけだ。

「まだまだ戦えるだろうに」と囁かれているが、俺もそう思っている一人である。しかし、この男から直接聞いたとしても「暁」がゴブリン退治というのは些か外聞というものがある。そういった雑魚の相手は、うちのような大手が受けるものじゃない。

「どうも予想以上に数が多い。恐らくそう遠くない場所にコロニーがある。そこからあぶれた連中が大量に入り込んだという見解だ。早めに対処をして、コロニーを特定する必要がある。今動ける中で、あの数を対処できるのはお前のところくらいなんだ」

不満と不安を察したのか、俺達以外に選択肢がないという事情を説明してくれる。しかしそれならば、という俺の考えを察してか、アーンゲイルが再び口を開く。

「騎士団を動かすことはできない。セイゼリアがこちらを封じ込めるように領土の拡張を始めている。

北側は竜の被害が回復するにはまだ時間がかかる。兎に角今は手が足りていない」

「仕事が多いのは嬉しいんですがね」

「団員を増やしたのだろう？　だったらその訓練にでもするつもりで受けてもらいたいんだよ」

俺は考えるように「ふむ」と顎に手をやる。すぐには答えを出さない。引き受けても良いが、相応の条件は提示してもらわなければ受ける気はない。傭兵というのは兎に角金がかかるものなのだ。当然それくらいはアーンゲイルもわかっているから溜息が漏れるのだろう。

「オーランド。ゴブリンは弱いが放置できない存在だ。少なくとも三百はいる。今、この町でこれを任せられるのは『暁の戦場』以外にいないんだ」

たっぷりと時間を置いた俺は息を大きく吐き、しぶしぶ「わかったよ」と引き受ける。新人どもの装備のためにはここは少しでも報酬を上げさせてもらう。それからしばらく条件について意見を交え、契約を交わす。

途中「いい加減こういう場に来るときくらい身綺麗にしておけ」と小言を言われたが「俺は傭兵なんでね」と相変わらずの返事をする。いつもと変わらない、いつも通りのやり取りのその後は、ギルドを出て拠点へと向かった。


「依頼だ」

帰ってくるなり放った俺の短い言葉に、それまで騒いでいた連中がピタリと止まり視線が集中する。

「ロイド、ハーヴィー、今回はゴブリン退治だ。若い連中を中心に経験を積ませる。選別しとけ」

俺が指示を出すと熟練の二人が立ち上がり、シンボルを巻いた方の手で拳を作ると胸を一度叩く。

「数はどうします?」

ロイドの質問に少し考える。所詮はゴブリンと言えど、万が一を考える必要はある。そうして様々な状況を考慮し、必要最低限を導き出す。

「そうだな、五十になるよう調整しとけ」

細かい調整は全部二人に丸投げし、相棒である「巨人殺し」の異名を持つグレートソードの点検のために行きつけの鍛冶屋へと向かう。その後は防具屋にも足を延ばし、グリーブの調整とガントレットの新作を見た後、良い時間なので飯を食って拠点に戻ると、そこには今回の依頼に向かう五十人が集まっていた。それらを一瞥し、明らかに今回の依頼内容に合わない格好をしている女に注意する。

「アニー、今回は数が多い。鎧を着けろ」

「やなこった。アタシのやり方に口を挟むんじゃないよ」

ホットパンツと胸を隠す布を巻いただけのアニーが座った椅子を傾け、テーブルに足を乗せながら反発する。いつも通りのやり取りに苦笑する。こいつはいつもこうなのだが、実力があるからそれ以上は何も言えない。

若い連中には目の毒だが、町に金を落とすことには繋がっているのでそれ以上は言わない。傭兵というのは金を溜め込むもんじゃない。ともあれ、全員が集まっているのならば言うことを言うだけだ。

「出発は明日の朝だ。各員、準備は怠るな！」

俺の言葉に全員が「応！」と声を揃える。新人とは言え、みっちり訓練を積んでいる。ゴブリン如きに死人なんぞ出してくれるなよ。


イケるという自信はあったし、実際問題などあるはずがない。数は多いと言えど所詮はゴブリンだ。囲まれていようがそんなものはすぐに突破できるので、多少の不利は許容しなければ訓練にすらならない。あれだけ訓練をしてゴブリンすら楽に殺せないならそいつには見込みがない。

俺は新人の動きをチェックしながら指示を飛ばし、被害を抑えながら数を減らしていく。百は減らしたと思うが、まだまだ湧いてくる。これだから帝国の都市跡というのは面倒だ。

「統率個体がいないにしては多すぎんな」

周囲を見渡しつつ思ったことを口に出す。

「これ、多分複数のコロニーから溢れたゴブリンが合流してますよ」

隣りにいるロイドの言葉の通りなら「複数のコロニーがそう遠くない場所にある」ということになる。俺は「うへぇ」と舌を出す。最悪の事態を想定していたが、それは杞憂に終わるようだが、それならそれで嫌な結論が出ることになる。

まだまだ続くであろう増援要請と、再び受けることになりそうな面倒な依頼を思えば渋い顔にもなる。滞りなくゴブリンの殲滅は続くと、やはりと言うべきか連中が逃走を開始した。包囲が崩れた場所に新人を突撃させ穴を広げると、逃走は次第に潰走へと変わっていく。

「カゼッタ！　今回は殲滅任務だ。魔法を使って隠れている奴を探せ！」

詠唱を開始したカゼッタの守りに付き、的確に指示を出し追撃を始める。一部先行させる小隊を作り、逃走経路を潰そうかというところで詠唱が終わり魔法が発動する。すると、何か大型の生物が崩れた建物のところにいることがわかった。

「殲滅任務だ。何がいるかは知らんが、逃がす理由はないな」

俺はさらなる魔法の使用をカゼッタに命じ、隠れている奴を燻り出す。

（ロイドの予想が外れたか？　隠れるだけの知能があるということは人型か……まあ、オーガ辺りが正解だろうな）

広範囲に炎が広がり、隠れる場所を全て覆い尽くすと、その炎を腕で払い除けるように一匹のモンスターが現れた。灰色の肌に長い尻尾、二足歩行の所々ゴツゴツとした体を持つ見たこともない人型に近いモンスター。

「新種か？」

俺の呟きに反応する者は誰もいない。つまり、この場にいる奴は誰も奴を知らないようだ。こんなことならアリッタかエドワードを連れてくるべきだったか？

まあ、殺してしまえば些細な問題だろう。俺は新人と指導役にゴブリンの追撃を任せ、残りで新種を討伐することにする。高所からこちらを見下ろすモンスターに向かい、巨人殺しを突きつけると上下に揺らし「かかってこい」と挑発する。

それを見ていた新種は少し迷うような素振りを見せたが、崩れかかった建物から飛び降りると広場に着地したかと思えば、そのまま真っ直ぐ俺に向かってくる。そして広場の中央まで来ると立ち止まった。メンバーが直ちに新種を囲むと、それを見越していたかのように笑った。

「舐めてくれるじゃねぇか」

こいつは恐らく俺達の戦いを見ていた。見ていた上でこうするというのであれば、それは明らかな挑発だ。

（いいだろう。乗ってやるよ！）

そう心の中で啖呵を切ったので俺が先陣を切って斬りかかるべきなのだが、それはロイドに止められた。「隊長なんだからまず指揮をしろ」という小言をもらい、俺は渋々団員に支持を飛ばす。

睨み合いから始まった戦闘は、何とも居心地が悪かった。そしてようやく新種のモンスターが一歩前に踏み出したことで戦端は開かれ、戦いとは呼べぬ戦いが始まった。


「何だこいつは？」

恐らく誰もがそう思ったはずだ。矢は刺さらず、剣は欠け、槍は折れる。武器の質が満たない者を即座に下がらせ、熟練のメンバーだけで相手取る。未だダメージらしい傷はなし――対してこちらは死人が一人に戦闘継続が不可能な者が続出。

（まずい空気だ）

戦況は悪い。ただひたすらに悪い。こいつの甲殻のように硬い体に有効な武器を持っている者は俺とロイドしかいない。魔法は拳で粉砕され直撃しても怯みもしない。完全な威力不足ですぐに下がらせた。頼みの綱が俺の巨人殺しとロイドの戦鎚、後はアニーの持つ魔剣。

兎に角注意を俺に引きつけなくては何も始まらない。ひたすら攻め続けてはいるが、そのほぼ全てが拳を打ち込まれて軌道を逸らされている。武器破壊を狙われているのは明白——つまり、奴は俺の剣を最大の脅威と見ているということでもあるはずだ。

だが、伊達に「巨人殺し」などという大層な異名が付いた武器ではない。そう簡単に壊れる代物なら、俺の戦場には付き合えない。どうにかして俺かロイドの一撃を叩き込む必要はあるが、警戒度の高い俺は勿論、戦鎚という重量武器故の遅さでは捉えることができずにいた。

「状況を打破する手がない」という空気が漂い出した。だからこそ、あいつは賭けに出た。

「はあああぁぁぁぁ！」

クロスボウを片手に背後から声を上げて突っ込むアニー。完全にこちらの指示を無視した動きだ。

「アニー！」

「戻れ」という言葉が続かない。

この状況を打破できる手がない以上、アニーの行動を止めることに迷いが生じた。だが俺の迷いなど知ったことかと状況は進む。奴の尻尾が前に出るアニーに襲いかかる。だが薙ぎ払われた尻尾をアニーは地面を滑るようにくぐり抜けてみせた。これには周囲から歓声が上がった。俺自身、巨人殺しを握る手に力が入った。

脇に潜り込むと同時にクロスボウを奴の顔に向け突き出す。そして放たれた矢が――歯に挟まれた。恐らくは偶然ではない。奴は至近距離で放たれた矢を歯で捕まえたのだ。驚愕するアニーに奴は手を伸ばし掴み上げる。

俺は救助すべく前に出ようとして、アニーと目が合った。笑っていた。抜け出そうと一度試したが、すぐに諦めるとジャケットに入っていた小瓶を取り出し、それを自分を掴む奴の指にぶちまけた。

その直後、ジャケットと胸に巻いた布を置き去りに、滑るように拘束から抜け出ると放り投げられたクロスボウが地面に落ちたことを合図に、俺とロイドとハーヴィーが同時に動いた。

アニーも魔剣を抜き、四方からの同時の攻撃となる。既に一人は射程内におり、奴は俺とロイドが警戒対象――誰を対処し、どれを食らう?

案の定と言うべきか、奴は俺の対処を優先した。ハーヴィーが尻尾で薙ぎ払われたことは残念だったが、俺とロイドの攻撃を防いだことで、魔剣の一撃がまともに通った。誰もが期待した。俺だって期待した。だが、奴の体に傷はなかった。手応えのなさに気が付いたのだろう、アニーがそのまま走り抜ければ良いものを反転する。

どうにか次の一撃に間に合わせようと俺は強引に体勢を整える。俺が剣を振りかぶった時、既に奴の手はアニーに迫っていた。間に合わない――そう、思ってしまった。ところが、奴はアニーの頭を指で小突くとその手にあった服を投げつける。そして、全員がその行動の意味がわからず動きが止めると、奴は俺を指差した。

意味はわかった。そしてそれは、死刑宣告にも等しいものであることも、この場にいる全員には理解できた。

「俺をご指名だ。全員下がれ」

思えばこいつは最初から俺だけを警戒していやがった。今までずっと俺達を試していたのだろう。どうやら、俺だけがあいつのお眼鏡に適ったようだ。「俺だけならば諦めも付く」と、そう思っていたのだが――。

「ふざけんな！　お前一人で、勝てると思ってんのか！」

わかりきったことを言う馬鹿が一人。

（こいつに勝てないことくらい、俺が一番よくわかってんだよ）

チャンスはあった……いや、あったはずだった。その全てをこいつは叩き伏せた。実力差なんざ、死ぬほどわかってる。

「安心しろ、帰ったら一番いい酒奢ってやる」

手を伸ばし、俺に詰め寄ったアニーの髪をくしゃくしゃにするとあいつとの距離を適当に取る。

「さっさと服着ろ」と言うと「バーカ」と返された。声が震えていた。顔を見せないように伏せていた。

（すまねぇ）

心の中で謝ると棒立ちのあいつに向き直り、空を見上げてこれまでを振り返る。悪くない――そう、悪くない人生だった。いや、むしろ上出来だと言っても良い。剣を振るうことすら満足にできなかったクソガキが、ここまで来れた。

俺は気持ちを切り替えるように大きく息を吐く。それにしても、まさかモンスターがこっちの事情に付き合うとは……知能のある魔物なんざ碌なもんじゃないと思っていたが、こういう時は都合よくて涙が出る。

「待たせたな」

怪物に笑いながら声をかけると、それに応じるように俺を見据える。悔いはある。やり残したことも、やりたいこともまだまだある。だがこいつらを生かせるなら、託せるなら、それでもいい。とは言え、ただでやられてやるつもりはない。俺にも「暁」を背負う矜持がある。死んでも一撃は入れてやる。

(防御など必要ない。生き残ることなど考えるな。この一撃で死ぬと思え)

巨人殺しを上段に構える。狙うは相打ち、相手の攻撃に合わせるだけ、それ以外は不要でしかない。こちらの狙いを察したか、ここに来て初めてあいつが構えを取った。地に伏せるように両手を地につけ足を引く。恐らくは俺を轢き殺す勢いで突進してくるはずだ。間に合えば俺の――いや、間に合わせて一撃を入れる。

(勝機など考えるな。この一撃を叩き込むことだけに集中しろ)

睨み合いが続く。奴がいつ痺れを切らしても良いように構えは解かず、視線も外さない。この体勢を維持し続けることくらい何でもない。周囲の仲間が固唾を呑んで見守る中、ついに奴に動きがあった。

引いた右足が沈む。来る――そう思った直後、俺は一歩前に踏み出し剣を振り下ろす……はずだった。地を蹴り前に出た新種に対しこちらも前に出る。相手の動きはしっかりと見ていたからこそ、完璧に合わせることができたと思っていた。だが奴は更に速度を上げた。

そう、奴は一度も本気など見せていなかった。俺が巨人殺しを振り下ろすより早く、奴が俺の手を掴んだ。命を賭した一撃は、振るうことなく阻まれた。地面から足が離れ、持ち上げられたことに気づくと掴まれた手を強引に引き抜き、腰の短剣を抜く。

だが、その手にはあるべきはずの短剣はない。右手の指はどれもあらぬ方向に曲がっており、短剣を掴むことができる形を維持していなかった。落ちた短剣が音を立てると、口を開いた新種の顔が迫る。

(ああ、ここまでか……)

最期に俺はこの場にいる暁の戦場のメンバーを見渡す。それだけで時間は無くなってしまった。

「生きろ」

これが最後の命令だ。「団長!」という叫び声が上がる中、一つだけ俺の名を呼ぶ声が確かに聞こえた。もう一度心の中で謝ると、俺は静かに目を閉じた。暗闇が視界を覆い、奴の歯が俺の頭部へと達する。

(これが、俺の最期か……まあ、即死させられるだけマシと言えばマシか)

俺は目を瞑りその時を待った。そして何故か俺は新種のモンスターに投げ飛ばされていた。状況がわからない。何故俺は生きている?

それは良い。生きているに越したことはない。だが何故、俺を食おうとしたモンスターが吐いているのだろうか？

ゲハゲハと異物を吐き出そうと苦しんでいる姿に、周りも理解が追いつかず呆然としている。何人かが「俺が何かをしたのか？」と目で訴えてくるが、頭から唾液まみれになった俺が聞きたいくらいだ。

結果を言えば、俺は生き残り、新種のモンスターは逃げ出した。あの巨体の逃走を阻む手段などあるはずなく、バタバタと去っていてく姿を俺達は見送ることしかできなかった。そして残された者達の視線が一箇所に集中する。頭から齧り付かれ、怪物の唾液まみれになった俺だ。

誰も声をかけない……いや、かけられない。俺も黙って地面に座っている。「何が起こったか？」という全員の疑問は一致しているが、俺が何かをしたと思っている者は少なからずいる。しかし俺は何もしていないので何も言えない。

正直、ここは俺が死ぬ場面だったと思うし、俺も「死んだ」と思った。何が原因かはわからないが、生き残ってしまったのだから仕方ないだろう？

時間経過に伴い、冷静になればなるほど気まずい空気を全員が読めるようになってくる。沈黙という誰が口火を切るかの押し付け合いが始まったが、まさかの人物が手を挙げた。

「あの……団長。そのー、大変言いにくいのですが……」

カゼッタは言葉を濁すが俺は無言で「言え」と顎をしゃくる。

「団長、最後に体……いえ、頭を洗ったのはいつですか？」

「……覚えてねぇよ。ここ三年は記憶にねぇ」

俺の返答に全員が押し黙る。恐らく、何故あの化物が「ああなった」のかを理解したからだ。いや、理解ができないからこそ、そういうことにしたかったんだ。

「……なあ、俺ってそんなに臭いのか？」

しばし続いた沈黙に耐えかねた俺の言葉に、団員達はそっと目を逸らした。


レコールの町に戻った俺は、帰り道と同じように無言で体を洗われた。特に唾液まみれの頭部は重点的に洗われ、息継ぎもままならぬほどに水をぶっかけられた。俺に拒否権などなく、誰が初めに言ったのか「ずっと団長の臭いについて言いたいことがありました」という言葉から始まり、俺の体臭を糾弾する大会が開催された。

「目が痛くなる」だの「何か酸っぱい」だの言われ放題であったことは覚えている。どうやら団員はほぼ共通して俺の体臭に不満を持っていたらしく、ここぞとばかりに文句を言う。俺は罵詈雑言であろうと黙って耐えた。だってさ、半分くらい泣いてたんだぜ？

「何も言えねぇよ」と格好付けたつもりだったんだが、後で「いや、団長の臭いのせいです」と返された。よし、お前ら次の訓練の時覚えとけよ。そんな具合にサッパリとさせられて、まずはギルドに報告へ行く。

アーンゲイルが驚いた顔でこちらをまじまじと見ているのが気になるが、ゴブリンの殲滅とその数から複数のコロニーがある可能性を提示したところ、想定内だったらしく「やはりか」と苦い顔をした。「だったら先に言えよ」と言いたくなるが、それは呑み込んでおいてやる。

「それと、悪い情報がもう一つある」

アーンゲイルが目頭を押さえる。そう、とても悪い情報があるからだ。ただでさえ人手不足、その上ゴブリンのコロニーが複数あるという頭の痛い話が出たところに、最悪と言って良い追い打ちがかかるのだから同情すら覚える。恨み言の一つくらいは呑み込んでやろう。

「新種のモンスターを発見した」

頭を抱えたことから凡そを察したのだろう。

「察しの通りボロ負けだ。一対一じゃ話にならねぇ」

そう言って包帯で巻かれた両手の指を見せる。ちなみに七本折れていた。こんなことなら新作のガントレット買うべきだった……いや、金属製にしたところで結果は変わらなかっただろう。この怪我があるから結果は言わなくてもわかったのだろうが、あいつのヤバさはそれだけでは伝わらない。

「簡単に言うと、矢が刺さらねぇ。剣が通じねぇ、槍が折れる。魔法はほとんど効いてねぇし、俺が巨人殺しを一発も当てられなかった」

俺の話を聞いていたアーンゲイルはしばし目を瞑りその内容を想像する。

「……なんだ、そいつは？」

そして出た言葉がこれだ。心中を察してやろう。

「オーガくらいのでかさで、全身灰色の尻尾が生えた人型っぽい奴だ。ああ、ロイドの戦鎚が片手で止められた。パワーはオーガの比じゃない上、速度もあって知能も高い。奴さん、最初から俺だけを警戒して、俺を潰して去っていった。団員は一人死んで、怪我人が多数だ」

「どういう状況だ?」

詳細を求めるアーンゲイルに気持ち良く返答してやる。

「ゴブリン殲滅中に隠れている『何か』を魔法で見つけたから、炙り出して俺が誘った」

「で、完敗したわけだ」と付け加えるとアーンゲイルはそれはそれは大きな溜息を吐いた。

「お前が狩れない……いや、お前を軽く捻り潰す新種のモンスターか」

遠慮ない物言いだが、それは事実なので「おう」と短く返す。恐らくだが、この町にいる傭兵でタイマンで戦える者はいないだろう。これでも上から数えてすぐの位置にいるという自負はある。

「対処法は?」

「俺が聞きてぇよ。取り敢えず、最低でも上物の魔剣と上級魔術士を揃えなきゃ始まらないってのは言えるな」

お手上げのポーズで無責任なアドバイスをしてやる。とは言え、アニーの魔剣では傷一つ付けることができなかったことは伏せておく。ギルドには所属しているが、全てを報告する義務はない。義理はあるだろうが、こいつはその領分を超えている。

「どうすれば良いと思う?」

「俺に聞くなよ」と冷たくあしらうとアーンゲイルが再び大きな溜息を吐く。しばらくは忙殺されることになるであろうギルドマスターに同情の目を向けていると、顔を伏せたままアーンゲイルが質問をする。

「仮に騎士団がその新種と当たったとして……どうなると思う」

「蹴散らされて終わりだ。勿論相手は良くてほぼ無傷。金属鎧が何の役にも立たない上、普通の剣じゃ傷一つつかない相手だぞ？」

俺の言葉に何度目かの溜息が聞こえてくる。恐らく色々と考えているのだろうが、パッと対処法が思い付くような相手ではないのは俺が一番よくわかっている。本当に気の毒である。

「これを報告しろと言うか」

恨みがましい言葉に「それが仕事だろ」と突き放す。

「今後、新種の対処に関してはお前も関わってもらうことにする。頑張って領主や騎士団に説明してやってくれ」

せめてもの抵抗だろうが、一つ前提が間違っている。

「おいおいおい、俺はまだ領主館には入れんのだがね？」

反撃とばかりに俺を組み込んでくるが、残念ながらうちの傭兵団は領主館に出入りすることができない。

「ああ、その問題はほぼ解決した。そもそも『暁の戦場』が領主館に入れなかったのは実力や実績、信用に問題があるわけじゃなくて、お前さんが不潔だからだ」

アーンゲイルの言葉に俺はしばし呆然とする。傭兵団にとって実力、実績、信用の三つは極めて重要な要素だ。それを証明するのが「貴族との直接取引」である。これまで領主と直接取り引きできないのは実力が足りていないからだと思っていた。

「いいか、実力だけで押し通れる時代ってのはどこもかしこも戦場だったから、だ。傭兵団の『顔』である団長が、そこらの山賊と変わらない身嗜《みだしな》みでは沽券に関わるってことをいい加減理解しろ」

その後、軽くギルドマスターからの説教を受け、拠点に戻った俺を待っていたのは仕事が終わった後の酒盛りだった。仕事が終われば酒盛りをするというのは「たとえ死者が出ても明日笑えるように」という暗黙の了解があるからこそ、ほぼ例外なく行われる。

俺としても指が折れてコップを持つことが困難であったとしてもやる予定だった。しかし、だ。

「今日は団長の奢りだ！　全員容赦なく飲め！」と音頭を取ったアニーの言葉で団員が酒の入ったコップを掲げる。

「待て、お前に奢るとは言ったが全員に奢るとは言って――」

「奢るよな？」

俺の言葉を遮り目の据わったアニーが迫る。

「アタシはさぁ、アンタが死ぬと思ったよ。何で生きてんだ……なぁ、おい。あの状況で生き残って、アタシに何か言うことあんだろ？　なあ？」

既に酒が入っているのか俺の胸倉を掴むとガクガク揺らしながら詰め寄ってくる。話を聞くと帰ってくるなりずっと飲んでいたそうだ。

（そう言えば、俺を洗う時にいなかったな）

ずっと飲んでいたのか、と呆れ顔にもなる。しばらくの間絡まれながらギルドマスターとの会話内容を主要メンバーに語りつつ、コップを両手で挟んで酒を飲む。

結果、俺の体臭について蒸し返された。「それで命があったようなものなのだからいいじゃないか」と思うのだが、どうやら様々な店で問題が起こっていたらしく、これを機に生活の見直しを求められた。

酒を飲みながらする話ではないと思ったのだが、思ったよりも切実なようで俺は頷く他なかった。

ともあれ、全員が酔い潰れる前に一つ言っておかなければならないことがある。

「あー……お前らに言っておくことがある。俺達の当面の目標は、あの『新種』だ」

俺の言葉に団員は手を止め話を聞く。どいつもこいつも酒を飲んでいたとは思えない面だ。

「如何に俺達がフルメンバーでなかったとしても、負けは負けだ。都合良く、というべきか領土拡大を目指す領主の意向と合致してか、あいつの対処に俺達が組み込まれることになるだろう。他の傭兵団、もしかしたら騎士団とも共闘することになるかもしれない。恐らく他の連中は、俺らの敗北を知って情報を鵜呑みにはしないだろう。結果、俺達のように痛い目に遭うことになる」

俺はそこまで話すと、一度大きく息を吸う。

「舐められっぱなしで終われるか！　次はうちの精鋭全員で当たる！　奴の息の根を止めるぞ！」

俺の宣言に団員達が沸き立つ。若干一名酔い潰れているのがいるが、こいつには後で教えてやるとして、今は放っておいてやろう。宴は夜遅くまで続き、いつもと変わらない俺達の日常が戻る。

（あいつにはきっととんでもない額の賞金が懸けられることになる）

情報を抑制したのは、その脅威度の正確性をぼやかすためだ。他の傭兵団には悪いが割を食ってもらう。あの化物の強さを知れば、その被害が増えれば、奴に懸かる賞金は間違いなく跳ね上がるだろう。そして、それを手にするのは俺達「暁の戦場」だ。

Ⅲ

口を濯ぐ。一度、二度と水を吐き出すが、気持ち悪さがまだなくならない。と言うか口の中に何かいる、そんな気分が全く消えない。文明レベルの低い国では風呂なんて滅多に入ることはなく、水浴びすらほとんどないという壊滅的な衛生環境なのは知識としては知っていた。だが二百年経って猶そのままだと誰が予想したか？

（あー、何か虫がいる感じがしてならん。こんなことなら噛む場所他にするべきだった！）

適当に苦しんだフリをするつもりが本当に苦しませてくれるとは……あのオッサン今度会ったら絶対に殴ってやる。結局、瓶二本分の水を費やすことでどうにか落ち着いた。水の残りを考えると一度補給したいと思わないでもないが、いちいち川に行っていては埒が明かない。

ここは予定通りちょっくらカナン王国領内にお邪魔して、町を拝見させてもらう所存である。カナンの町を知ることで俺が眠っていた二百年間で技術水準がどの程度変化したかを推測できるようになるはずだ。と言うわけでルークディル跡を抜け、そのまま北上。明らかに人が通るために伐採され、道らしきものができている。恐らくではあるが、ここを通ってあの傭兵団はやってきたのだろう。

この道自体は何年も前からあるように見受けられるので、飛行船を南に飛ばしたことがあるカナンならば、領土拡張のためにこの辺一帯の調査に行ったことは想定するべきだ。とすれば、ここは既にカナン王国の勢力範囲であると思って行動した方が良さそうである。

(ただ森を切り開いただけの道とは言え、他にも通る人間がいるかもしれないと考えれば、道から外れた方が良いな)

下手に見つかって騒ぎを起こすのも面倒なので、道を外れて森の中をひっそりと進む。視界に映るものに人工物は未だなく、人影も気配も今のところはなし。念には念を入れて音や臭いには気を配っておくが、歩きながらとなると実は結構神経を使う。

気が付けば周囲を気にせず走っていた。いや、だって本当疲れるんだって。どうせあれだけわんさかゴブリンがいる拠点がすぐ近くにあったんだし、こんな場所に来る人間なんて余程のモノ好きでもない限りいない。

そうしてしばらく走り続けたところ、右手に人工物が見えた。よく見てみたところそれが城壁であることがわかったのだが、一つ疑問がある。

(こんな場所に町なんてあったか?)

俺が眠っていた間にできた町と考えるのが自然だろうが、また随分と国境近くに作ったものだ。いや、既に国境がなかったから前線拠点となりそうな位置に作ったと言うべきか?

脳内マップに町を書き込み観察を開始する。このまま北に向かうと森が途切れるので、この辺りは完全にカナンの領土となっているようだ。城門は北と南に存在し、北門の道は北西と北東に分かれている。

恐らく北西に行けば俺の記憶にある町に辿り着き、北東に行けば恐らく国境を守っていた砦があるはずだ。ちょこちょこと移動を繰り返し、見る角度を変えたりして町の様子を見ていると南門から数人の男女が出てくると、そのまま南へと進路を取る。

（見た感じ斥候《せっこう》っぽい？　森の調査員か、それともゴブリン退治の確認か？）

俺は彼らを見送るとどこかに高所はないものかと辺りを見渡すが、あるのはここよりずっと北。時刻は昼過ぎとあって、見通しの良い街道を突っ切るのも考えものである。擬態能力を使えば次に姿を隠せる場所まで移動できるとは思うが、その隠蔽能力も完璧ではない。

それならいっそ、北西にある町「グレンダ」に向かうのもありである。記憶が確かならば、山の上から一望できるような地形だったはずなので、現在のカナン王国はどのような暮らしぶりなのかを知るならば悪い選択ではないだろう。

「悩むな」と顋に手をやり町の観察を続ける。そもそもこの新しい町の規模は小さくはないが、大きいとは決して言えない。それならば当時賑わっていた町が二百年の間に発展を遂げていると考えた場合、そちらの方が参考としてはより多く物を得ることができる。

「この町に拘る理由もないな」と北西へと進路を取る。北部と違って発展が遅れているであろう地域なら、森林が十分に残っているので移動にも不都合はない。というわけで街道から少し離れた森を移動していたところ、血の匂いが進行方向の先から漂ってくる。擬態能力を使用し、音をできるだけ立てないようしつつ森を進むと、街道に六人ほど死体が転がっていた。

全員が武装していたと思われるが、その周囲に武器類は一切なく回収されたと思われる。また、轍《わだち》が森の中に入っており、ここで何が起こったかを示してくれている。

（賊が馬車を襲った、というところか。それで馬車が森の中に逃げ込んだ、もしくは誘導されたか、捕獲された）

護衛と思しき男達が死んでいる以上、捕まったと見るべきか？

このまま進めば間違いなく鉢合わせるか視界に入る。賊が襲う理由と言えば積荷。積荷と言えば食料である。

（その積荷に食料がある可能性は極めて高い。水は間違いなくあるはずだ。それに俺にとって有用な物があるかもしれない。行き先を考えるのであれば、南部開拓の最前線が必要としているもの……魔法薬とかもあれば良いが、なかったとしても積荷の中身は情報になる）

少し考えてみたが、積荷の横取りというのも悪くない。

（目撃者がいても消せば解決。こういう時にモンスターというのは都合が良いな）

相手は賊なんだから死んだところで誰も困らないし、俺も一応軍人として心傷まず殺せる相手だ。やっぱり新兵とは言え……いや、新兵だからこそ民間人に手を出すのは躊躇われるのだ。

というわけで荷物を置いて――「ヒャッハー！　賊狩りだー！」と擬態を解除し「ガッガー」と臭いを辿って馬車に突撃。視界が悪い森だろうが、嗅覚と聴覚に意識を集中すればいともたやすく発見可能。思った通り賊がいた。

（んー、全部で十一人か……いや、馬車の中にも何人かいるな）

帆があって中は見えないが四、五人はいそうな感じがする。多少増えたところで変わりはないので気にせずそのまま馬車に近づくと、ようやく俺に気づいた賊が声を上げて周囲に呼びかける。

俺の登場に賊は面白いくらい狼狽《うろた》えながら各々が武器を取る。だが三人ほど逃げ出しており、一人が何か叫んでいる。ある意味では非常に賊らしい行動なので、その潔い逃げっぷりに免じて見逃してやろう。

残った八人が武器を構えるが、これには俺もがっかり。見た目でわかる何の変哲もない鉄の装備なのだから、俺を傷付けるとかどう考えても無理である。だが一人が馬車に向かって叫ぶと、出てきた身なりの良い太った男が持っていたのは大きなクロスボウ——所謂「アーバレスト」というものだ。

威力、射程が従来のクロスボウに比べ向上しており、賊が持つには少々不相応な武器である。金属製の弦を用いる物もあり、二百年前は一部の国が戦争で使用しており、俺も訓練時代に注意喚起を受けていた代物だ。

しかし、今となっては「だからなんだ？」というレベルの話なので気にせず前進。奇声を上げて切りかかってきた男を裏拳で木のシミに変え、手斧を振りかぶった奴も強めに叩くと首が二百七十度くらい回転して崩れ落ちた。

指示を出している奴がいるのでそいつは後にとっておき、武器を捨てて逃げ出した者にはお仕置きの投石。練習の甲斐あって見事一発で命中。胸に穴が空いたので絶命間違いなし。

それを見ていた一番手前の槍持ちも武器を捨てて逃げ出したので跳躍して踏みつける。背骨が折れたような感触と血を大量に吐いたので、こちらもまあ死んでいるだろう。一気に距離が縮まったので尻尾で弾いてその辺の木に叩きつけ、振り向くと同時に拳で追加で仕留める。

これで残りは三人。アーバレストを持った太っちょはまだ用意ができていない。大剣を担いだ男が何か言いながら前に出てくる。顔に傷があり大物感を醸し出しているが、相手の踏み込みに合わせて拳を繰り出し武器ごと人体を破壊。なんという呆気ない結末だ。

木にシミを作ったところで飛んできた矢を手でキャッチ。アンドリリース。残り一人となったところで指示を出していた男が何か喋ってるけど、早くて聞き取れない。賊が何を言っていようが「どうせ大したことは言っていないだろう」と頭を掴んで適度な力で捻る。首を三百六十度回転させて後ろに放り投げて殲滅完了だ。

（さーて、お荷物を確認するとしましょうか）

むせ返るような血の匂いの中、馬車の後ろに回ると中が見えた。だが期待した物はそこにはなく、女性五人が怯える目で俺を見ていた。俺は首を傾け、しばし彼女達を見る。年齢は十代後半から二十代後半で、服装は派手で非常に薄く肌が薄らと透けて見える。

年長と思しきスケスケの赤いドレスの女性が、他四人をかばうように前に立ち両手を広げており、賊が狼藉を働いた跡が衣服の乱れからよくわかる。彼女の行動を見れば、頬も腫れていることから殴られた状況が目に浮かぶ。

（五，三，四、一、に三だな）

これだけボディラインがしっかり見えるのなら俺の計測も正確なはずだ。積荷があるかと思ったが、どう見ても娼婦のお姉さん方が乗っていた。中々エロチックな衣装であるし、衣服が乱れている女性もいて中々に目の保養となる光景だ。とは言え、これは予想外。

（どうしたもんかね、これ？）

綺麗どころさん達を眺めるのは良いが、いつまでもこうしているわけにはいかない。皆さんタイプがそれぞれ異なるので大きいのから小さいのまであって大変よろしいのだが、全員の目が完全に怯えきっているのだ。どうにか前に出ることができた女性も、顔が引きつり足が震えている。

（殴られた跡は抵抗した際のものか？　それとも年下の四人を守ろうとした時か？　状況から察するに面倒見の良いお姉さんか彼女達のまとめ役といったところ。ならばあまり刺激をしないようにした方が良さそうだ）

しかし、これは困ったことになった。賊と思って襲ったら実は人攫いだったのだから、アテが外れたというより騙された気分だ。とすると一人だけ場違いな身なりの男は奴隷商か何かだろうか？

このような連中が跋扈《ばっこ》するとはカナン王国も進歩がない。奴隷と言えばこいつらは「一体どこに彼女達を売るつもりだったのか？」と疑問が湧いてくる。セイゼリアに密入国できるルートがある、ということになれば、相応の組織である可能性が出てくる。

「さて、どうしたものか？」と衣服の乱れがある二人を中心に視線をやる。タイミング的に、あの太っちょが「味見」でもしようとして女を襲おうとしたところに、俺が来たと言ったところだろうか？

目の前の年長のお姉さんもそうだが、帝国にあるような下着が一般に出回っていないせいか、一番胸の大きい娘とかスケスケだから色々と見えている。露出度も高く、皆様素敵な御御足で大変眼福にございます。後、下着を履いてない娘もいるのだが、そのスリットでノーパンとか娼婦のお姉さん方ちょいとばかし攻めすぎてませんかね？

ここで俺が何もしてこないことを訝《いぶか》しんでか、両手を広げて後ろの四人を庇う女性がこちらに語りかけてくる。おっと、どうやら思考が少しばかり煩悩に傾きすぎていたようだ。聞き逃さないようにしっかりを声を拾う。しかし勇気を振り絞ったことは痛いほどわかるのだが、拾えた単語が「私達」だけなことを本当に申し訳なく思う。

（いやもう本当に、つくづくもっと真面目に勉強しておくべきだったと後悔してる。まあ、モンスターが言葉を理解するとかどう考えてもおかしいけどさ）

彼女達に何かをするつもりはないが、何もしないというのもそれはそれでおかしい。積荷を頂くつもりだったから馬車の中にある物を貰っていくというのも考えたが、一部散乱した彼女達の私物を見れば、俺が必要とする物など見当たらない。と言うか、流石に人攫いに襲われた人らの荷物を奪うような鬼畜ではない。相手が美人さんなら尚更である。

（いっそ布目当てで衣服や下着……どんな噂が流れるかわかったもんじゃないな。却下だ、却下）

むしろ逃げた連中を追ってアジトを襲撃する方がまだ建設的な気がする。そこまで考えた時、俺の中に一つの閃きが起こった。

（そうだよ、隣国に密輸できるほどの組織ならアジトくらい幾つもあるはずだ。なら最初に逃げた連中がそこに向かう可能性は十分にある。そこを襲撃すれば色んな物が手に入るのでは？）

名残惜しいが、ここで彼女達とはお別れだ。距離的にはさっきの町までそれほどないし、俺が通った時には危険な生き物もいなかったので、落ちてる武器を持っていけば大丈夫だろう。それに荷物に手を付けなければ水や食料に問題はないだろうし、馬車も無事なので暗くなる前には到着するだろう。

（あ、やっぱり水だけ少し頂いていこう）

丁度水を補給しなければ心許なかったので、腕だけ馬車の中に突っ込み、積荷の木箱に手を伸ばし水を探す。お姉さん方は自主的に避けてくれたので、ガサゴソと瓶の入った木箱を探り出すとそこから一本拝借。その栓を親指ですぽんと抜いて中の水を「がっがっ」と飲み干して気づく。

「これ、お酒だ」と思わず口に出る。俺が「が、がー」と吠えたことでお姉さん達を少々驚かせてしまったらしく、全員が隅によって固まっている。度数はあまり高くないとは言え、酒は酒。お酒は二十歳になってから、と言うのが帝国の法律だが、俺は二百歳超えなので問題はない。

後、味がイマイチ。タダ酒に文句を付けるのもどうかと思うのだが、カナンの酒は口に合わないようだ。あまり長々と探すのもお嬢さん方の精神衛生上よろしくないので、水は諦めて賊を追いかけることにする。賊のような臭いの強い人間ならば、嗅覚を頼りに追跡することも不可能ではないはずだ。

俺が去っていく様子を警戒しながら見送る視線を背中で感じながら、逃げ出した賊を追う前に荷物を慌てて取りに戻る。ちょっと忘れそうになっていたが、俺が引き返したことで馬車の中で小さな悲鳴が上がっていた。申し訳なさでいっぱいだが、アジトまでどれだけ距離があるかわからないから持っていくしかないんだ。

荷物を担いでいざ追跡。馬車の横を通り過ぎる際にまた悲鳴が聞こえた。少しだけ胸が痛い。

（そこまで怖い顔じゃないと思うんだがなー？）

ホラーゲームなら十作ほどやっていたが、この容姿ではランクインすらできないレベルのまともなモンスターっぽい外見である。個人的な感想だが、グロくはないしむしろ格好良い部類に入るとすら思っている。「軽くショックだわ」と肩を落として賊に追いつけるように速度を出す。

すると十分もしないうちに逃げた三人と思われる臭いを確認。集中すれば限定的だがそれなりの精度で探索に使える。擬態能力を使おうと思ったが、荷物までは隠せない。こんなところでも足を引っ張るか、ブルーシートよ。仕方がないので振り切られない距離を維持しつつ、臭いを頼りに進んでいく。

まあ、これも訓練の一つと思えば良いかと一時間ほど追跡をしていると、視界の先に洞窟の入り口らしきものが見えてくる。臭いもその先に続いているので、あそこがアジトと見て間違いない。

（しかし洞穴のような地面に空いた穴を拠点にするとは……もしかして中はしっかりと作られているタイプかね？）

後はどの程度の深さがあるかだが、これは入ってみないことにはわからない。俺は適当な場所に荷物を降ろし、周辺の葉っぱや枝を折って偽装すると、目印とばかりにスレッジハンマーを木に吊るす。まだ一回も実戦使用していないが、使う日はやって来るのだろうか？

そんなわけで擬態を使用し、見張りもいない穴の中へと入って行くのだが……ぶっちゃけ入り口がちょっと狭い。入れないことはないが、あまり余裕がないのでぶつからないように注意しながら中へと入る。

真っ暗な洞窟の中を進んでいくと、思ったよりも中が広いことがわかった。通路のはずなのだが、俺が立ち上がることができるくらいには高く、幅も十分あり木材で壁や天井を補強している。曲がり角を一つ過ぎた辺りからは壁と天井は石材に置き換わり、魔法的な仕組みで動いていると思しき照明が設置されていることから、明らかな人工の施設へと変化している。

（結構古そうな感じだが、長年活動している人攫い組織……いや人身売買組織のアジトってところかねぇ）

こうなるとここにある物にも期待が持てる。そう思った時、怒鳴り声が微かに聞こえてきた。大分先の場所からのものであることから、どうやらここはかなり大きいアジトのようだ。

自分の擬態能力を確認しつつ、周囲の警戒を怠ることなく先へと進む。するとやはりと言うべきか牢屋が見つかる。鉄の格子の先にあるのは鎖で繋がれた白骨死体。状態を察するにそこまで古いものではないだろう。そしてこの臭い……死体は他にも沢山あるようだ。

胸糞が悪くなる。しかし犯罪組織というのは得てしてそういうものだ。少なくとも、俺が「この先にいるであろう連中を生かしておく気がなくなった」ということだけは確かである。

「ぎぃやぁぁぁあぁぁぁっ！」

一つの決意を胸に、次の死体を発見したところで悲鳴が聞こえてきた。男のものだったので無視。と言うか、十中八九先程逃げ出した賊の中の誰かがお仕置きでも受けて悲鳴を上げたものなので、気にするほどのものでもない。

（確かこういう犯罪組織とかマフィアがこういう「ケジメ案件」を処理する時は、指を切るとかテレビで見たことがあるな）

子供の頃の知識なので定かではないが、少なくとも今の悲鳴が「指を切り落とした」時の悲鳴でないことくらいは俺でもわかる。明らかに命に関わりそうなレベルの絶叫に近い恐怖の叫びだ。どうやらここのボスは中々部下に厳しい奴のようだ。

近づくに従い話し声が鮮明に聞こえるようになってくるのは良いのだが、相変わらずほとんど聞き取れない。どうにか聞き取れた単語から推測するに、どうやら先程の娼婦のお姉さん達を攫ってくることを失敗したことでボスからお叱りを受けていると言ったところだろう。

ただ、ボスと思しき声があまり流暢なカナン王国語を話していない。これのおかげで比較的聞き取りやすく、推測もしやすくなっている。つまりここのボスは外国人であり、他の国から派遣されてきたと考えられる。

どうやらここの組織は多国間を股にかける大規模なものであるようだ。「これは略奪品にも期待ができる」と俺はこっそりほくそ笑む。通路を進み、T字路を声がする左に曲がるとその奥に部屋があった。扉は閉まっており、その奥から話し声と叫び声が聞こえてくる。どうやらまた一人ケジメを付けられたようだ。そんな悲鳴を聞き流しつつ、扉の前に来たところで問題が発生。

（扉が小さい……）

人間用のものにしては大きいとは思うのだが、俺にとっては狭くて通り抜けるのがやっとといったサイズである。

（入れないことはないし……いや、壊すか）

周囲の壁くらいなら余裕で破壊できるだろうし、ここは一つインパクト重視で登場してみよう。

そんなわけでダイナミックにお邪魔します。擬態を解除し、両手を床につけて右足を引く。

狙いは扉。右足が床を蹴った——俺の全力のぶちかましが扉に炸裂し、周囲の壁ごと破壊して室内に乱入する。そこにいたのは、俺から逃げ出した三人の賊の死体と巨大な蜘蛛。

本来あるべき蜘蛛の頭部の代わりに人の上半身——胸から上が生えているという蜘蛛と人を合わせたかのような化物。裸の上部にスキンヘッドの如何にも人相の悪い顔があり、こちらを見ると蜘蛛の足が突き刺された賊の死体を投げ捨てる。

「あぁ？　何だてめぇは？」

はっきりと聞き取れたそれは俺にとって間違いなく最も馴染み深い言葉。聞き間違えるはずもない。

目の前の化物はフルレトス帝国語で喋っていた。

（どういう、ことだ？）

俺は混乱している。ありきたりな言い方だが、そうとしか言えない。それもそのはず、明らかに自然に生まれてくるとは思えない「人間＋蜘蛛」としか形容できない怪物とか、映画の中でも見たことがないような姿をしたモンスターが帝国語を喋ってるのだから混乱もする。しかもそれってもうこいつの正体が一つしかないわけで……

(俺と同じ帝国の遺伝子強化兵——もしくはそれに準ずる何かとしか思えない)

二百年の眠りから目覚めて初めて出会えた同胞がコレというのはどうかと思うが、同じ帝国人(?)として情報の共有と確認を行いたい。

「ガアッ、ゴォアゴガァング」

でもやっぱり出るのは「ガオガオ」という声。ちなみに「待て、俺も帝国人だ」と言おうとした。

しかしこいつも人間から化物へクラスチェンジしたかと思えば、人身売買組織にジョブチェンジまでしてるとか忙しいやつである。

まあ、モンスターのような姿ならば真っ当な職に就くなど不可能だから仕方がないと言えば仕方がないのだろうが、もう少し帝国軍人としてその選択はもう少し考えて欲しかったところではある。

「ああ、クソが。こいつら付けられたのかよ……ほんと役に立たねぇグズだな」

言葉は当然通じるはずもなく、目の前の俺を警戒しつつ部下を罵る。どうにかしてこちらの意思を伝えなければと思ったところあっさりと名案が浮かぶ。

(あ、そうか。声が無理なら文字を書けばいい)

そう思って指の爪で床に文字を書こうとした時——俺の腕がピタリと動かなくなった。

「俺の許しなく動いてんじゃねぇぞ、デカブツ」

注意深く観察すると俺の手には透明な糸のようなものが絡みついていた。

(蜘蛛の糸か⁉　触れた感触が一切なかったぞ！　いや、それよりも……)

腕だけはなく体のあちこちに蜘蛛の糸が絡まっている。蜘蛛の体をしているからあるだろうとは思ったが、まさか予備動作もなく搦め捕られているとは思わなかった。この部屋に予め仕掛けられていたと思うべきだろうが、もしも自由自在に操作できるというのであればその脅威は計り知れない。

犯罪組織とは言え、新たな職に就いていることも考えると、恐らく俺よりはずっと早く目覚めていたに違いない。と言うことはそれだけ今の体を使いこなしているということでもある。

「はあー、やっぱ素人は使い物にならねぇな。人攫い一つ満足にできねぇのか」

苛立ちを隠すことなく蜘蛛男は人間の指の爪を噛む。職業軍人からすれば賊など素人同然なのだろうが、自分の部下を駒としか見ないタイプの男のようだ。「こういう男の下には付きたくないな」と思いながら、どうしたものかと悩む。

(ここまでの言動からどう見てもこいつは最早「軍人崩れ」の悪党だ。同じ帝国軍人として協力関係くらいはなれるかと期待したが……これは無理そうだな。とするとこいつをどうするか?)

放置すれば周辺の脅威として俺という存在の隠れ蓑として暴れてくれるに違いない。その場合、どの程度の被害が周囲の町や村に及ぶかは計り知れない。何せ俺と同じ遺伝子強化兵と思われるので、そのスペックはカナン王国の対処能力を上回る可能性すらある。では、始末する場合はどうか?

まず一番の問題となるのが勝てるかどうかがわからない。相手の能力が不明という点は向こうも同じだが、俺は見たままの能力がメインである。対して蜘蛛をベースとしていると見る以上、様々な能力を有していると見て間違いない。

現在俺の体に絡まっている程度の糸であれば問題はないが、これが束ねられたものであったならば、そこから抜け出すことができなくなる恐れもある。

つまり、戦闘になった場合のリスクはかなり大きい。「ここは糸を引きちぎって帝国語を書いて見せるべきだろう」ということで考えがまとまったところで、蜘蛛男が口を開く。

「あー、こんなことなら俺が行っとくべきだった。折角娼婦の釣り出しに成功したのに、こんなすっとろい図体だけのデカブツに横取りされた挙げ句、アジトまで付けられて来るとかマジでふざけんてじゃねぇぞ、おい！」

そう言って俺の顔面を蜘蛛の足が蹴る。痛くも痒くもないので全力ではないのだろうが、少々こいつの言葉が引っかかった。

「クソが、やっと次の女を甚振《いたぶ》れると思ったのに……テメェの邪魔でお預けだ」

また蜘蛛の足が俺を蹴る。

「どんだけ裸にひん剥いて泣かせても勃たねぇ。一体どこに行ったんだ、俺のご立派様はよぉ！」

蹴る速度が増し、爪を立たせて突き刺そうとするが、貧相なその足では俺の体は貫くことは叶わない。蜘蛛男は爪が刺さらないことに舌打ちをし、賊の死体から短剣を足と糸を使い手繰り寄せる。

「あのバカどもに輪姦させてもちっとも反応しねぇ。一体どうすりゃ俺は女を犯せるんだ？　一体どこに俺のモノ勃たせてくれる女はいるんだぁ？」

蜘蛛男の手にした短剣が俺の肩口に振り下ろされる。当然刺さらないし、刃が音を立てて欠ける。

「無駄に硬ぇ体してんじゃねぇ！」

また顔面を蹴られるが痛みはない。

「あー、そうだ。また子連れを捕まえよう。んでこの前みたいに裸で踊らせて、ガキを使ってゲームだ。今度は何を入れさせるか――」

言い終えるより前に俺の拳が蜘蛛男を襲う。だが、その一撃は瞬時に後ろに飛び退かれ回避される。

「やる気かぁ？　モンスター風情《ふぜい》が！」

俺の正体には気づいていない。黙って攻撃を受けたことでこいつの攻撃はほぼ通らないことは確認済み。勝算は得た。

（こいつはここで始末する）

こんなゴミが帝国軍人だったなどあってはならない。何よりも――。

（こいつを放置すれば一体どれだけの女性が犠牲になるかわかったもんじゃない。俺だってなぁ、エロいことがしたいんだよ！　その可能性を、貴様なんぞに奪われてたまるか！）

大層な大義名分など必要ない。こいつは俺にとって邪魔になる。そう言うことにしておけば、俺が力を振るうことに迷いは生まれない。

「ああ、そりゃ人間を想定した糸じゃ、このデカブツは止まらねぇか」

俺が糸を振り切ったことに納得しているようだが、まだこちらの力を把握できてはいないはずだ。攻撃と防御はこちらが断然有利。不安要素は蜘蛛が持っていそうな能力――例えば毒。軍事用に強化されている以上、間違いなく持っていると見るべきだ。そして帝国の科学者ならば絶対余計な機能を付けてくる。

（後はどこに毒があるのか、だが……蜘蛛の頭部がないから牙が見当たらないんだよな。となると

候補はどこになる？）

　蜘蛛の毒と言えば牙から注入するタイプのものしか俺の知識にはない。その牙がこいつにはない。本来蜘蛛の頭部があるべき場所に、人間の胸から上が生えているのだから当然と言えば当然だ。ならば、位置的に毒でも吐くか？

　それとも他の虫の特徴を持っていて毒針でも持っているか？

「もう少しその辺を暴いてから仕掛けるべきだったか」とタイミングを間違ったかと少しばかり悔やんだが、俺にも効くような毒を打ち込まれたらそこで終わりだったので、悪くはなかったということにしておく。

　警戒しつつ、蜘蛛の糸を振り払い蜘蛛男へと詰めるが、無駄に部屋が広いおかげでカサカサ動き回る相手を捕捉できずにいる。そして相手のニヤニヤ笑い。こいつは本当に軍人だったのだろうか？

　俺は賊の死体を持ち上げ振り回す。やはりというかたっぷりと絡みつく蜘蛛の糸「罠を張って待ち構えてます」と言わんばかりの顔からやりたいことが丸わかりである。叫ぶ蜘蛛男を無視して、そのまま賊の死体を投げつけると目標の目前で止まる。割と本気で投げたつもりだったが……やはり糸は警戒しなければならない。

「殺してやるよ、モンスター」

　俺の行動がお気に召さなかったのか、明らかに今までのヘラヘラした物言いと違う。天井に張り付きながらも姿勢を低く構えたので、俺もそれに応じるように両手を広げた。逃がす気はない。どのように行動しようが、捕まえれば俺の勝ちだ。

どちらも動かず睨み合いが続く――そう思った直後、奴が動く。意表を突かれたが、最初から先手は譲るつもりだったので問題はない。何故ならば、ダメージを無視して相手に合わせた方が確実だからだ。相手の足の動きに合わせ、完璧なカウンターのつもりだった。

だが俺は奴を殴ることも、掴むこともできなかった。俺の手にあったのは、まさしく「抜け殻」と呼ぶべき蜘蛛の殻。

（こいつ！　あの一瞬で脱皮しやがったのか！）

想定外の能力で取り逃してしまったかと思ったが、奴は俺が壊した出入り口にいた。俺は即座に反転し、蜘蛛男との距離を縮め――激痛で足が止まる。

「ガッアァ！」

シュウシュウと音を立て煙を上げる右手。原因はすぐにわかった。

（脱皮した殻の粘膜！　これが酸のように拳を溶かしているのか！）

のたうち回りそうになる痛みを噛み殺し、蜘蛛男に向かい突進する。だがそれは張り巡らされた糸に阻まれ、奴の手前から先に進めない。

「そこで死んでろ、バケモン」

それだけ言うと蜘蛛男が口を窄《すぼ》め、黄色の液体を噴射した。避ける術もなく、それをまともに受けると液体が付着した部分が徐々に紫色に変色していく。俺の変化を見た蜘蛛男が糸を使って飛ぶように去っていく。

（生死を確認しないということは、それだけ強力な毒ということか⁉）

顔を背けたおかげで頭部にこそかからなかったが、首元から腹にかけてが紫色に変色しており、そこが熱を帯びジクジクとした痛みに変わっていく。このまま放置すれば明らかにまずいことになるは火を見るより明らかである。

だがその前にこの糸をどうにかしなければならない。単純に引っ張っただけでは引きちぎることもできず、下手に動けば上半身だけでなく足まで搦め捕られてしまう。

「グゥオオオオッ！」

だから俺は吠えた。そして全力を持って蜘蛛の糸が張り付いた壁を蹴り砕いた。戻ってこられたらアウトだ。だが、動かなくても終わりだ。俺は体についた破片を物ともせずドスドスと通路を走る。瓦礫が床や壁に当たり耳障りな音を立てるが気にしている余裕などない。

目指すは隠した荷物。幸いにも既に蜘蛛男は脱出しており、後は遭遇しないことを祈るのみ。這々《ほうほう》の体で目印のスレッジハンマーの下に辿り着いた俺は荷物を漁り、手にした魔法薬を二種類とも変色した部位にぶっかける。

そして追加で薬を使おうとした時、痛みが収まっていることに気づいた。俺は恐る恐る変色していた部位に触れるが、痛みはなく元通りの体がある。溶けていた右手にも薬をかけると、みるみる見えていた骨が肉で覆い隠され、皮膚が出来上がっていく。

「魔法薬ってすげぇ」

俺が喋ることができたなら、きっとそう口にしていただろう。というか再生シーンがちょっとグロかった。

「ガッ、ハー……」

俺は大きく息を吐くと近場の木にもたれかかる。

（やばかった！　魔法薬貰ってなければマジでやばかった！　っていうか相性ちょっと悪くねーか⁉）

あのおっぱいさんに感謝の念を送りつつ、今後のことを考えるようとしたが、顔が思い出せずあの見事な胸しか出てこなかった。あれだけ印象が強かったから仕方がないとは言え、これには俺も苦笑い。だが、おかげで平静を取り戻すことができたのでおっぱいに感謝だ。勿論、何もなくても感謝を捧げる対象であると曇りなき眼で宣言する。結論、おっぱいは素晴らしい。

ともあれ、戦った場合のリスクが想定を遥かに超えて大きかった。放置すればどれだけの犠牲が出るかは想像以上となる予感がするが、下手に関わるとこちらが死にかねない相手ともなれば、無策に戦って良い相手ではない。

（となれば、最初にすべきことは何か？　相手の手はある程度暴いた。少なくとも状況から鑑みるに、あれ以上の攻撃手段はないと見て良い）

未知の相手に手を抜いていたというならその限りではないが、帝国軍人がそのような舐めプするとも思えない。

（いや、あの男の性格を考慮すればあり得るかもしれない）

しかしそれでも、その可能性は低いと見て良いだろう。ならば後はあいつ自身の情報が欲しい。となればアジトを探すというのは何か有力な手掛かりを見つけることができるかもしれない。何より「元帝国軍人」であるならば、目覚めた施設内部から何かを持ち出している可能性だってある。もしも奴が戻ってくるようであれば、今度は遠距離戦を仕掛ければ良い。丁度洞窟には牢獄があるので、投げる金属には事欠かない。迎撃のための陣地を構築すれば、毒以外に有効な攻撃手段はないはずだ、と体に付いた瓦礫を剥がしつつ考える。

少々体がベタつく気もするが、体に張り付いていた瓦礫を剥がし終えたので洞窟へと戻る。元帝国軍人が使っていたのだから、俺にとっても有用な物があるに違いない。そんな浅はかな思考で格子を折りながら戻った俺は、T字路を右折した先で後悔することになった。

そこにあったのは無残な死体。数はどれほどだろう?

体が溶けている者もおり、正確な数字を出すことはできない。少なくとも、その重なり具合から五十以上はいるだろう。そのほとんどが女性であり、その中の一つから俺は視線を外すことができなかった。

「あー、そうだ。また子連れを捕まえよう。んでこの前みたいに裸で踊らせて、ガキを使ってゲームだ。今度は何を入れさせるか――」

あいつの言葉が頭を過る。視線の先には親子と思われる裸の死体。重なり、毒を受けた部分がよりどす黒く変色していることから何をされた……いや、何をさせられたのかが推測できた。

(ゲーム感覚で、子供に親を殺させるか!)

直視に耐えないものだった。見てしまった以上、もう放置はできない。俺は拳を握りしめ歯を食いしばる。そもそも、あの蜘蛛男は俺にとっても脅威である。

（もう、手段なんぞ選ばない）

あいつだけは、絶対に狩り殺す。


まずはあの蜘蛛男を追跡することから始める。幸いなことに臭いは覚えている。犬の真似事をしてでも見つけてやると荷物を置いて移動を開始。そう意気込んだ矢先に臭いが途切れた。洞窟から出たばかりだというのにこれでは先が思いやられる。

理由はわかっている。あいつは糸を使って移動するので臭いは地面には残っていない。もっと言えば、木から木へと移動していることが考えられるので臭いで追跡するのは効率が悪い。

（相性の良い相手ではないと思っていたが、もしかしたら想定以上に悪いのかもしれんなぁ）

泣き言を言っても始まらない。俺は奴の臭いを探すため、体を伸ばし高所も隈なく嗅ぎ回る。そしてようやく見つけた手掛かりから凡その方角に当たりを付け、そちらに移動を開始する。運良く痕跡が見つかった。つまり、方角は合っているということなのだが……問題がある。

（街道に向かっている……と言うことはさっきの馬車を追っている可能性がある）

俺は街道に沿って走る。痕跡を探しながらでの走行なので速度は出ないが、おかげで奴の痕跡をまたもや発見。木に付着していた奴の糸が残っていた。部下の話を聞いていたのだから、取り逃がした娼婦達を追いかけているというのも十分考えられる。これでその可能性が更に高くなり、俺はそこに懸け速度を上げる。

蜘蛛男にどれほどの移動速度があるかはわからないが、馬車を追っているというのであれば時間の猶予はあまりないだろう。街道に残った車輪の後を追い神経を集中させる。間に合うかどうかはわからないが、悲鳴も聞こえていないのでまだ追いつかれていないか、捕まっていないと思いたい。

手の中にある格子だったものの塊を確認する。うん、思わず強く握ってしまったので変形してしまったから、いっそのこと丸めてみた。そうなると俺の大きな手でも一個しか持てないのだが、投げ慣れた形に近いので命中重視と思えば悪くはない。ほぼ全力疾走を続けていると、前方に馬車が見えてきた。同時にそれを狙うように森の中に隠れる蜘蛛男を発見する。

(見えた！　やっぱり馬車を狙っていたか！)

どうやらまだその存在に気づいていないらしく、　馬車は悠々と街道を進んでいる。奴は言っていた。

「やっと次の女を甚振れると思っていた」

恐らくあいつは一人も逃さず捕まえる。それも最大限恐怖を与えるように演出もするだろう。そうやって楽しむ残忍な男だ。最高のタイミングで横槍を入れてやろうかと思ったのだが、俺の投擲の射程内に入るや蜘蛛男がこちらに気づいた。

できればもう少し近づきてからやりたかったのだが、見つかってしまったのであれば仕方がない。

「グォオオオォォッ！」

俺は適当に吠えると同時に手にした金属の塊を全力で蜘蛛男に投げつける。真っ直ぐに飛んでいくが、目標が咄嗟に飛び退いたことで後方の木に音を立ててめり込む。更に俺の存在に気づいた馬車が速度を上げ逃げ出した。俺は足元にあった手頃な石を掴むと再び蜘蛛男に向かい投げる。馬車の方に気を逸していたことで、俺が投げた石をギリギリのところで回避する。

「何邪魔してくれてんだ！　この死に損ないが！」

俺が死んだとでも思っていたか？

残念、この通りピンピンしているよ。逃げる馬車を追いかけるような素振りを見せたのでもう一度投石してやると、糸を飛ばして防ごうとする。だが俺が全力で投げた物である。吹き出した蜘蛛の糸で止まるはずもなく、結局は回避に動かざるを得ず、蜘蛛男は別の木に飛び移り去りゆく馬車を見送った。その悔しそうな顔が見たかった。

（糸の射程は十～十五メートルと見て良いな）

蜘蛛男が馬車を追えば追いつかれるだろうが、俺が迫ってきている中、果たしてそちらに向かうことができるだろうか？

当然できない。俺が投げた石の威力から、背中を見せることが危険であることくらいはわかるはずだ。だからこそ、向かってくる俺に対して迎撃する構えを見せている。しかしながら俺はこいつとまともに戦う気がない。相手の射程内に入らない距離で立ち止まり、わざわざ睨み合いを演出する。

当然馬車が逃げるための時間稼ぎである。蜘蛛男からすれば「モンスターが同じミスをしないように警戒している」程度に思っているのかもしれないが、残念なことに俺はお前と同じ帝国軍人。お前が動かない限り、俺も動くつもりはない。

そうしてしばし睨み合いが続いたところで、ようやく蜘蛛男に動きがあった。チラチラと見えなくなった馬車を気にしていたが、舌打ちをするとこちらの対処の切り替えたようだ。こうなると「先に動いた方が云々」とは行かないまでも、不利になることには違いない。

俺としてもこの距離では先に動けば糸の餌食になりかねない。だから距離を取るか動いてもらうかして欲しいのだが、当然相手もそれくらいはわかっており、足を引くと相手も前に出る素振りを見せてくる。

（これは、長くなりそうだな）

蜘蛛男の姿を見る。間違いなく俺がどのように動こうとも対処できるように構えている。時間は十分に稼いだので、あのお姉さん達は無事逃げ切ったと見て良い。

（これで憂いはなくなった。後は、その集中力がどこまで保つか見せてもらおうか）

そうしてじっと睨み合う二匹のモンスター。傍から見れば新種のモンスター同士の決闘と言ったところか？

決闘かどうかは兎も角、お互い命を懸けた闘争であることは間違いない。俺も油断なく構え、蜘蛛男がどう動いても対処できるように足の一本一本の動きにすら気を配る。焦れた両者は動きを見せるも、その距離が縮まる気配はない。

（正面から行けば確実に糸で動きを止められ毒でやられる。だが向こうからこないということは、あの糸はやはり設置式。だったらやりようは幾らでもある）

当然奴が設置したであろう糸はしっかりと避けていくという前提だ。それを可能とするのが、この自然破壊だ。

「糞が！」

蜘蛛男が叫び、俺が周囲の木をその腕力で薙ぎ倒す。両手に持てるサイズの木を掴み、それを蜘蛛男に向かって投げつける。この腕力で投げられた物ならば、ある程度の質量さえあればそれだけで必殺の凶器と化す。

(俺が動く必要はない。精々動いて逃げまどえ！)

次々と手にした物を投げつけ、蜘蛛男が逃げれば手にした木で糸がありそうな場所を払いながら距離を保つ。逃がしはしない――そう思っていた俺に思わぬ反撃が迫る。

「とっととくたばれ！」

糸を使い大きく上へと飛んだ蜘蛛男。場所によっては危険な行為だが、ここでは飛杭魚はいないらしく、木々の上へと飛んだ蜘蛛男が視界から消える。そして降り注ぐ毒の雨。

(そう来たか！)

降り注ぐ毒は密集する葉を溶かし、枝をすり抜けて地面へと落ちてくる。これを完全に回避するには距離を取るか、縮めるかの二択となる。華麗に回避、という選択肢はこの巨体故に即廃棄。已む無く大きく右側へと飛んで回避行動を取ると、蜘蛛男はこちらの動きに合わせて離脱を試みる。

だがその動きは想定内。

俺は飛んだ先にある太い木に掴むと体を丸める。掴んだ木を軸にして回転すると、勢いをつけて手を離すことでタイムロスを限界まで削る。森の中というフィールドにおいては間違いなく奴が有利。蜘蛛が持つ能力故に、その優位性を覆すことは困難であることはわかっている。

（ならば、俺が優位な箇所で戦うべきだ）

真っ向勝負の勝利は早々に捨てる。そして蜘蛛男を追いかけながら考える。

「俺が奴に勝る部分は何か？」

答えはすぐに出た。肉体能力――このインチキ染みたスペックをフル活用し、奴を殺す。だが先ほど結論を出したように、真っ向勝負は行わない。ならばどうするか？

（あいつは殺す。だが戦わない。俺はあの蜘蛛男を狩るだけだ）

なんてことはないただの根競べ。俺は森を駆け、蜘蛛男を見つけると一定の距離を保ち付きまとう。決して戦おうとはせず、ただ黙って追跡を続けた。

「何なんだてめぇは⁉」

蜘蛛男の声には反応しない。前に出れば引き、後ろに下がれば前に出た。張られた罠は手頃な木で解除し、常に蜘蛛男を視界の中に収め続ける。苛立った蜘蛛男が仕掛けてきたが、それでも距離を保ち続ける。これを繰り返して一つ判明したことがある。森の中でも、移動速度は俺の方が上だった。身体能力に大きな差があるという推測は当たっていたのだ。

こうして追いかけっこが始まり、相手が止まればこちらも止まる。そして逃げたなら追いかけるということを続けた。こちらの狙いを察しているかどうかは兎も角、流石に繰り返されれば無駄なことを理解もできる。蜘蛛男は舌打ちをしながらも俺を無視することに決めたようだ。だが、それこそ俺の思う壺だ。

手段は選ばない。このまま付かず離れずの距離を維持し、こちらを無視するというのなら、投擲による攻撃を延々と繰り返す。そして近づけば離れ、遠ざかれば距離を詰める。休む暇など与えない。食事も、水も、睡眠も全て妨害する。生存競争みたいなものなので禁じ手などなし。どっちが先に音を上げるか、勝負といこうじゃないか。

それから丸一日が経過した。何度も繰り返し行われる妨害に、全力での逃走を試みた蜘蛛男であったが、振り切ることを八時間ほどかけてようやく諦めた。その間にも蜘蛛男は要所要所に蜘蛛の糸を使い迎撃を試みたが、そもそも俺は近づくつもりがなく物を投げるだけだったので、早々に戦術の変更を余儀なくされた。

また身体能力の差を理解したことで強引な力業は鳴りを潜めることになる。なお、逃げながら張っていた蜘蛛の糸は俺が適当な棒で搦め捕っているので、体にはほとんど引っかかっていない。と言うより、俺の動きを止めるとなると数本に引っかかった程度ではとても足りず、網にかかるレベルでなければ効果がないので移動しながらでは作ることはほぼ不可能だろう。何度か奇声を上げて攻勢に出てくるのだが、そうなると俺は逃げて距離を取った。

勿論勝負などしてやらない。こいつの毒と糸の危険性は嫌というほど理解している。そして森と言う地形低優位を持つ相手に油断などできるはずもない。一見して優勢とも見える状況ではあるが、それを一発でひっくり返せる手札を蜘蛛男が持っているのも事実である。

また、これまで一頻り罵声を浴びせられたのが、俺はモンスターなので言葉が通じないフリをしてやったら「テメェ！　こっちの言葉わかってんだろ！」と、どうやらこちらも同じ遺伝子強化兵である可能性に気が付き始めていた。

まあ、俺は帝国語をはっきりと喋ることができないので確証を得るのが難しいとは思うが、挑発の意味を込めて「ワカリマセン」というジェスチャーをしたのはまずかった。

恐らくあれで俺を同じ帝国人である可能性に思い至ったのだと思われる。

そして二度目の夜――夜目が利き、臭いで追跡することもできる俺が蜘蛛男を見失うはずがなく、距離を維持することに何の問題もない。初日に向こうはアテが外れたのか、苛立ちを誤魔化すように地面に八つ当たりをしていたが、二度目ともなれば忌々しそうに舌打ちをするくらいだ。

定期的に石を投げる俺に睡眠を取ることを諦めた蜘蛛男が取った最初の行動は籠城。当然俺の投石を防ぐことができる建物などなく、人間が作ったと思われる小屋はあっという間に無残な姿と化した。俺に言葉が通じることを期待して話しかけてきたりもしたが、当然無視。意味がわかっていないフリをしつつ、時折唸り声で威嚇をしたりと適当に弄んだ。

また一つ夜が明けた。それでも俺は蜘蛛男に付きまとい投石を続ける。たまには別の物も投げるが、回避能力が若干落ちてきたらしく、何発かに一回は投擲物が体を掠《かす》めるようになった。だけどこの方針を変える気はない。こいつは、確実にここで狩る。

何度目かもわからない食事の妨害――どうやら形振り構っていられなくなったのか、糸で絡めた兎をそのまま食おうとする。だが俺の投げた石が兎に命中。やってて良かったゴブリンブートキャンプ。

蜘蛛男の手から兎が地に落ちる。そこに追撃するように石を投げ、地面を蹴って土を巻き上げ兎にかける。この時ばかりは少々近づくが、すぐに距離を取って元通り。何度も妨害しているので、俺が前に出たところを狙って毒を吐き出したりもするのだが、警戒している俺に当たるはずもなく全てが不発に終わっている。そんなことを繰り返していたところあっという間に日が暮れる。

夜が来た。明らかにこれまでとは違う雰囲気を醸し出し、ジワジワと蜘蛛男との距離を詰める。だが何もしない。距離は縮まったと言えど、まだ八メートルは確保している。常に身構え、投石の頻度こそ減らしたものの「いつ襲いかかってくるか」と警戒を強いることで精神的な疲労を狙う。

これに対して蜘蛛男は叫ぶばかりで何の対処もできなかった。流石にもう身体能力ではどう足掻いても勝てないことは理解しているはずだ。頼みの綱の毒と糸は射程を見抜かれ、無駄打ちを誘発させるように立ち回られては下手に攻撃もできない。

糸を使ったトラップもずっと監視されている状況では有効とは言えず、盤面を返す手になり得ない。現状「正面から戦えば負ける」という認識が既にある以上、自分から仕掛けることができなくなっているだろう。

今は体力の消耗を少しでも抑えるためか、毒も糸も使用を控えている。だから地面を蹴りぬいて土をぶっかけてやった。しかし反応がない。仕方がないので尻尾でその辺の石を掴み、俺の手元に放り投げる。危なかったけどキャッチ成功。実は結構練習していた。俺は手にした石を腕の力だけで投げようとしたところで蜘蛛男が口を開いた。

「……何でだ？」

声を無視して予定通り投石で蜘蛛の足を一つ潰す。

「何でこんなことすんだ、テメェは⁉」

蜘蛛男は本気でこのやり方の意味がわかっていないようだ。だから俺は答えてやった。

「ぐぉあー」

馬鹿にしたかのような間の抜けた声――当然挑発だ。蜘蛛男はプルプルと振るえたかと思えばヤケを起こして向かってきた。だから逃げた。少しの追いかけっこの後、息を切らした蜘蛛男から十五メートルほど距離を取って様子を見る。

蜘蛛男が何か叫んでいるが無視。しばらくしたらまた八メートルほどまで距離を詰めてやった。泣きそうな顔をしていたが、だから何だと言うのか？

俺に背を向けてノタノタと歩き出したので適当に折った木の枝を投げつける。蜘蛛の尻に突き刺さったが、それに反応するだけの体力が最早ないようだ。

「腹が減った……もう何も出ねぇ……こんなことなら、体力を温存するべきだった」

後悔するかのような独り言から察するに、どうやら大量に出した毒と糸が原因でこんなにも早くスタミナ切れを起こしたらしい。蜘蛛の尻からは中途半端に出かかった短い糸がプラプラと揺れているので嘘ではなさそうだ。

近づいた俺に対し振り返りざまに吐いた毒も最早唾のような物となっており、簡単に避けることができた上に、地面に落ちて草を枯らすことすらできなくなっていた。お返しとばかりに蜘蛛の足を二本蹴り飛ばすと、バランスの悪くなった体でヨタヨタと俺から距離を取ろうとする。

折角なのでもう一本をもぎ取ってみた。左側の蜘蛛の足が四本なくなり、這いずるような動きになった。動きが気持ち悪かったので足を全部もいだところ、残った腕でどうにか這おうと足掻き始める。

「どうしてだぁ……どうして……」

俺は背後から蜘蛛男の首根っこを掴むと、足を人間と蜘蛛の境目にあて——一気に踏み抜いた。

「イギィヤァァァアアアアアアァァァアッ！」

俺の手には蜘蛛から分離した人間部分が掴まれており、宙に浮いた体からは大量の血が流れ出ている。息も絶え絶えな元蜘蛛男の顔面を木に押し付けると、目の前で爪を使って文字を彫る。

——死ね——

月明かりがあるとは言え森の中、この暗さではわからないかもしれない。だが、帝国語で書かれた文字が読めたらしい。

「たしゅけ……たひゅけ、て……」

俺が何者なのか、その確信を得た男は媚びたような笑いを浮かべ懇願する。その言葉を無視して俺は手の中にある男の首に力を込めた。

とある死刑囚の視点

世間一般の価値基準ならば、有体に言って俺の人生は糞だった。度を越した教育熱心な両親と、ご近所様とのマウントの取り合いが子に悪影響を及ぼすことなどごく当たり前のことで、それが引き金となり最悪な結末を迎えるというのはよくある話だ。

俺は所謂「不良」と呼ばれるグループにカテゴライズされるようになり、隣人の同級生に至っては「自殺」という形で諸々の事情に幕を下ろした。事ここに及んでようやく両親は自らの過ちに気が付いたらしく、弟の教育に関しては方向転換をせざるを得ない状況に追い込まれた。

隣人の自殺とあって、押しかけるマスメディアに対して焦燥しきった親は、持ちうる心許ないリソースの全てを弟に注ぎ込むことに決め、問題となった俺を「失敗例」として反面教師の如く扱った。幾ばくかの同情という感情で繋がりがあった程度の兄弟関係は破綻し、十五年暮らした家の中で、俺の居場所は次第になくなっていった。

思えば「この頃からだろう」という程度の意識はある。鬱憤を晴らすように喧嘩に明け暮れた。気づけば「家に帰る」という作業がなくなっていた。なので両親と弟が事故で死んだことを知ったのも、半年近く遅れてのことでだった。

顔も忘れた親族からは罵詈雑言の嵐だったことは覚えているが、何を言っていたのかは記憶にない。

恐らくどうでも良いことだったのだろう。しかし、掴みかかってきた一人をぶん殴り、馬乗りになって殴り続けたところで口を開く奴は一人もいなくなっていたくらいのことは断片的に覚えている。

ただ、この一件で警察の世話になる羽目になった。こう言っては何だが、それなりに要領の良い人間だという自負はある。今まで様々な犯罪行為に手を染めていたが、実は捕まったのはこれが初めてだった。だから思った以上に話を聞く担当だったことが幸いし、簡単に言いくるめることができた。

「両親に家を追い出されていたのにどうやって事故を知れと言う？　それどころかあいつらは俺を馬鹿にするだけなら兎も角、俺の両親や弟まで馬鹿にしていたんだ」

細部は違えど確かそんなことを言った記憶がある。人生であれ程空虚なセリフを吐いた覚えはないが、俺を担当した警察官は思うところがあるのか色々と手を回してくれた。結果として俺は「お咎めなし」となった。正確に言えば刑罰と呼べるものがなかっただけだが、それでも当時の俺としては十分だった。

「君さえ良ければ職を紹介するが……」

そんなことを言っていたお人よしの担当が、俺の初めての殺人の対象となった。憎かったわけではない。むしろ色々と便宜を図ってくれたおかげ助かったとすら言える。だが邪魔だった。この時の俺はもう真っ当な暮らしなど望んでいなかった。社会不適合者、或いははみ出し者。反社会的なマフィアや犯罪者と呼ばれる者となっていた俺に、あれやこれやと勧めてくる彼は邪魔だったのだ。

決定的となったのは俺の人間関係を調べ始めた時だ。はっきり言ってしまえば、俺の仲間はどいつもこいつも頭がおかしい。自分の犯した犯罪を面白おかしく自慢するもの。クスリをキメすぎてうっかり人を殺してしまったことが持ちネタの奴だっている。そいつらを知られるわけにはいかなかった。

さて、十七歳にして殺人犯となった俺だが……生活は特に変わらなかった。運が良かったのか目撃者がいなかったのだ。結果、彼は行方不明という扱いになり、時機を見て姿を消した俺は、仲間達から祝福された。人生で最高の瞬間だったと今でも思う。

そんなわけで俺の人生は決まった。この頭のイカれた阿呆どもと一緒に死ぬまでバカ騒ぎをして生きることにした。ただ、予想以上にその期間が長かった。俺はてっきり一年と経たず捕まることになるだろうと思っていたのだが、予想に反して俺達は捕まることはなく、色んな町で好きに生きていた。偽装工作が妙に上手い奴がいたことが、恐らく俺達の尻尾を掴むことができない大きな要因となっていたのだろう。

最初にやったのは強盗だ。これに関しては笑えるほど上手く行った。今でもあの時の金持ちの男の命乞いはよく覚えている。娘がブクブクと太った豚でなければ満点だったが、残念ながら母娘合わせた体重は俺達三人より重かった。痩せていた写真を見つけ三人で爆笑していたのは良い思い出だ。

腹を抱えて笑わせてもらったお礼に、二人のダイエットを手伝ってやった。二人合わせて五十キログラムくらいは肉をそぎ落としてやったところ、旦那さんは泣いて喜んでくれた。

「はっは！　俺達って案外良い奴だな？」

「ばっかやろう、最高って言え、最高ってな！」

危うく夜通し騒ぎかけて帰るタイミングを逃しかけたのも良い思い出だ。だが現金が意外に少なかったのは頂けない。貴金属に手を付ければ足が付く。なので現金だけを持って帰ったわけだが、一か月遊んだだけで消えちまった。ついでに一緒に行動する奴が七人に増えた。ここから先は、まさにスリルとサスペンスの順風満帆な日々だった。

他人の家に押し入った回数は確か三十七回。犯した女の数は覚えていない。数えている奴もいたんだが、当時の俺は女よりも金だった。数えるようになったのは、多分二十三歳の時だ。そこからの数なら九十七人。もうちょっとで百の大台に乗ったんだが、それ以前にも結構な数をヤってんだからまあいいだろ。殺した人数に関してはしっかり覚えている――六十六人だ。一時数を競ったことがあるので間違いない。

まあ、そんな感じで色んな町で暴れ回っていたんだが、やっぱり最後ってやつはやってくる。ダチの一人がしくじった。クスリの売買で囮にかかって俺達にまで手が伸びたんだ。逃走期間は大体三か月くらいだったと思う。あの時は金がなくなり、人目のある路上で襲うという杜撰《ずさん》なマネをした。言い換えればそれだけ俺は追い詰められていた。

ああ、この時にはもうダチとは散り散りになって逃げていた。後でわかったがほぼ全員捕まってたらしい。ちなみに俺は最後から二番目だ。最初の方に捕まったマヌケに自慢してやったぞ？

さて、そんなわけで俺の六年にわたる活動が終わりを迎えた。最後くらいは華々しいカーチェイスや銃撃戦ってのをしたかったんだが……生憎と盗んだ車がポンコツでな、数キロメートル走ったところでエンジントラブルで停止しやがった。ダチの一人に「ダッセ、俺なんか三時間カーチェイスしてたぜ？」とか言われた時はぶん殴ってた。あんた良く知ってるな。その時の騒ぎの原因だよ。話を戻すが……ポンコツカーを蹴り飛ばし、俺は自分の足で駆け抜けた。警察を振り切り、手にした銃で最後のショータイムと行きたかった。だがここでも問題が発生しやがった。手にした拳銃がな、旧式だったんだ。いや、骨董品と言っても良いな。察しがいいな、あんた。その通り、俺の持ってる弾が使えなかった。

いや、確認しなかった俺も悪かった。それは認める。けどよ、今時あんな玩具を持ってるやつがいると思うか？

「ふざけんなボケが！」って思わず叫んじまった。それで居場所がバレてあっさりと捕まった。後はまあ、あんたの知ってる通りだろう。裁判の結果は死刑。予想通りと言いたいところだが、俺がやったことの半分くらいしか起訴されてないんだけど、どうなってんだ？

「ちゃんと全部調べろよ」と調書取ってる奴に笑ってやったら一人の男が掴みかかってきた。「なんだこいつ？！」って思ってたら、どうやら俺が殺したと思われる中に知人がいたらしい。残念だが、それは俺ではなくダチの方だと言ってやったら無視された。それから事務的に「余罪がありすぎて刑の執行が遅れる」と言われたが、帝国警察はそれで良いのかね？

そんな訳で猶予期間を楽しむことにしたのだが、半年を過ぎた辺りで飽きてきた。そりゃそうだろう、毎日毎日同じことの繰り返し。たまに絡んでくる奴もいるが、どいつもこいつも普通なんだよ。たまに犯罪自慢をする奴もいるが、すぐに話が終わってしまう。

「俺なら丸一日話せるな」

そう言ってやったら鼻で笑いやがったから本当に一日かけて語ってやった。喉が痛くてもうやりたくねぇな。あの時は俺も意地を張っててなー、聞いておきながら「わかった、もういい」とか言いやがるから鼻をへし折って延々と聞かせてやった。親切だろ？

ああ、口調が崩れてきた。普段はこういう喋り方はしない方なんだ。油断するとすぐに地が出てしまうのは勘弁して欲しい。一応役作りで慣れてはいるんだが、やはり性に合ってないようでな……人間得手不得手というものがある。恐らく俺はお上品に生きるのが苦手だったんだろう。社会が悪いだとか、親が悪いだとかは言う気はない。俺は生来こういう人間だったんだろうな。

それで、だ……そんな俺に一体何を聞きに来たんだ、あんたは？

「人体実験、ね」

窓すらない隔離された一室——存在するのは一つ机と二つの椅子。目の前の黒服を相手に椅子に座って話を終えた俺は、提示された書類に目を通し呟く。

「言い方は悪いが、確かに言ってしまえばそうかもしれないな。だが技術自体は既に確立されており、成功例も幾つもある。実験という段階は既に過ぎていると言わせてもらおう。このままここで死刑を待つよりも、一つその命を有意義に使ってみる気はないか？」

「他人の玩具にされるのは気が進まないな」

対面に座る黒服「ふむ」と頷き、背後の扉が開くと黒服が新たに登場。手にした書類を渡すと部屋から出ていく。その中の一枚をそっと俺に差し出し、目で「見ろ」と言う。俺はそれに黙って目を通す。

「これは『お願い』ではないのだよ」

「軍人さんに命令される覚えはないなぁ」

鍛えられた肉体、それにこの物腰——恐らくは軍関係者だと当たりを付けていたが、今のセリフで確信が持てた。こいつらは「やばい」奴らだ。最も関わってはいけないタイプの人間であることは、最近になって起こした事件の全貌が明るみになり始め「シリアルキラー」と称されるようになった俺でもわかる。

（軍関係……それも非合法かそのギリギリで活動する連中。俺らの犯罪が霞んで見えるどす黒い悪意の塊。こりゃまずいな）

そんな連中に目を付けられた。恐らくダチの方にも行っていることだろう。と言うよりまず間違いなく話は行っているはずだ。そして最高に頭のイカれたあいつらのことだ。条件付きで快く引き受けているのは容易に想像が付く。

「一つ聞きたい」

俺が机の上に身を乗り出して質問の許可を求める。対面の黒服が頷き、俺は頭の中で質問する内容を整理する。

「この『キメラ計画』だったか？　それの被験者になったとして、だ」

一度言葉を区切り、俺は最大の懸念材料を口にする。

「俺の意識は人間のままか？」

一瞬の間――本当に僅かな空白の時間。それを見逃すほど、俺は殺しを雑にやってきていない。

「勿論だとも」

黒服は笑顔を作ってそう言った。

（嘘だな。だがそれを口にしたところで状況が良くなるはずもねぇ）

俺は姿勢を戻し、椅子に背中を預けると「わかった」と短く答える。

「商談成立だ。俺をここから出してくれ」

俺は手を伸ばし、黒服がその手を掴んだ。囚人達の視線を背中に集めながら悠々と監獄から出る。

車に乗せられ、目隠しと手錠を付けられた後、体感二時間ほどの移動をした後に地下へと入る。そこで車を降り、しばらく歩いたところで扉を幾つか潜る。そこで目隠しは解かれた。

黒服二人に連れられた場所は如何にも「研究室」と呼ぶに相応しい地下施設。道中暇だったので他の連中について尋ねてみたが「答えることはできない」の一点張りだった。残念ではあったが、施設内部を見る限り中々楽しそうなことをやっているようで、そのことはすぐに忘れてしまう。

「ああ、それに興味があるのかい？」

ふと立ち止まって見てしまった先にあるものは、標識に「サンプル四四五号」と書かれたケースに入ったネズミとタコを掛け合わせたかのような奇怪なオブジェクト。そんなものが展示されていた。

「それは初期のものでね。一つの基準となった非常に意味のあるものなんだ」

粘土細工を無理矢理くっつけたような異形を前に、笑顔でそう言った黒服は実に誇らしげであった。

その姿を見るに、この男もここで行われている研究に何らかの関わりがあるように思える。

「その言い草だとあんたもこの研究に関係があるように聞こえるが？」

明らかに研究者の体つきではない。それとも最近は健康に気を使うものなのだろうか？

「ん？　ああ、そういうことか。研究そのものには関わっていない……が、素晴らしいとは思わんか？」

黒服の物言いに一瞬背筋に冷たいものが走る。言うならば「嫌な予感」というやつだ。

「帝国の技術はここまで進んだ！　遺伝子と呼ばれる肉体を構築する情報。詳しい話は専門外だが、これを操作することで人間は如何なる病気も克服できるという」

言っている内容とあまりにかけ離れたオブジェクトを俺は見る。どう見ても病気の克服のためのものではないことは明らか。いや、何をしようとしているのかさえ想像できてしまう。

「なるほど、その遺伝子とやらを変更することで、ああいったモノが出来上がるわけだ」

「素晴らしいと思わんか？　この技術が進めば、帝国は多種多様の動物が持つ能力すら手に入れることができる」

黒服の口調に熱が帯びる。高揚しつつある男は話を続け、如何に帝国のこの技術が優れているかを並び立てるが、不意にその口が止まりこちらを見下ろす。

「しかし、だ。ここにあるのは到達点ではない」

「……その到達点とは？」

異質、もしくは異様。自身のことでもあるが、目の前の黒服は明らかに違う。「刺激するのは拙い」と俺の直感が囁いた結果、そんな言葉を絞り出した。

「我々の最終目的は『寿命の克服』だ。まるでエルフ……いや、それ以上の長寿が約束された未来！　最早我々帝国人を他国と同じ人類とする訳にはいくまい。そう『新人類』とでも呼ぶべきか？」

嬉々として語る黒服を見て理解した――こいつはやばい、と。

(思想が完全にそっち方向にぶっ飛んでやがる。こりゃまともに相手をするのは無理だ。あー、ヤダヤダ。こういう奴は生理的に受け付けねぇわ)

再び歩き始めた黒服に付いていくが、施設の職員は誰もこちらを見ようとしない。忙しなく動き回っているのでその余裕がないと見るべきか？

「それとも……」と思考を巡らせていると白衣の男が足早にこちらに近づいてくる。

「やあ、大尉。新しい被験体を用意してくれたと聞いて飛んできたよ」

笑顔で手を上げて歓迎を示した男は痩身の三十代半ばの如何にも「研究者」といった恰好をしていた。

「博士、彼が少し前に話題となっていたシリアルキラーです」

そう言って黒服が一枚の紙を博士と呼ばれた白衣の男に手渡した。

「ほうほう……健康そうだ。実にいいね」

大尉と呼ばれた黒服が「結構なことです」と相槌を打つと背を向け軽く一礼。

「では、お届け物は済みましたのでこれで……」

「もう行ってしまうのかい？」

名残惜しそうに言う白衣の男に「次の被験体探しもありますので」ともう一度軽く礼をして黒服は去っていく。結局一度も後ろにいたもう一人の黒服は喋ることはなかった。

「次は第三と第四に取られないようしておくれー」

後ろからかけられる声に反応することなく黒服は去っていく。

（第三、第四というからには恐らく研究所。あいつらはそっちに回された、ということか）

今は役に立つ情報ではないが、覚えておいて損はないだろう。しかしあの男がいなくなる、というのであれば幸いだ。世間知らずの研究者ならば騙すことは難しくはない。

「博士、で良いですかね？」

俺の言葉に「いいとも」と白衣の男が頷く。

「先ほどの黒服の男のことを『大尉』と呼んでいましたが……」

「ああ、彼は戦場で膝に矢を受けてしまってね。それが原因で前線から下げられたのさ。愛国心の強い男でね、戦場に出ることができないことを今も嘆いているよ」

予想通りの人物像だが、どうやら怪我をしていたようだ。そんな素振りは一切見せなかったが、それを知っていれば道中でどうにかできていたかもしれない。

「それで早速なのですが……『キメラ計画』についてお聞かせ頂きたいのですが？」

俺の言葉に博士は嬉しそうに頷く。

（やはり世間知らずは扱いやすい）

そう思いながら心の中で笑うと、博士は周囲を見渡す。

「ここではなんだ、付いてきなさい」

俺は頷き歩き出す博士に黙って付いていく。同時に動き出す気配が二つ。恐らく銃を所持していると思われる。「迂闊な行動はできないな」と前を歩く博士とは一定の距離を保つ。しばらく歩き続けると明らかに先ほどとは雰囲気の違う場所へと変わった。

「ここは……」

「説明を前にこれを見せた方が早いだろうと思ってね。まあ、黙って付いてきたまえ」

そうしてそこから二分ほど歩き、気が付けば俺の後ろには二人の男がいた。博士が扉の前で立ち止まると両腕を掴まれる。反射的に振りほどこうともがいてしまったがピクリとも動かない。

「君はここから軍事機密を見ることになる。悪いが少し大人しくしてもらうよ？」

「……そういうことですか」

今はまだ従順なフリを続ける方が得策だ。何よりこの二人の男から逃れるのは至難の業である。

「上手く武器を奪えれば……」と思ったが、こんなところにいるガードマンがその程度を考慮していないとは思えない。

「先に言っておこう。驚くぞ？」

博士は嬉しそうに扉を開けた。

「……え？」

開いた扉の先にあるガラス越しに、一匹の見慣れないモンスターがいた。何もない簡素な白い空間に佇むそれは、一言で言えば大きなタコ。紫色の体をゆっくりと動かしこちらを見ている。しかし、だ。

「これの何を驚けと言うのか？」

思わず口から出かかった言葉を呑み込む。ただ大きなタコのようなモンスターが陸上にいるだけである。しかしそんな感想を抱いたのも束の間、扉の中に設置されたスピーカーから音声が流れる。

「彼が次の犠牲者ですか、一体何をやらかしたので？」

それが誰の声なのかはわからない。ただ猛烈に嫌な予感がした。

「犠牲者とは人聞きの悪い……それと、彼は少し前に帝国内で話題になっていたシリアルキラーというやつだ。適役だとは思わないか？」

違う――そんなはずはない、と頭が理解を拒絶する。無意識に体がこの場から逃げ出そうとするも、左右の男達は力を強め放そうとしない。

「紹介しよう――」

「やめろ、その先を言うな！」と頭の中で悲鳴を上げる。だが、声を出すことはできなかった。

「彼が、君の知りたがっていた『キメラ計画』の成功例だ。他にもあるが、彼が一番近くてね」

大きなタコが姿勢を変え八本の足を開くと、本来であるならば口がある箇所をこちらに晒す。そこにあるべきはずの口は確かにある。しかしその中から人間の頭部がぬっと姿を現した。粘液に塗れた目を瞑ったままの頭部がこちらを向く。

「初めまして、新たな被験者。君がこちら側に来るかどうかは知らないが……まあ、もう会うこともないだろう。特に言うこともないのでこれで終わりだ。では、さようなら」

スピーカーから流れる音声は実に淡々としていた。口を開くことなく声を発していた人間の頭部を引っ込めると、タコ型モンスターはこちらにはもう興味がないと姿勢を戻す。同時に博士が退出し、俺はガードマンを振り解こうともがく。だがビクともしない。扉が閉まり、俯く俺の視界に白衣が映る。

「正気、ですか？」

「はっはっは、正気で戦争はできないよ」

予想していたものと全く違った。軽快に笑う白衣の男はそのまま歩き始め、俺はその後をガードマン二人に抱えられ連れていかれる。

（ふざけんな！　体の一部を変化させるとかそんなレベルの話じゃなかったのかよ！）

心の中であらん限りの罵倒をし、前を歩く博士を睨みつける。その視線を感じ取ったわけではないだろうが、博士が振り返りこちらを見た。

「あれはね、本来兵器となる予定だったんだ。まあ、あんなものを世に解き放つわけにはいかない、という理屈もわからんでもない。私も少々やりすぎたとは思っているよ。だから次はもう少しシンプルなものを作りたいのさ」

黒服は肯定した。「人の意識は保てる」と――だが、あんな姿にされるのであれば、いっそない方が幸せだろう。つまりあの時に一瞬の間は、こういうことだったのだ。

「なあに、現段階でも成功率は十％もない。運が良ければ生き残れる程度のものさ。だがデータは蓄積される。それにな、別に君が失敗しても私は特に気にしない。これを元に別の計画も既に進んでいるんだ。『遺伝子強化兵計画』と言ってな、こちらは従来のキメラと違い――」

「博士」

唐突に呼びかけられ、両手を口元に持って行くと俺の左側にいる男を博士が見る。

「おっといかん。研究者と言うのは得てして自分の成果に関してはおしゃべりになってしまうものだ。今後も引き続き注意を頼む」

「強制されるよりかはマシな扱いを受けるだろう」という俺の目論見は見事に外れた。いや、そもそも死刑囚に情けなどかける国ではない。フルレトス帝国とはそういう国であることを完全に失念していた。コツコツと廊下を歩く音が響く。そして、死刑宣告の時が訪れた。

「さあ、君と掛け合わせることになる生物はこれだ」

扉の前に立つ博士が笑う。開かれる扉から目を逸らすも、前方へと運ばれ強化ガラスに顔面を押し付けられる。同時に眼下にあるものが見えた。吹き抜けとなった部屋の下層に一匹の黒い大きな蜘蛛がいる。

「『デモンスパイダー』という。モンスター図鑑とか見たことはあるかね？　強力な毒を持つ大型の蜘蛛型モンスターだ。こいつから採取される糸は軍事利用が可能でな、引き取るには苦労したぞぉ？」

苦労話を軽く挟み「それなりに数がいるのにケチ臭いと思わんか？」と同意を求めてくるが、最早このマッドサイエンティストの言葉など耳には入らない。

「ふざけんな！　契約内容と違うぞ！」

俺の叫びに「契約なんてしていないだろう？」とマッドが笑う。

「こんなことをして、許されると思ってんのか⁉」

「君が言うかね、そのセリフを？」

マッドが背を向け、棚から注射器を一つ取り出す。何をしようとしているかはすぐに察したが、俺はガードマンに地面に押し付けられる。抵抗するが二人分の体重をかけられていては動くことも叶わない。

「クソ！　やめろ！　聞いてんのか⁉」

唯一動かせる膝から下を出鱈目に動かすが何の意味もない。

「ふむ、これくらいか」

準備ができたマッドがこちらに向かって歩いてくる。俺は叫び必死の抵抗を試みたが状況は何も変わらない。

「殺してやるからな！　お前らを、絶対に、殺してやる！」

俺のあがきにガードマンの二人が鼻で笑い。マッドが俺の首に注射器の針を押し付けた。

「まあ、頑張ってくれたまえ。生きていたらの話だがな」

その言葉を聞いた後、急速に失われて行く意識の中で、最後に俺は何かを言っていた。

「……うして、お……さ、ん」

それから約二百年後。一匹のキメラがとある研究施設跡で目を覚ます。

「おい、何があった⁉　これはどういうことだ⁉」

状況を把握した彼は周辺を破壊し、自分の姿にただただ絶望した。

「誰か答えやがれぇぇぇぇぇっ！」

叫びは施設内に響き、彼は孤独であることを理解した。また僅かながら残った電力でゲートを操作し、外に出た彼は報復すべき相手が最早いないことも察した。施設で得た情報、外部の状況から現実を正しく認識した結果、彼は一つの結論にたどり着く。

「そうかそうか、俺を止めるもんはもうねぇのか」

人間の上半身と蜘蛛の下半身を持つ彼は笑う。

「だったら、俺が貶めてやる」

帝国を、その臣民を、あのマッドを！

化物となったこの身を使い、この世界を恐怖に陥れてやろう。そして最高のタイミングで全てを暴露する。

「俺を生かしたことを後悔……いや、もう死んでんな。んじゃどうすっか？」

顎に手を当て考える彼は知らない。既に帝国の名声など地に落ちていることを……。

元同胞を殺した俺はまず自分の位置の把握に努めた。幸いと言うべきか、同じ場所をグルグルと回っていたらしく、荷物を置いた洞窟からそこまで距離が離れていなかったおかげで夜が明ける前に戻ることができた。

と言っても既に丸二日以上経過しているので荷物が無事かどうか心配だったのだが、どうやら誰もここには来なかったらしく、置いた時のままの場所にあった。中身を確認しても無くなったものはなく、取り敢えず水を飲みつつ干し肉を齧る。少々塩辛いが、ここは全部平らげてしまう。

まともな食事をしていなかったので、何でも良いから口に入れた方が良いと思ったからだ。活動するのは夜が明けてからにするとして、どこかに水場はないものか？

狩った動物の血を飲むというのは最終手段にしたい。取り敢えず、夜が明けるまではここで休むことにしよう。そう思ってぼうっとしていたら日が昇ってきた。暇すぎて寝てしまいそうだったので良いタイミングだ。眠ってしまっても良いかとも思ったが、それは腹にもう少し物を入れてからにしたい。というわけで狩りを開始する。

で、獲れた獲物はこちら――鹿になります。血抜きした鹿を魔剣という切れ味抜群の包丁で適当に解体。腕力による解体に比べて実にスムーズである。内臓はどう処理して良いのかわからないので穴を掘って埋める。水を少し使って手を洗い、用意していた鉄板の上に鹿肉を置く。

（あー、これトングが欲しくなるな）

肉を焼くのだからそれを掴むものが必要となることを失念していた。機会があればまたショッピングモールに立ち寄ろう。しかしそうなると他の物も欲しくなりそうだ。「魔法のアイテムで沢山物が持てないかねぇ」とか考えながら焼けた鹿肉をひっくり返す。野生動物だからしっかり火を通さないと食べるのが怖いんだよな。そんなわけで無事完食。

「あー、塩が欲しい」と大きく体を伸ばして横になる。鹿一頭ほぼ丸々食える体だが、この味気なさはどうにかならないものだろうか？

残った水を全て飲み干し、食事休憩を終わらせたところですっかり辺りは明るくなっていた。そろそろ出発するかという段階で問題発生――鉄板が汚い。足りないものが見つかりすぎて辛い。やはり生活するとなれば水場の近くが便利で良いが、肝心の水場が少ないのが難点である。さて、鉄板の汚れは仕方がないので荷物を背負って移動を開始――する前に、ここで残念なお知らせがあります。

ブルーシート……君はここまでだ。ぶっちゃけ色が目立つので持ち歩くべきではなかった。というわけでブルーシートは洞窟の中に置いていく。それでは予定通りにここから北西にあるグレンダの町を目指すとして、まずは街道へと向かう。そこからは街道沿いに森の中を進んで行く。

道中商隊らしき一団とすれ違ったが、擬態能力を使用して荷物を隠しておけば案外見つからないようだ。そんなこんなで森を抜けると草原地帯へと変化する。ここからは身を隠す場所がない。

なので街道を横切り堂々と北の山を目指す。幸いなことに人に見つかることなく、お昼頃に山の麓に到着。曲がりくねった町道の先には町があり、周囲は山が多く鉱山都市として栄えていた。俺は山を登りつつ川を探す。

一時間ほど登ったところで目的地に到着。ここからならグレンダの町を一望できるだろうと崖の上に立った。立つ必要がなかったので伏せたが、望遠能力を用いて町を一通り見たところで一言言いたい。

(何でこんなに寂れてるんだよ)

かつてはカナン王国の三大都市に名を連ねていた町に一体何があったのか？

答え：銀と希少鉱石が枯れた。

「そりゃ二百年もあれば枯れるわな」と周辺探索で廃坑を見つければ納得もできるというもの。というか記憶違いがなければ「五百年は掘れる大鉱脈だ」とかカナン王国は自慢してたはずなのだが、三百年前から掘っていたなんて話聞いたこともない。

まあ、自国の戦略物資等の埋蔵量を馬鹿正直に語る国なんていないだろうし、これは完全に俺のミスである。やってしまったと思いながら見つけた小さな川で鉄板にこびりついた肉を剥がす。ちなみに拾った枯れ枝をタワシ代わりにしているので、汚れを落とすのに結構手間取った。

水も一応煮沸した物を瓶に入れ、獲った魚を焼いて食べる。食べ終わる頃には日は落ちており、適当な場所に腰掛けてウツラウツラと船を漕ぐ。特に眠気があるというわけではないのだが、精神的に疲れており、もう何もしたくないのだ。場所が場所なので眠るのが少し怖いが、ここ数日の活動から眠らないのも問題がある。俺はいつの間にか意識を手放し、気が付けば辺りは明るくなっていた。

「眠ってしまったかー」と頭をペチリと叩き、恐る恐る瓶の水を飲む。味も臭いもおかしい点はない――大丈夫なはずだ。飯の前に町をもう一度眺める。やはりと言うか人が少ない。正直ここまで廃れていると見るべきものがない。

城壁にいるべき兵士はまばらでその装備にも特徴的なものは見られない。詳細を見ることができないと言えど、塔や城壁に備えられた設備を見るくらいはできるのだが、肝心の防衛のためのものが何一つ見つからない。ここでバリスタなり見つけることができたならば良かったのだが、何もないおかげでこの時代の防衛設備がどの程度か知ることができない。

（いや、無駄足と決まったわけではない。町の様子からどんな新しい物が作られたかくらいの発見はあるはずだ）

一番活気がある昼に最後の確認をしなければ、まだ収穫なしとは言い切れない。魚を獲ったり焼いたりしつつ時間を潰し、もうじき昼になろうという頃に再び町の観察を始める。

（うん、ダメだ。ここはハズレだ）

距離があるので俺の能力でも表情を読み取ることはできないが、それでもわかることがある。この町に活気がなく、住民には希望はない。何より子供の数が少ない。恐らくではあるが、ここにはもうまともな産業が残っていないのではなかろうか？

兵士も少ない上にやる気が全く見られず、欠伸をしても咎めるものは誰もなし。士気も低ければ練度も低そうな者ばかりである。

（完全にハズレだ。見事に読み違えたなぁ……）

見るべきものすらない町だ。となると街道ですれ違ったお姉さん方はこの町から逃げ出した人達、ということになるのだろうか？

（まあ、こんな町なら見捨てるわな）

ここにいるくらいなら南部攻略の最前線の町へ行くのも納得である。娼婦のお姉様方の需要も、ここことは大違いだろう。となると次はどうするか？

いっそこのまま西に向かいエルフの国へ行くのも良いかもしれない。確かめたいことはある。左手に残る感触を確かめるように拳を握り、そして開く。俺以外にも遺伝子強化兵はいる。ならば他にいないとも限らない。それを確かめるために戻るという選択もある。だが、仮に見つけてどうするのか？

どうしたいのかがわからない。

（と言うか、あの一面森林と化した広大な帝国領で研究施設を探せとか、結構無理難題なんだよなぁ）

第一探すにしてもアテすらない。アテもなく帝国領を隈なく探せと？

（幾ら俺の身体能力でも、現実的じゃないんだよなぁ……）

帝国軍人として恥じないようにと心がけてはいるが、あるかどうかもわからないもののためにそこまでできるかと言えばノーだ。労力に全く見合ってない。できるならやろう。

しかし俺の能力を完全に超えている上に、可能性の話でしかなく、待っているのは森林サバイバル。残念ながら「ご縁がなかったということで」と頭を下げざるを得ない。というわけで次の目的地を設定。

ここから更に西へ西へと移動し、対エルフの最前線「エメリエード」まで向かう。正直行きすぎたとは思うが、最早そこまでしないと安心できない。二百年という歳月は俺が予想した以上に変化を齎《もたら》している。ならば、変わらないであろう場所まで行って、自分の目で確かめるべきだ。

何故最前線に変化がないと確証を持てるかと言えば、カナン王国がエルフ国家こと「エインヘル共和国」に勝てるはずがないからである。大戦中唯一帝国に辛酸を嘗めさせたエルフがカナン程度に後れを取るはずがなく、またエインヘルは他国の領土を欲しない。

ここまで聞けば、前線に戦力を割く必要がなさそうに思えるが、そうはいかない理由がある。エルフは種族として自然を崇拝しており、最低限度の開拓しかしない。結果、領内はモンスターが生まれやすい環境となる。だが問題にはならない。何故か？

エルフの戦闘力は人間とは比べ物にならないからだ。湧いてくるモンスター如きでは脅威にならず、むしろ周辺国へと逃げ出すため国境に守りが必要となる。放置すればモンスターが群れをなして町を襲うこともあり、適度に間引くことは必須なのだが、国境を越えることをエルフ達は許さない。

このような事情もあり、エルフ国家と隣接する人間国家はエルフと仲が悪い。まあ、こういう事情があるので当然とすら言える。そういった事情とは無関係な国や人は、その優れた容姿故に悪感情を持たない……というより幻想を抱くと新兵時代に教わった。はい、まんま俺のことです。

季節的にそろそろ薄着なので、ついでにエルフも見ておきたい。これにはやましい意味はなく、単純に帝国の脅威となったエルフが二百年でどう変わったかが見たいだけだ。そんなわけで進路は西。身を隠す場所がなければ最悪帝国領を通ればいいだろう。


崖上にある小さな洞窟。その周囲は持ち込まれた木々で隠蔽されており、遠目からではここに洞穴があるとは誰も気づくことができないだろう。ここに拠点を構え既に十六日が経過しており、足りない物は作るなどして補うことでそこそこ快適な暮らしをしている。

エメリエード？

最前線都市？

あったね、そういうのも。でも、もうどうでもよくなった。結論から言うと、あいつら科学を捨ててやがった。もうね、文明レベルが低下してるとかあり得ない。大砲とか銃とかめちゃくちゃ警戒してた俺がマジで馬鹿みたい。

バリスタとかはまあ、設置されていた。俺が知っているやつそのままの物が現役だった。モンスターは進化する場合もあるが、特殊な個体を除き基本的に進歩はしない。それに対する備えだから装備品等が昔と変わらないというのもわからないでもないが、被害を減らすために新しい武器や技術の開発くらいはするものだろう？

いや、結果が出ていないだけという可能性もあるので責めるのは酷かもしれないが、正直言うとがっかりした。後確信とまではいかないのだが、恐らくカナン王国に俺を止める手段はない。俺が本気で攻め込んだら王都くらいまでなら余裕で進める自信があるくらいには、今のカナンの戦力の評価は低い。

正直、カナン王国には少し期待していた部分もあった。帝国に隣接する国家の中では唯一科学を扱い、その技術水準も決して低くはなかった。単に帝国が突出しすぎていただけであって、カナン自体は遅れた文明ではなかった。そのカナンが旧帝国領で見つけた物から自国の技術力を大幅に向上させている可能性が十分あると考えたらこそ、俺はずっと警戒もしていたし自身の行動の制限もしていた。

でも、カナン王国に対しては遠慮する必要が最早なくなったと言っても良い。失望したとかではなく、客観的に見て脅威度が低すぎるから出した結論だ。一応お隣のセイゼリアとの仲が良くなっているのであれば、多少の危機感を覚えなくもないが、国家の領土紛争が科学を捨てた程度で解消されるとはとてもではないが思えない。

魔法技術に関しては間違いなく上がっているであろうことは、飛行船を飛ばしていることからも伺える。もしかしたら年代物を使用した、もしくは未だ技術が残っている可能性もあるにはあるが、あの程度の物ならどの国も作っているし、どこも成果を出していない。エメリエードでのモンスターとの戦闘は見たが、魔術師の数が明らかに増えていたことからもそれが伺える。問題はその質だ。

全員揃って棒立ち詠唱という遠目でわかるお粗末さには、如何に魔法に関して無知な俺でも溜息が出る。つまり魔術師が砲台の代わりというのが、現在のカナンの戦術となっているわけだ。俺なら間違いなく前衛を無視してそこに突っ込む。

言いたいことは色々あるが、恐らく魔法と科学を両立していたが故に、片方を捨てたことで未熟な技術体系が露呈し、発展が遅れていると解釈してやるのが精一杯である。町を見ても、出入りする商隊を見ても、どこを見ても「科学」の姿が見当たらない。完全になくなったわけではないのだが、もうどうでも良くなった。

もうこの国には期待しない。だから共和国へと向かったのだ。そこで俺を待っていたのは、聞きしに勝る「自然崇拝」っぷりだった。最初は「こんな連中に帝国は……」と憤りもしたが、エルフが戦う姿を見てわかった。「ふざけんな、このトンデモ種族が」と言いたくなった。

ゲームなら台パンしてるレベルの理不尽さだった。そもそも魔法というのは詠唱を必要として発動に時間がかかるものである。それだけのリスクを払いながらもその威力が帝国の兵器にも引けを取らなかったからこそ、各国はそれなりに戦えていたのである。

ところがこのエルフどもは詠唱なしで魔法を使う。しかも人間が使うものに比べて威力が高く、使用回数の底が見えない。俺でもすぐにわかった。「あ、こいつらやべぇ」と――。

そんなわけで現在は共和国の国境らしき川の近くの崖上に潜伏している。調査のために何度か川を越えてみたのだが、警戒網を抜けるのが中々厳しそうだったので奥に進むことができないでいる。

それでも集落とでも呼ぶべきものを幾つか発見しており、他にも町と呼べる規模の集団が生活する場所の特定もできている。また十日間に及ぶエルフの行動範囲の観察により、現在の拠点の安全性は確かなものとなった。

　具体的に言うと、エルフは川を渡ってこない――つまり、ここが彼らが認識している国境でほぼ間違いない。少なくともエルフが東へ領土を拡張しないのであれば、この隠蔽された拠点に来ることはないだろう。問題があるとすれば、火を使う時は時間と場所を考えなくてはならないことだ。

　とは言え、主だった不満は現在のところその程度のものとなっている。何故ならば、ここには楽しみがあるからだ。そろそろ時間なので定位置で伏せると川の方をじっと見る。しばらく待っているとエルフの子供が川に向かって走ってきた。

　それに続くように八～十二歳くらいの子供が十人ほど到着すると、少し遅れて大人のエルフがやって来る。毎日決まった時間にやってくるので、川で水泳の授業でもしているのだろう。子供は男子四人に女子六人で、大人はエルフの女性が一人だけ。たまにもう一人いる時もあるが、その時は座学もしているようだ。

　川に到着した子供たちが引率の大人が何か言った後、元気良く片手を上げると服を脱ぎだす。脱ぎ終わった者から順に川へと入っていくのだが、こちらには興味なし。男も混じってるしな。本命はこちら――大人のエルフ。

　見た目の年齢は二十代前半でストレートのロングヘアの金髪美人。彼女が脱ぐと白い肌着越しに大きな胸が揺れた。俺は彼女のことを「六号さん」と呼称し、毎日この時間にやって来るのでこうやって待機しているのである。ちなみに帝国の女性平均サイズは三号で五号以上は巨乳に分類される。

　大人も子供も白くて薄い肌着で川に入っており、水に濡れれば当然透ける。生地が薄いこともあってか、肌に張り付くとバッチリ見える。たまに男子が先生にイタズラするが如く、服を後ろから思い切り上に持ち上げる。

肌着に引っかかって弾けるように弾むたわわな果実には怪物の俺もご満足。「けしからん男子だな、いいぞもっとやれ！」と心の中で声援を送る。この距離ならば望遠能力を使えば十分見えるのだが、俺としてはもっと間近で見たい。

血の涙を流す勢いで願いながら能力を使ったことが幸いしたか、俺の望遠能力は進化を遂げた。要するに「もっとドアップでおっぱい見たい」と歯を食いしばりながら能力の限界に挑み続けたら成功した、と言うわけだ。エロのパワーって凄いよね。

さて、この六号さんはおっとり系なのか、よく子供のイタズラに引っかかっている。と言うより、明らかに男子はそういう目で見ており、常に隙を伺っていると言っても良い。そんなこんなで一時間ほどテレビ番組でも見るかのように、時に声援を送りつつ目の保養をする。

その後、狩りに行って朝食を済ませた後は軽く周囲を探索しつつパトロールをする。実はこの川から然程離れていない場所にゴブリンの巣があった。当然殲滅したが、他にいないとも限らないのでこの時間はこの辺りを嗅ぎ回り、生態系の確認も兼ねて巡回しているというわけだ。

そして太陽が真上になった頃に拠点に戻ると、再び定位置に伏せて待機。今回はタイミングが良く、丁度川に到着したところだったようだ。

（一号、二号、三号に……四号だな）

五人のエルフ達が服を脱ぎ川に入ると水を掛け合ったりして遊び始める。見た目十四～十八歳くらいの美少女達が裸で水浴びをしているこの場所は、何を隠そう「女性用水浴び場」である。

ここは女性用だが他の場所には男性用もあり、決まった時間帯に遊びに来るエルフをこうして眺めることができるのがこの拠点の良いところである。ちなみに夕方前になると大人の女性がやって来る。その中には六号さんもいることがあるので見逃すわけにはいかない。自然に溶け込むように裸になる辺りに「自然崇拝」の真髄を見た気がする。

俺はここに拠点を作り、念入りに川を探索し続けることにより合計五箇所の水浴び場と三箇所の覗きスポットを作成した。また場所によって利用される時間が微妙に異なるので、最大で一日七回の覗きのチャンスがある。時間が被っているのもあるので全部を回ることは不可能なのが残念だ。

なお水浴び場の五箇所のうち二つは男性用で、そのことにはすぐに気づくことができず、時間を大分無駄にした。こうしてここで覗きをしていてわかったことはエルフの胸の大きさだけはなく、この周辺の集落の人口も大体ではあるが把握できた。

その数は二百人前後と推測しており、町のエルフを含めた場合はどこまで増えるかは未だ不明。引き続きこの拠点で観察を続け、エルフに関する情報の収集を継続する。

（おっと、第二スポットがそろそろ時間だ）

こちらの観察はまだ続けたいが、恐らく今日は五号トリオがいるはずなので、彼女達の隔日利用説を確定させるためにも、今回はそちらに行かねばなるまい。新兵とは言え元帝国軍人――職務全うのため、最大の脅威たるエルフをしっかりと隅々まで観察する所存であります。

あれからどれくらい時間が経ったのだろう？

エルフの観察を開始して二十五日目くらいだとは思うのだが、間違っていないと断言はできない。日が傾き、もうじき夕方になろうという時間に、俺は監視用拠点で寝そべりながら水浴びに来たエルフ達を今日も今日とて観察している。

皆楽しげに話しており、時に水を掛け合ったりすると今度は水に浮かび、空を眺めては笑い合っている。彼女達を観察してわかったことが幾つかある。一つはエルフは皆スレンダーというのは思い込みだった。普通に帝国人くらいの胸の大きさだし、太っているのもいる。

ただ腰が細いのが多いのは統計的に正しいと思われる。「全体を通してみるとモデル体形が多めであることは間違いない」と累計百四十七名（子供除く）のエルフの女性の裸をじっくり確認させて頂いた俺が力説する。男は知らん。

そして二つ目なのだが、エルフは日常的に魔法を使っている。例えばちょっと手が届かないところにある物を取る時や、服を乾かす、火を点けるといったことを大体魔法で行っている。「魔法のエキスパート」とも呼ばれているが、何気ない日常と一体化している様を目の当たりにすると納得せざるを得ない。他にも細かいことがわかったが、まだまだ確証を得るには至らず推測の域を出ない。

それは間違いなくもっとしっかりと観察することで得られるものだと、エルフ達が全裸で戯れる光景を一挙一動見逃さないという姿勢でこの目に焼き付ける。それにしても六号さんは相変わらずよく揺れる。いや、子供達の言動から誘導されている可能性もあるが、だとしたら将来強敵が生まれることになるかもしれない。ますます監視を怠るわけにはいかなくなった。

さて、こんな感じに毎日エルフの話し声を聞いているのだが……相変わらずさっぱり何を言っているのかがわからない。多少の知識があったところで、ネイティブなエルフ語の前では単語すら拾えないようだ。もっとも、俺が知ってるエルフ語なんて「くっ、殺せ！」とか「貴様のような下等種族に！」とかそんなのばかりなので仕方がない。せめて常用する単語くらいは知っておくべきだった。

さて、本日の「ヘナ川から送るエルフ水浴び劇場」が終了したところで夜に備える時間である。川から上がる際、六号さんが躓いてお友達を巻き込んだことで、仕返しとばかりにもみくちゃにされていたが、それ以外は普段と何ら変わらず、魔法で体を乾かし服を着ると森の中へと帰っていく。

彼女達の後ろ姿を見送って、俺はゆっくりと立ち上がると持っていく物をまとめる。まだ夜まで時間はあるので、少し森の奥をブラブラする。そして夜になると拠点に戻って荷物を持って川へと向かう。エルフ達は日が暮れると川には近づかないが、念のためにこうして夜まで待ってから向かうことにしている。

川に到着すると体を洗ったり魚を獲ったり水を確保したりする。朝や昼は遭遇する可能性があるので控えることにしたところ、自然とこのライフスタイルになってしまった。川の用事が済んだので、処理した魚をクーラーボックスに入れ、荷物を担ぐと拠点の裏にある調理場（仮）へと向かう。

夜ならば煙を気にせず肉や魚が焼けるので、ここで明日の朝の分もまとめてやってしまう。食事は相変わらず粗末で味気ないが、これを解消するなら人を襲う必要が出てくる。馬車の積荷とかゴッソリ奪えれば食料事情が良くなるかもしれないが、そう都合よく調味料や食材が豊富なものに出合えるかと思えばそう上手くは行かないだろう。

そんなことを考えながら焼けた魚にかぶりつく。こうして食事をしていると、朝と夜の一日二食が馴染んできたなと思う。今更なのだが、魚を食べていた時に誤って骨を噛んでしまったのだが、そのままバリバリいけた。試しに動物の骨も噛んでみたところシャクシャクいけた。食感的に骨付き肉をそのままいくのもアリなのかもしれない。

食事が終われば川へ行って洗い物。それが終われば拠点に戻って就寝である。鳥の羽毛を熱湯消毒したものを薄く敷き詰め。そこに枯れ葉を加えたベッドと呼ぶにはお粗末なものの上に寝転がる。

「こんなものでもないよりはマシ」

そう思って目を閉じる。だが眠れない。最近はいつもこんな感じだ。眠気はなくとも眠ることはできる。だが、気持ちが晴れない。喉に刺さった小骨のようにやはりどうしても気になるのだ。踏ん切りがつかないとでも言うべきか？

それとも割り切れない？

（やはり一度帝都に行かないとな……）

埃をかぶらせたままにはしておけないものがある。自分を誤魔化して生きるのは案外難しいのかもしれない。翌朝、昨晩作った食事を済ませ、拠点を発つ準備をしていた俺は、気が付けば水場で子供達を引率する六号さんをずっと見ていた。うん、自分を誤魔化すのは苦手なんだ。

そんなわけでどうにかエルフ達の誘惑に耐え、無事に拠点を出発することができた俺は、改造リュックを背負って森の中を駆け足で進んでいる。今はリュックに空きがあるのでクーラーボックスもこの中だ。

（まさかあんな落とし穴があったとは……これだからエルフは油断ならない）

もしやエルフの容姿が優れているのは、他者の目を引きつける意味があるのではなかろうか？

なるほど、それならばエルフの女性が誰の目があるかもわからない川で裸になることに抵抗がないのも頷ける。つまり、彼女達は俺に何らかの暗示、もしくは魔法を行使するために裸を見せつけていたという可能性も存在する。

（何という策士。帝国が辛酸を嘗めさせられたのも納得だ）

茶番はさておき、ただ見ているだけしかできないというのも辛いものがある。相棒も未だ行方知れずという状態だから猶の事で、目の前に食べることができない御馳走をぶら下げられている気分になる。

もしかしたらあの蜘蛛男もそれで狂ってしまったのかもしれない。少しばかり同情を寄せてしまったのは、俺もいずれ「ああなってしまう」可能性が頭を過ぎったからだろう。考えていても仕方がないのでこれ以上は止めておこう。

太陽が真上に来るまで南東に進み続けたところ、軍事基地跡が見つかったのだが……やはりというか徹底的に破壊されており、ほとんど更地という具合で探索をしようという気すら起きない。基地跡を歩きながら見渡すと、一部に明らかに人為的な破壊が見受けられる箇所が幾つも見つかった。

（戦場になった場所はわかりやすいな）

　ここにいる意味はない。地理的には恐らくこのまま南東に進み続ければ何らかの痕跡が見つかるはずなので、そこから方角を調整していけば帝都に辿り着くはずである。できれば帝都周辺の町には寄っておきたい。どうせゴブリンの巣になっているだろうが、欲しい物が増えたので排除することも吝《やぶさ》かではない。

　と言うより帝国人のお墓掃除的な意味では積極的にやっても良いかとすら思っている。道中デカイ熊や猪型のモンスターと出くわしたが、適当に痛めつけて格の違いをわからせてやった。日が暮れる頃に崩れた人工物を発見したのでそちらに向かう。

　恐らく「アイドレス」の町の跡なのだろうが、建物が軒並み原形を留めておらず、屋根のある建造物が見当たらない。エイルクゥエルやルークディィルに比べると人工物の破損具合が酷く、ゴブリンが住み着けるような場所がない。町が幾つか戦場になったことはわかっていたが、いざ目の当たりにするとその爪痕に当時の戦争の凄惨さが見えてしまう。

「ガッ、ハー」

　俺は息を一つ吐き、コンクリートの瓦礫の山に腰を下ろす。これをエルフがやったのかと思うと、能天気に覗きなんてやっていたことが恥ずかしくなる。しかし俺もエルフの裸を覗き見ることで辱めている。よし、イーブンだ。

　帝国流のジョークを一つ挟みつつ、ここでは収穫の見込みがないことを残念に思いながらアイドレスを発つ。

（アイドレスからほぼ真東に行けば「ジスヴァーヤ」があるが……南東に行った方が帝都に近づくんだよなぁ）

ジスヴァーヤには兵器工場があるので、何かしら収穫がありそうなのだが、ここと同じように更地にされている可能性も捨てきれない。

（ルートを確認しよう。まず帝都まで直進するコースの場合、立ち寄る町は「シュバル」と「アイザ」の二つ。確かアイザには巨大なショッピングモールがあったはずだ。次は一度東に向かいジスヴァーヤを通り町を多く回るルート……この場合、ジスヴァーヤの次に「バナイ」「コザ」「アランヴェイン」を経由し帝都へと入る。少々大回りになるが、兵器工場という目玉がある）

共和国がどの程度侵攻していたかを正確に掴めていれば、ここまで悩むこともなかったかもしれない。やはり情報は重要である。僅かな月明かりでも道なき道を走ることが苦にもならない我が身を案じる必要などなく、ならばいっそのこと「帝都行ってから戻る時に回ればよくね？」という結論に至った。

肉体のスペックが高すぎて活動限界が測りづらいというのは贅沢な悩みである。夜通し走り続けたことでシュバルの象徴とも言うべき鉄塔が見えてきた。夜明けからまだ時間はあまり経っていないので少し薄暗いが、この程度なら問題なくよく見えている。

もっとも、やはりと言うべきかかつては「栄華の象徴」とも呼ばれた鉄塔は、最早見る影もなく錆付き傾いていた。

（いや……むしろ二百年もの間、あの鉄塔が立ち続けていることが、帝国の技術力を示している）

子供の頃に見たあの鉄塔が過去の物になってしまったことは少し悲しいが、思い出にしがみついていても仕方がない。「なにせ今の俺は人間ではないからな」と自嘲気味に笑う。

（家族との思い出がある場所というのは来るものがあるなぁ……）

こんな姿になってしまったが、たまにはセンチメンタルなのも悪くない——そう思ってシュバルの町だった場所に足を踏み入れる。するとやはりと言うべきか奴らがいる。姿は見えなくとも臭いでわかってしまう。つまり、まだここはゴブリンが住めるくらいには原形を留めているのだろう。

（久しぶりに来た懐かしい町だ。掃除くらいはやってやるか）

俺はわかりすい目印となる標識の傍に荷物を地面に起き、スレッジハンマーの具合を確かめる。ようやく使う時が来た。さあ、ゴブリンの駆除を開始しよう。

スレッジハンマーを一振りし、付いた血と肉を払う。俺は屍の大地と化した競技場で最後の一匹である統率個体女王を叩き潰し、生き残りがいないかどうかを確認する。

（動くものはなし……これで全部かね？）

三万人を動員できる競技場をここまで埋めるゴブリンを皆殺しにしたのだから、これは最早重労働と言って差し支えはないだろう。手足が汚れないように導入したスレッジハンマーなのだが、結局は手足どころか尻尾も使って大掃除。

前回のゴブリン駆除の倍はいたであろう数の相手は、流石に疲れを感じさせるくらいには大変だった。ちなみに数が倍でも質が変わらなかったのでやっぱり無傷である。王と女王のセットであったが、ただのデカイゴブリンが俺をどうこうできるはずもなく、スレッジハンマーの一撃で構えた盾ごと頭を粉砕され死亡。

女王を守るべく群がり続けるゴブリンを文字通り千切っては投げ、千切っては投げ……数千の汚物に変えた後、残った肉の塊を叩き潰して終了である。ここの連中は前回と違って悪臭の度合いが軽度であったことが幸いだった。恐らく、屋根が半分くらいなくなっていたことで換気ができていたのだろう。

ゴミ掃除が終わったのでどこかで体を洗い、記憶にある商店街で寝床作りと洒落込もう。アイザのショッピングモールには及ばないが、ここも決して小さな町でない。きっと今の俺に足りなかった物が見つかるに違いない。

まずは体についたゴブリンの血を洗い流すことから始めよう。そのために水を求めて自然公園にやってきたのだが、当然の如く噴水は止まっている。水鳥が住んでいた池はゴブリンが使用していたのが濁っていて汚い。

「やはり今回も下水道か」と思っていたのだが、廃墟になった温室に雨水が良い感じに溜まっていたのでそれを使用する。前回雨が降ったのは四日前だったので問題はないはずだ。

さて、綺麗にとまではいかないが、さっぱりしたので置いた荷物を取りに行って商店街へと向かう。大掃除に時間を随分取られたので、既にお昼を過ぎてしまっている。明るいうちに必要な物を確保し、周辺で狩りをして今日はここで一泊する。最近は毎日睡眠を取っていたが、昨晩は夜通し走っていたので今日はしっかりと眠っておきたい。

というわけで商店街で物色を開始。必要な物を集めつつ、寝床になりそうな場所を探して使えそうな物資を運び込む。体感で二時間ほど商店街を行ったり来たりした結果、やはりというか山ができた。

(……タワシだけで幾つあるんだ？　後布を持ってきすぎた)

布団屋があったのは良いのだが、ほとんどが使えなかったり持ち運ばれていたため妥協しているが、それでもベッドに関してはそこそこ良い物が完成した。実際寝転んでみたが、この体重を受け止められる四層のマットが良い仕事をしている。マットの上にも二重に布団を敷いたこともあって、寝て良し座って良しなのだが、おかげで天井が更に低くなってしまった。

細かいことは寝る前に調整するとして、次は食料だ。森へ行って狩りをする――のだが、ここにいたゴブリンが取りすぎているのか、結構遠くまで出かける羽目になった。本当にゴブリンは害悪だ。戻ってきた時には既に日が沈んでおり、確保した猪を解体して火をおこす。猪一頭分くらいなら問題なく一食で収まった。

空腹感はなくとも、満腹感はある体であることはエルフを監視していた期間に判明しているが、この程度では腹いっぱいにはならない。俺は水を一瓶飲み干して作ったベッドに寝転がる。

(悪くはないな。明日は帝都に着けるだろうか……)

そんなことを考えながら俺は目を閉じると思いの外、早く眠ることができた。どうやら思った以上に出来の良いベッドだったようだ翌朝、目を覚ました俺は大きく欠伸をすると体を伸ばす。建物が少し壊れてしまったが、家主のいない今となっては咎める者は誰もいない。俺はタワシと布、トングを追加して更に充実した荷物を背負うとシュバルを発つ。進路は南東、目指すはアイザ。

距離はそこまで離れていないので昼前には到着するだろう。この辺りは木の密集具合がそれほどではないため速度が出せる。道中は特に何もなかったが、思ったよりも早くアイザの町が見えてきた。それは良いのだが、思ったよりも荒廃が酷いのが遠目からでもわかる。

(これはショッピングモールに期待できないかもしれないな)

そんな不安は見事に的中。アイザの町は予想以上に荒れており、その原因はすぐにわかった。

(間違いない。焼かれている)

崩れた外壁が焼け跡を残したままの姿で残されており、ゴブリンは疎か他の生き物の気配が少なすぎる。おまけにどういうわけか植物が異様に少ない。これまで見てきた町はどこも自然に侵食されていたが、アイザの町は緑ではなく灰色だ。しばらく探索をしてみたのだが、とてもではないが使える物を探せるという状態ではない。

(戦争とは言え、ここまで念入りに焼く必要がどこにある?)

どこを見渡しても焼け落ちたままの建物がそのままの姿で残されており、その破壊の跡が尋常ではないことを物語っている。しばらくアイザの町だった場所を散策してみたが、当然と言うべきか持っていけるような物が残っているはずもなく、ここでの時間は完全に無駄なものとなった。

こうなると心配なのは帝都であるが、そこまで攻め込まれているということはないと信じたい。

(いや、待て。まさかとは思うが、これって前に見た最終兵器を投入した結果がこれというオチはないだろうな?)

不意に思いついたことについてしばし考える。出した結論は——あり得る。最終兵器を使って自国の町を灰にするとかちょっと自分の国と言えども擁護できない。だが、あくまで可能性である。エルフとの戦争が激化した結果、こうなったということも考えられる。

(そう言えばエルフって三百年くらいは生きることができるんだよな……)

いつの日か、エルフ目線でとは言え何が起こったかくらいは知ることができるかもしれない。まあ、そのためにはエルフ語を学ばなければならないことを考えれば、あまり現実的な話とは言えない。それはさておき、もうここに見るべきものはないので帝都へと向かう。

(二百年ぶりとなる帝都は、今どんな風になっているのやら)

いざ考えてみると、住んでいた家が今どうなっているのかなど、知りたいことや見たいものが意外と多いことに自分でも驚く。そして灰色の町を抜けようとした時、目の前に見慣れない光景があった。

いや、思えばもっと早くに気づいていても良かった。進むべき先に、森がないことに気づかなかったのはどうしてだろうか?

視線の先にあったのは砂漠だった。どこまでも続くような砂の大地が広がっていた。俺はこの環境の変化に首を傾げつつも、砂漠へと足を踏み入れる。砂だ。少々歩き難さはあるが、問題なく歩くことはできるし走ることもできる。

(帝国時代、海に行ったことはないが、砂浜というのはこんな感じなのだろうか?)

砂を蹴って走ってみる。意外と速度が出ないことに驚いた。砂場というのは案外動きが制限されるものなのだと、しばし歩き方や走り方を工夫してみるが成果はなし。その後も俺は砂漠という珍しい環境を満喫するかのように進んでいく。

俺は自然と「何故こうなったのか?」と考えることはなかった。理由はわからない。だが、考えてはいけないような気がした。そして、現実が突きつけられた。心の中ではそうだろうとは思っていても「実はそうじゃない」ということを期待していた。

(これが、帝国が滅んだ理由か……)

俺の前にあったのは、一言で言うならば「爆心地」である。それも一体どれだけの爆薬を使用すればこのような巨大なクレーターが出来上がるのか、俺には到底想像の及ぶものではなかった。帝都を呑み込み、農耕地を焼き尽くし、アイザの町まで巻き込んだ。この砂漠は、そうして出来たものだ。

俺は理解した。カナン王国が科学を捨てたその理由……それを目の当たりにして「まあ、そうだろうな」と呟いた。これが科学を発展させた末路なら、誰だって捨てることを選択する。いや……むしろ現代に於いて、科学を発展させるような国家は攻撃対象にすらなり得る。

愛する祖国とまでは言わないが、貴方に一つだけ質問がしたい。一体何をしたらこんな惨事が生まれるのだ?

帝国が歩んだ道は間違いだったのか?

拳を強く握り、目の前の光景を前に立ち尽くす。帰りたかった場所はなく、行くべき場所も見当たらない。

（学生時代の進路相談が懐かしいな）

思ったよりもこみ上げて来るものがある。とっくに受け入れたつもりではあったが、案外現実から目を逸らしていたようだ。言いたいことが山程あるが、言葉にできないのがこの体。ならばせめてと大きく吠えた。聞いているものは誰もいない。俺はクレーターに背を向けると歩き出した。


やはり帝国最大の脅威であったエルフの情報を集めるということは、俺が生き残る上でも必須である。今回俺が目をつけたのは一人の女性エルフ――常に目隠しをしているか目を閉じていることと、三名の従者を侍らせていることから、共和国に於いて立場のある者であると推測している。彼女は他の川を利用するエルフと違い、まるで「身を清める」かのような儀式を中心とした動作を行う。

「これはきっと何かある」

そう直観するだけの神秘性が彼女にはあった。未だ彼女が目を開けたことがなく、従者がいることから特殊な立場――もしくは体質や能力を持っていると推測される以上、そう感じずにはいられない。故にここでの観察は現在彼女を軸に行っており、一度たりとも見逃すことのないよう目を光らせている。

（恐らくあのエルフは目が見えない）

だからこそ、最大限の注意を払わなければならない。今もこうして身を潜め、望遠能力を最大限活用してその動作の一つ一つを注視している。魔法に関する知識が乏しいことから、監視時間を否応なく増やすことになっているが不満はない。俺は盲目のエルフを「八号さん」と呼称し、彼女の一挙一動を観察している。

（ええい、共和国め！　あのような兵器を隠し持つとは！）

「まったく、これだからエルフは侮れん！」とニマニマしながら脳内茶番に勤しむ。暇だからね、仕方ない。帝国が滅んだ原因を突き止めたまでは良かったんだが、何というか……こう、心に穴が開いたとでも言うべきか？

（いや、そうじゃないな）

「もしかしたら」という希望が無くなったのだろう。心のどこかで帝国の生き残りがいたとか、技術を受け継ぐ集団がいたりして俺が人間に戻る希望がまだあると、そう願っていた。

だが、現実というのは容赦がないわけで……もうずっとこのままなのかと思ったら、生きることに張り合いがなくなってしまった。やりたいことも見つからないまま、こうして茶番を演じて誤魔化すことしかできなくなった。

悩みを話せる相手もいない。そもそも会話ができる相手がいない。悲しくもあり、寂しくも思う。

「俺」という存在がこの世界でどう扱われるか？

考えるのが怖くなる。想像するのが嫌になる。そんな風にいじけながら動く度にゆっさゆっさと揺れるおっぱいをガン見する。相棒はいなくても性欲みたいなものがあるから厄介だ。おかげで狂

うことなくエルフの監視に邁進できる。

さて、八号さんが川から去っていく様子を見ながら今後の方針を今日も考える。

（いやー、やはり八号さんは胸も良いがお尻も素晴らしいな。あ、そうだ。晩飯は猪にしよう）

でも三大欲求が勝利する。難しいことを考えるのは得意ではないので「いっそのことモンスターとして開き直るのもアリかな？」などと思い始めている。欲しかったものが手に入らなくなった今、手に入るものだけで満足するには、俺は文明的な暮らしを知りすぎた。

（これはあの蜘蛛男も通った道なのかねぇ？）

俺としても「ああはなりたくない」のは勿論、なる気もなければなるつもりもない。しかし、いつまでもこうしていられないというのもわかっている。何せ崖の拠点に戻って既に十日……こうして覗きポイントを増やしては悩んでいる。立ち上がり、その場を後にしたところで思いついた馬鹿げた案を片っ端から却下しているとき、ある考えが頭に残った。

（そうか、不満を一つずつ解消していけば良いのか）

珍しく建設的な案が出てきたので、拠点に戻りながら現状の不満を出していく。

（まず飯が不味い……あれ？）

立ち止まって考える。食事というのは重要だ。生きる上で最重要とも言える。そこに不満があるのは何故か？

（そうだよ！　飯に不満があるけどそれを解消する方法があるのに何で実行しないんだよ！）

そう、俺は実に簡単な食生活の見直しをしていなかった。「塩が欲しい」と俺は食事の度に思っていた。だったら解決なんて簡単だ。

（そうと決まれば……カナンでいいか！）

取りに行けば良い。幸いカナン王国には海があり、塩の流通量は多い。そうと決まれば話は早い。

俺は拠点へと急ぎ戻ると、荷物をまとめて指を差して忘れ物をチェックしていざ出発。

改造リュックサックを背負い、右手にスレッジハンマーを手に俺は森を駆け抜ける。前回のゴブリン掃除で少しばかり歪んでしまっていたが、一応まだまだ武器としては使うことができるので持っていく。予備の武器について考えが及ばなかったことで、今更ながらアランヴェインの町やゴザ、バナイはともかくジスヴァーヤに寄っておいた方が良かったかなと思う。

とは言え、現状生活用品に不備はなく、より便利さを追求するとなると魔法の分野にも手を出さなくてはならず、俺の知識だけでは少々手に負えない。これに関しては運良く手に入ることを期待するしかないので、放置する他ない。

そんなこんなでカナン領内へと侵入。森の中なので正確なところはわからないが、多分入っている。

（後はどこで塩や香辛料を手に入れるかだが……いや、パンも欲しいな）

考えれば考えるほど欲しい物が出てくる。長らく貧しい食生活が続いたおかげで、食べたいものが思った以上に多かった。狙いは一先ず馬車だ。ダメなら村だ。今の俺はモンスターだからね、辺境の略奪くらいはよくある話だ。

エルフ観察の任務を一時中断してまで確保しようというのだから、手段など最早選ばない。と言うかそれくらいしか手段がない。どうやってこの姿で取引を成立させろというのか？

言葉の壁もあるので平和的な交渉は絶望的だ。そもそも俺はカナン王国の傭兵から攻撃を受けているので、既に敵対行動を取られている以上遠慮は無用。森の中を移動しながら、記憶にあるカナン王国の地図を頭に浮かべ狩りポイントを思案する。

(さて、どの街道を押さえるか……やはり塩が来る北側にするとして、商隊はどのルートを使用するだろうか?)

森を抜け、街道を横切り再び森へと入る。北へと向かい山へと辿り着いた時には日が暮れていた。現在地は以前使った拠点の反対側なので、グレンダの町からは結構距離がある。名前も知らない新しく出来た町の北北西辺りだろう。

南部を領土としたいカナン王国としては、最前線となるあの町へと物資を運ぶのは自明の理。それを頂こうという算段である。

(しっかし、二百年もあってまったくと言って良いくらい領土拡張をできていなかったことから察するに、五年前かその前後まで手を出すことができない理由があったんだろうな。でなきゃセイゼリアも西に拡張してるだろうし……一体何があったのやら)

予想はできるが、何がきっかけで領土拡張に乗り出したかまではさっぱりわからない。それを知る手段は思いつかないので、これ以上は考えないようにしよう。日は暮れたが拠点にできそうな場所はなく、暗いという理由で移動を止める選択肢もない。

このまま条件が良い場所を探すとして、水場がこの周囲には恐らくない。かと言ってこれ以上北へと移動すると、かつて帝国が占領した「アグリネア」という町に近づきすぎる。これならばいっそのこと以前拠点とした場所からこの辺りまで出張した方が良い気もする。

（やはりというか、どこに行っても水の問題が付いて回る……）

幾ら肉体のスペックが高かろうが、こればっかりはどうしようもない。溜息を吐いた後に水を飲んで一息つくと、物音が聞こえた。次に聞こえてきたのは話し声――つまりこんな時間、このような場所に人がいる。

（怪しいなんてもんじゃないな）

こんな時間に山にいるとか不審者でしかない。「恐らく賊だろう」と当たりをつけ、擬態能力を使用し声のした方角へと慎重に移動する。視界が悪いので動きながらの遠見は使用せず、音と臭いを中心に索敵を行い距離を詰めていく。

しばらく北西に進んだところで僅かに明かりが漏れている場所を発見。僅かではあるが声もそこから漏れているようだ。何を言っているかまではわからないが、数名が興奮したように声を荒げているのはわかった。光源へと近づくに連れ、小さな小屋が見えてくる。周囲にある木材から察するに、木こりの小屋のようなものだろう。

擬態能力を維持したまま近づき適度な位置に陣取ると、光が漏れる窓の隙間から小屋の中を望遠能力を使用して覗き見る。位置を調整しつつ中の様子を窺っていると一人の男が見えた。

（あ、うん。賊っぽいな、これ）

その身なりを一言で言えば貧相。もう少し言えば不潔。無精髭を生やした赤髪の見すぼらしい格好をした男が、曲刀片手に怒鳴り声を上げている。小屋の状況は未だ不明だが、俺にとってはどうでも良いことなので脅威はなしと判断。

擬態をする必要もなくなったので解除してのっしのっしと二足歩行で小屋に近づく。

「ちわー、新聞屋でーす」という感じの軽い挨拶を「ぐあぐあ」としつつ、無遠慮に小屋の扉を開けると、そこには先程見た男に加えて三人の賊と見られる者達と、血塗れの男性の死体があった。

状況を確認しよう。小屋の中には賊が四人と死体が一つ。賊は全員武器を構えて何か叫んでおり、何人かは泣きそうになっている。

「ちきしょう！　何だってこんなところにモンスターがいるんだよ！」

拾えた単語から推測すると多分こんなことを言っている。他には「運が悪い日」だとか「最悪だ」くらいはわかった。そして最後に死体なのだが……妙に身なりが良い。

（これはあれか？　身分の高い人間を攫ったは良いが、抵抗されてしまい勢い余って殺してしまった場面にでも遭遇したか？）

情報が足りないのでなんとも言えないが、賊四人は生かしておく必要は特にない。しかしながらこの小屋の入り口は俺が通るには狭すぎる。開けた扉の前で突っ立っていると賊の一人が俺を指差し何か叫んだ。すると他の三人が安堵したかのように武器を降ろしホッとしている。

（あー、なるほど。「あいつはデカイから小屋に入れないから安全だ！」とでも言ったのか）

学校の先生曰く「人の嫌がることは進んでやりましょう」――今がその時だ。俺は遠慮なく小屋の入り口を破壊し「お邪魔します」とがおがお声を出す。

「いやあああぁぁぁぁぁぁっ！」

四人の賊が一斉に叫んだ。窓を開けて逃げ出した奴は腹が支えて出口を塞ぐ。それを引き抜こうとしてズボンをずらし、汚い尻が顕になる。不愉快なサービスにノーを突きつけるようにスレッジハンマーが賊に迫る。

三十秒後、無駄な抵抗を試みた一名を最後に屠《ほふ》り、無事小屋の制圧が完了。スレッジハンマーさんがおなくなりになられたので適当な場所に廃棄する。なお、制圧自体に特に意味はない。

強いて理由を挙げるならば「見られたから」という理由なのだが、自分から目の前に現れておいて述べるものではない。一応小屋に何かないかと物色してはみるものの、俺にとって役に立ちそうなものは見つからず、無益な殺生をして武器を使い潰しただけに終わった。

（名前も知らない男の仇を取っただけになってしまったな）

少数とは言え賊を退治したのでカナン王国にとってはプラスに働いたことだろう。それならば馬車の荷を奪うというマイナスの帳尻合わせとでも考えておけば良い。バランスは大事である。

水場探しはここらで諦め、街道を見て回るため一度南へ移動する。位置的に野営をしている可能性もある場所を確認するためである。明るいうちから街道をのっしのっし歩くほど俺は大胆ではないので、こうして暗くなってから見て回るのだ。途中から「どうせ誰も見てないのだから」と二足歩行で全力ダッシュ。

東にも道はあったことを思い出し、草原を蛇行運転するかのようにフラフラと走り回る。思えば森の中ばかりだったのでこういう場所を走るのは久しぶりだ。折角なので慣らしも兼ねて走り回るとしよう。

そんな具合に走ること一時間。二足歩行での全力疾走は危ないので適度に速度を落としつつ、辺りを見回していると南東に明かりが見えた。その周囲には馬車が複数確認されたことから、間違いなく野営中の商隊だろう。走るのを止め、歩きながら馬車の周囲に目を凝らす。

（見張りが二……いや、三人か。他にも横になっている者もいるが、これは護衛だな。馬車の数は全部六台で外に出ている人数は、見えてる範囲で十四人か）

馬車にも人がいることを考えれば二十人前後はいると見て良い。近づく前に荷物を地面に置き、発見を遅らせるために伏せて移動。勿論擬態能力を使用しているので、どこで気が付くかで護衛の能力がどの程度なのかという判断材料にもなる。

順調に近づいているが、今のところ誰一人こちらに気づいた様子もなく、中には談笑している者すらいる。

（ちょっと気が緩みすぎだな……この辺りは治安が良い方なのだろうか？）

帝国と違い都市と都市との距離が大きいカナンにしては、賊やモンスターの被害が少ないというのは珍しいことだ。ここの統治者の腕が良いのだろうか？

もっとも、対処不能な脅威レベルであろうという俺がいるのでそんなものは関係なくなってしまう。蜘蛛男が生きていた場合を考えれば、相当マシであることには違いはないので報酬の徴収くらいなら良心が傷まない。

先程の善行と合わせれば、十分な量の物資を頂いてもお釣りが来る。さて、既に商隊との距離が五十メートルを切っているのだが、まだ誰も俺の存在には気づいていない。

（ここまで来るといっそのことスニークミッションにチャレンジしたくなってくる）

と言うより、人間相手にどこまでこの擬態能力が通用するか知りたくなってくる。同時に「自分の能力は隠すべきである」とも考える。しばし立ち止まり考えた結果、俺は擬態能力を隠す方向で動くことにする。なので一度距離を取り、接近をやり直す。

（位置の調整もした方が良いな。見張りが馬車で視線が切れるような場所で擬態を解除しよう）

配置につくと地面に伏せて擬態を解除して這うようにこっそりと近づく。丁度その時、見張りの一人が馬車の上に登り周囲を見渡す。そこでようやく俺に気づいたらしく大声を上げた。体が灰色だから夜に溶け込むには向いてないようだ。

「案外すぐに見つかるものだな」と伏せていた体を持ち上げる。悲鳴が聞こえたが、こちらは非戦闘員の護衛対象のものだろう。のっしのっしと悠々と近づき、武器を構える護衛を見る。

（剣と槍が二人……盾持ちが一人に弓持ちが二人。魔法使いが二人、か？）

焚き火に近い女性魔法使いが詠唱を開始すると、続けて男性の方も詠唱を始める。矢が飛んできたが無視。刺さらないし当たっても痛くない。馬車の上にいる弓持ちの二人が何か叫ぶが、どうせ「矢が刺さらない」とか言っているのだろう。

俺は前衛の五人を無視して馬車に近づくと、それを利用して魔法使い達との射線を切る。流石に魔法は警戒する必要があるので一旦身を隠す――と見せかけて跳躍して馬車を飛び越え魔法使いの元へ行く。

俺の着地の衝撃で焚き火が吹き飛び火の粉が舞うと、魔法使いが構えた杖を素早く叩き落とし踏み潰す。折角だったので引っかかったフリをして肩出しのドレスローブを下にずらしていたところ、胸に入れる詰め物が地面に散らばっていた。

（……一号か）

見た目四号だと思ったのだが、それは少々盛り過ぎである。それにしてもあのおっぱいさんといい、肩出しは流行なのだろうか？

それはさておき、仲間の危機に駆けつけた男衆の視線が下にいっていたのを俺は見逃さない。多分彼女も見逃していない。後々のことを想像するとちょっと彼らを死なせるのは惜しい。女魔法使いがギャンギャン煩いのでデコピンで黙らせる。

なお、一回転して吹っ飛んだとかはなく、そのまま普通に地面に倒れてノックダウンなので命に別状はないだろう。男性の魔法使いも使用する魔法を変えたのか、まだ詠唱をしている。

少々面白くなってきたので、一応彼らにも「やるだけやりました」という言い訳は用意してあげよう。前衛五人を相手取り、時間を潰して魔法を打たせる。案の定、周囲を巻き込みにくい魔法に切り替えており、直線的な攻撃ならば回避・迎撃お手の物。

タイミングを合わせた振り向き様の叩きつけるような裏拳で炎の矢を消し飛ばし、同時に尻尾で盾を持った男を吹き飛ばす。背中を狙って槍を突き出してきた女を返す尻尾に巻きつけ左手に渡すと、魔法使い目掛けて投げる。魔法使いの男は受け止めようとしたが、踏ん張りがつかず揃って吹き飛び転がっていく。

残った三人の前衛を死なないように適当に蹴散らし戦闘終了。ちなみに弓の二人は矢が通らないと見るや逃げ出していた。こちらでも修羅場が一つありそうだ。戦利品が逃げ出そうとしたので後ろから掴んで馬車を持ち上げると、悲鳴を上げるオッサンが転げ落ちた。他を見ると逃げ出す馬車がいたので、そちらを追いかけ捕まえるとこちらもオッサンをポイ捨てして引っ張っていく。

（さて、馬車六台を確保。それでは物色開始！）

と言うことで始まった戦利品の確認。中身が壊れたりしないように慎重に木箱を開けて一つずつ見ていく。最初の馬車の中身は食料品がメイン。こちらはアタリかと思ったのが、小麦が主だった積荷のようで俺が持っていくのは干し肉くらいだった。

料理ができるのであれば小麦も選択肢に入ったのだが、こればかりは仕方がない。もっとも、この図体で使える道具も必要となるため、食材だけあっても少々困る。酒も少しあったが今回は見送る。では次の馬車である。

覗き込むと悲鳴がした。どうやら家族のようだが、我モンスター故に容赦なし。子供二人が泣き声を出さないように両親が口を手で塞いでいる。気にせず物色するが、あったのは家具や調度品。どうやらこの家族は引っ越しのようだ。ハズレだったので次へ行く。

こちらは青年が女性を庇うように自分の後ろに下げている。少しお腹が大きい気がするので妊婦なのかもしれない。

（中々の美人さんだな。このリア充が）

俺は吐き捨てるように心の中で呟くと次へ行く。流石に母体に悪いと思うくらいの優しさはある。積荷も少なかったのでどうせ欲しいものはなかっただろう。そして四台目にてようやくお目当ての物を発見。壺に入った塩が五つに羊毛――

（それと、鉄鉱石か？）

流石に使い道がないのでこれは放置。塩二つと羊毛を少々頂くことにして馬車から取り出し次へ行く。五台目は……こちらも小麦。オッサンがガタガタ震えながら何か呟いている。恐らく護衛にでも文句を言っているのだろう。

そして最後の六台目――覗き込んだ瞬間レイピアが突き出された。これを噛んで止めると、そのまま馬車から引きずり出す。レイピアから手を離した青年が地面を転がると、今度は殴りかかってきたので尻尾でベチコン。

気を失ったことを確認すると、レイピアを指で摘み爪楊枝代わりに歯を掃除して投げ捨てる。改めて最後の馬車を物色開始すると、見つけたのは装飾品や色とりどりの布地。明らかに俺には必要ないものである。

「これもハズレか」と肩を落としたところで、鍵のかかった箱を発見。腕力に物を言わせて箱を開けると、そこには封をした水瓶が一つだけあった。

（如何にもな怪しい品……魔法関連か）

使い方はわからないが取り敢えずこれは貰っておく。というわけで戦利品はこちら。

干し肉　一キログラム程度　塩の壺×二　羊毛少々　水瓶

略奪としては命を取らなかった上、非常に良心的である。後は荷物を回収し、これらを収納して一度山へと戻ることにする。道中は特に何もなく、精々目に留まった蛇を「食えるか食えないか」で悩んだ程度である。

そして拠点と言うには余りにも質素な屋根すらない山の何処か――手に入れた物品を確認している俺は手にした水瓶を眺めていた。大きさは調度品にしては少し大きい気がする程度だが、これを「水瓶」とするならば致命的な欠陥がある。

（穴が開いている……おまけに用途不明な測られたような窪みもある）

色々と調べた結果、俺はこれが「部品」であると結論付けた。形状から察するに、半裸の女性像が肩に担ぐ水瓶が頭に浮かぶ。

（確か何処かの都市にそういう噴水があったような……あれを再現しようとして取り寄せたものなのだろうか？）

要するに俺には無用の代物である。随分と大事に運ばれていたのでてっきり魔法関連かと思ったが、これにはがっかりして肩を落とす。仕方なしに他を見るが、当然のことながらただの塩に普通の羊毛。干し肉は少々塩辛かった。

肉体が資本の傭兵が食べるようなものだから塩分が多いのかもしれないが、まさか一般人もこれを当たり前のように食べているのだろうか、とカナン王国の食生活が少し心配になってくる。後は香辛料を確保したいのだが、そうなると場所を替える必要があるかもしれない。

大陸の北部にあるカナンには香辛料を育てるのに適した気候の土地がない。だから基本的に南部諸国から流れてきた物に頼っていたと記憶しており、海路を開拓していない限りはセイゼリアかエルフから仕入れているはずだ。なのでここから東か西に行き、そこで商隊を狙うのが正解と思われる。

とは言っても、それはあくまで予想である。しばらくはここで通行料を物色させてもらう。今の時代はどんな物が取引されているのかは興味もあるので、カナン王国の内情を知るにもきっと役立つことだろう。一箇所に居続けることで討伐隊が差し向けられることも考えられるが、そんなものは脅威にならない。

何故ならば、カナンは科学を捨てたからだ。科学を捨てた以上、兵の質の均一化は望めない。魔法という個々の才覚に比重が偏る力を頼るならば、脅威となる者だけを叩けば良いだけである。もっと言えば、非常に大きな力を持つ個に対し、数的有利が意味をなさないという最悪なパターンとなっている。

ゲーム風に言うならば、ダメージがゼロの大多数を無視し、一以上のダメージが与える極少数だけを狙えば良いわけだ。つまり少数のダメージソースが戦闘不能となった時点で、勝敗が決まってしまうというのだ。おまけにその少数の精鋭は数を揃えることが非常に困難で、さらにコストも馬鹿みたいにかかるというのだから「戦争を舐めてんのか？」と言わざるを得ない。

これが大多数が現代兵器で武装した兵士だったとしよう。この何の役にも立たない大多数が、たとえ一ダメージしか与えることができなくとも、千人いれば千ダメージになる。エルフのようにそもそも「個」が例外なく強力であるならば、恐らく問題はないのだろうが、人間はそうではない。

だから俺はカナン王国が軍を出して討伐に乗り出しても、それを捻り潰すことができると思っている。俺にとってはゴブリン五千匹も人間五千人も差がないのだ。仮に一万人であったとしても結果は変わらない。

バリスタのような攻城兵器を持ち出して来たところで、当たらなければ意味がない。こっちは獣ではないのだから、発射のタイミングくらいは容易に察知できる上、用途を知っている以上警戒もする。「効果がある」と「通用する」は別の話だ。

流石にバリスタの矢が通らないと思うほど、自信過剰ではないし自分のスペックの把握はできている。魔法や毒に対する耐性など調べたいものはまだまだあるが、それは以前手に入れた魔法薬のような物が大量に手に入りでもしない限りやるべきではない。と言うわけで、今日の活動はここまでにする。

夜明けまであまり時間はないだろうが、少しだけ睡眠を取って体を休めておこう。まあ、そう言ったところで器用に「少しだけ眠る」なんてことが、この屋根すらない場所でできるはずもなく、それっぽい場所で羊毛を枕に寝転がっているだけだった。

そんなわけで翌朝。羊毛の入った麻袋をリュックに入れ、朝食に塩辛い干し肉を摘みつつ水を飲む。水瓶は要らないのでここに放置。割れやすそうな塩の壺は羊毛を挟むなりして配置に気をつけてリュックに入れた。

（それでも割れそうで怖い。これ一度エイルクェルのショッピングモールで容器を探した方が良いかもしれない）

こう何かある度に旧帝国領に立ち寄るくらいなら、いっそ本格的な拠点を作ってしまおうかとも思ってしまう。実際この案は悪くはない。必要なものを集めておけばそこを中心に動くことができるので、物資を保管する場所の有無はその運用と活動範囲に大きく影響を及ぼす。

(悪くないな。エルフの監視と物資の補給、及び強奪……もとい徴収を考えるならば、旧帝国領内に拠点を作成するのは今後の活動に大きな発展が見込める。問題は場所か……)

位置的にどの辺りが都合が良いかはわかっている。

(西のエインヘルは重要だ。北の重要性は薄いが……ないわけではない。東と南は現状除外するとなれば……候補地はアイドレスの北かその周辺か)

南も一応候補に上がるが、それはもう少しこの時代の情勢を知ってからでも遅くはない。集積地と拠点を別にするのもありだろう。なんだか秘密基地を作るみたいでワクワクしてきた。こうなると考えられる限りの機能を詰め込みたくなってくる。妄想が膨らみ続けたところで我慢が限界に達した。

「ガッガァー!」

「ヒャッハー」と叫んでもやはり出るのはこの汚い声。気づけば俺は駆け出していた。目指すは南西。目的はアイドレスの北側で拠点に適した場所を見つけること。やっぱり「秘密基地」って言葉には弱いんだ……だって男の子だもん。

とある娼婦の証言

なんだい、また話を聞きたい奴が来たのかい？

アタシの名前は……まあ、どうでもいいか。ああ、言っとくけど知ってることとアタシらに起こったことは全部衛兵に話してるからね。新しい情報なんてどこにもないよ。それでも良いなら……って気前が良いね、何が聞きたい？

ああ、あのモンスターのこと？

知ってることなんて何にもないんだがねぇ……まあ、間近で見たってだけなんだけど？

見たこと全部？

んー、アタシらも「灰の棺」に攫われてる真っ最中だったからねぇ、じっくり見る余裕なんてなかったんだよ。だから見たままのこと全部話しても、この銀貨に相応の話はできないかもしれないよ？

まあ、そう言うだろうとは思ったけどさ……モンスターなんかに深入りしても良いことなんてないよ？

はいはい、じゃあどこから話したもんかねー。それだとちょっと長くなるかもしれないけど、良いのかい？

あいよ、銀貨分は語らせてもらいましょうかね。まずアタシはこの町にいたわけじゃなくてね、ここから北西にある「グレンダ」って町にいた。昔は鉱山があって随分栄えていたみたいだけど、アタシが生まれる前に銀が採れなくなってドンドン人が離れていった。

アタシとしても生まれ故郷だからね、そう簡単には捨てることはできなかった。そうやってズルズル引き延ばしていたらもうこの歳さ。まあ、まだまだ仕事はできるとは言え、このままだとまずいこともわかっていた。そんな時に声をかけられたんだ。

「レコールで仕事をしないか？」ってね。こっちとしては渡りに船だ。条件をまとめて何人かで行くことになったんだけど……これが失敗だった。護衛をケチったわけではなかったんだけどねぇ、見事に全滅。ああ、違う違う。護衛をやったのは人攫いの連中。さっき言ってたろ「灰の棺」って

——おや、知らないのかい？

十年くらい前に突然現れた人身売買組織さ。言ってしまえば奴隷狩りに遭っちまったんだねー。なんか待ち伏せされてたっぽいこと話したら、衛兵さんらが「嵌められたんじゃないか」って言ってたけど……これがその通りでさ、アタシらにこの話を持ってきた太った商人風の男がグルだった。

いや、あの娘達には怖い思いさせちまった。で、話はここでお前さんの欲しがってる新種のモンスターだっけ？

そいつが出てくる。アタシらは馬車の中にいたから見てなかったんだけど……まー、一方的だったみたいなのはわかったね。騙した男もすぐに馬車の外に呼ばれて大きなクロスボウ抱えて出ていったけど、すぐに声が聞こえなくなったよ。

そ、全滅。最初に何人か逃げてたみたいだけど、その場にいた連中は全員死んだよ。アタシらはただ黙って、声を殺して縮こまってた。「そのまま通り過ぎてくれ！」って神様に必死にお願いしたけどダメだったよ。あっはっは……いやー、神頼みなら普段からもっと信心深くなきゃダメなのかねぇ？

そいつは馬車を覗き込むようにして現れた。馬車を掴む手が見えた時に、思わず前に出ちまったけど……今でもよく動けたと自分でも思ってるよ。

で、そいつはじっとアタシを見た後、馬車の中を見渡した。他の子達も見られたと言ってたし、案外人間の女をそういう目で見ているのかもしれないよ、ゴブリンみたいにさ。とは言え、結局何もされずにアタシらは見逃された。何で襲ったかだって？

そんなもの私が聞きたいね。ま、おかげでアタシらは奴隷にされることもなく、無事にレコールに辿り着けたわけだから、感謝の一つくらいはしてやるさ。待ちなって、まだ続きはあるよ。あいつは何も盗っていかなかったと言えば、そうじゃない。馬車の積荷から酒を探してその場で飲んじまいやがった。

そ、酒。中々いい飲みっぷりだったよ。まあ、あの図体じゃ一本なんてすぐだろうがね。そしたら満足したのかどこかへ行っちまった……と思ったら戻ってきやがった。安心した娘が思わず悲鳴を上げちまったんだけど、もうこちらには興味がないのか無視して行ってくれた……と思ったらもう一回馬車の後ろを通って行ったよ。

もう大丈夫だろうって顔を出そうとしたら目の前を通過したもんだからね、今度はアタシが悲鳴を上げちまったよ！

でもさ、その時見えちまったんだよね。あのモンスター、でっかい背嚢を背負ってた。

中身は何が入っているかはわからなかったけど、何か棒状の青い布みたいなの……って何すんだい⁉

ああもう、揺らさないでおくれよ！

あんたほどじゃないが、アタシのものだってそれなりなんだよ。これでメシ食ってるんだから、商売道具は大事にさせとくれ。ええ……流石に見えたのは一瞬だから何を持っていたかなんてわからないよ。あ、でも——ってだから揺するんじゃないよ！

アタシがさっきも言った「青い布のようなもの」——それとスコップに鉄板だね。

何でって……アタシに聞かれてもわかるわけないだろ？

魔剣？

いや、何か手にしてた気はするけど……何を持っていたかまでは見てないね。あー、待ちな待ちな。

話はまだ少しだけある。というか、これは多分お前さんにとっては役に立つ話かもしれない。わかったから、話すから手を離しな。

まあ、そんな感じでアタシらは無事な馬車と取り残されたわけなんだけど……当然逃げるわけだ。

そこで急いで逃げようとしたんだが、馬が動かない。そもそも誰も御者なんてやったことなかったからね、随分ともたついちまった。

で、ようやく動き出してチンタラ走っていたらあのモンスターがやってきて吠えた。まるでアタシらがここにいるのが不都合って具合に急かされたよ。どうしてそう思ったか、だって？　だってあいつ吠えるだけでこっちが走り出した辺りで追ってこなくなったんだよ。多分だけどあの辺に何かあるんじゃないかい？

この話？

ああ、実は衛兵にはこの話はしていない。あっはっは、タダで話せる内容じゃないからね。まあ、新種のモンスターが出たって時点で、出没した周辺は調べられると思うから、もしもその情報が手に入らなければ、自分で探すのもいいんじゃないかね？

場所は……ああ、既に聞いてるんだね。となると、アタシが言えるのはこれくらいだ。んー、結構前の話だからねぇ……大体三十日くらい前の出来事だよ。ってもう行くのかい？

無理はすんじゃないよ、アンタくらいの美人が死ぬのはアタシでも惜しいと思うんだから。後、傭兵家業を辞める気あるならうちに来な、アンタなら幾らでも稼げる。アタシが保証してやんよ。

とある傭兵と会議室

レコール街にある傭兵団「暁の戦場」の拠点にある一室にて、二人の男が黙っている。一人はこの傭兵団の団長であるオーランド。机の前にある書類を前に、座ったまままただ沈黙を守っている。もう一人はこの「暁」における参謀のポジションを長く守り続ける「エドワード」という金髪長身の細身の男性。

三十代も半ばといった風貌ではあるが、彼はまだ二十七歳であり、見た目よりは少し老けて見られる。そのことを気にしつつも、その原因であろう目の前の団長を前に無言の圧力を加えている。

「さて……」

沈黙を破りエドワードが眼鏡の位置を直す。ビクリと震えたオーランドが目線を合わせないよう顔を逸した。

「団長。私は『この書類に目を通しておいてください』と三日前に言っていたはずなのですが……もう一度、先程の言葉を言って頂けますかな？」

圧力が増す。オーランドとて、いつまでも黙っていられるわけではないことはわかっている。だが「その後」を考えると口にするのが恐ろしいのだ。

「団長……！」

声に混じった感情がぶつかる。わかっている……わかっているのだがオーランドは口を開くことができない。

「団長！　いい加減……いい加減読み書きくらいできるようになってください！」

「だって……だって、仕方ないだろ⁉」

「娼館の出禁が解かれたのが嬉しいのはわかります！　ですが、それならば、団長が我ら『暁』の顔として、重要な役目を担っていることも、おわかりのはずですよね⁉」

「じ、自分の名前くらい書けるし……」

「団長、それくらいは傭兵となる者なら、誰でもできます」

エドワードはオーランドの言葉をぶった切る。

「……団長、アリッタやロイドに勉強を見てもらっているはずですよね？」

エドワードの言葉にオーランドはビクリと震え目を逸らす。反応でエドワードは理解した。

（サボりやがったな、こいつ）

口にはしないが視線で遠慮なしに責める。

「いいですか、もう時間はありませんので要点だけまとめます。絶対に忘れないように一言一句記憶するつもりでお願いします」

それから一時間後、フラフラになったオーランドが「暁の戦場」の主要メンバーの集まる一室に入ってくる。団長以外は既に揃っていたので、進行役であるエドワードが「では、始める」と短く開始を告げた。

「最初に言っておくことは……つまらん話になると思うが資金についてだ。知っての通り、うちの次の目標に向け、装備を充実させた。結果、団の資金が半分以下になった。ああ、俺の治療費については考えるな、必要経費ってやつだ」

そう言ってオーランドは治った指を見せつけるようにブラブラさせると小さく笑い声が聞こえる。

実際治療費に関してはそこまでかかっていないのだが、予想以上に武器に金がかかったことで六割以上を減ってしまっている。

細かい数字までは覚えていなかったためアバウトになったが、懐事情についてはあまり正直に話しすぎても良いとは限らないことをエドワードは経験上知っている。だから何も言わずに黙って聞いていた。

「まあ、これに関しては詳しく言う必要はないだろうが、今後は領主との直接取引もあるので問題はないだろう。さて、次の報告だ」

オーランドはそう言って視線をエドワードへと移すと、打ち合わせ通りに頷く。

「我々が前回戦闘を行った旧ルークディィル跡から南にある旧エイルクゥエルに、ゴブリンのコロニーがあったことが確認された」

周囲の「やっぱりか」という声の中、団員の一人が手を挙げ「あった、とは？」と質問をする。

「ああ、今はもうない。さっきも言った通り『コロニーがあった』だ。規模は推定二千。これが全滅していたそうだ」

ゴブリンのコロニーとしては二千という数字は大規模だ。それが全滅していたとあっては「何かあった」と思う外なく、室内が不安からざわめき始める。

「原因に関してだが、調査に当たった『不動』『連月』の情報に拠ると――『単一個体により壊滅させられた』との見方が強いとのことだ」

団員達が息を呑む。察しが悪くとも「誰がやったか」が、この場にいる者ならわかるだろう。

「『不動』はまだしも『連月』の斥候部隊が見誤るとも思えない。これはまず間違いなく新種の仕業と見て良いだろう。それと、ギルドマスターとの協議の結果だが……こちらはあまり芳しくなかった。新種の脅威度は『災害』クラスと認定された。最上位でなかったのは『被害が出ていないから』だ、そうだ」

　団員達から上がる笑い声を気にすることなく、エドワードは話を続ける。

「現在、我々が唯一新種との交戦経験がある。この詳細情報は以前と同じように黙秘していて欲しい。奴の脅威は戦わなくてはわからない。他の連中にもしっかり知ってもらう必要がある。新種に関する話はこんなところか」

　ここでエドワードがオーランドを見ると、それに頷き話の続きを引き受ける。

「今回の仕事は旧カーナッシュ砦に巣食ったゴブリンどもの排除。前回と違う点を挙げれば、女王がほぼ間違いなくいるということだ。おまけに砦としての機能がまだある程度残っているおかげで、なんとゴブリン相手に拠点攻略をすることになる。大変珍しい経験だ。依頼主には感謝をしないとな」

　笑い声が上がるくらいには団員のやる気も悪くはない。オーランドとしては「またゴブリンか……」くらいの愚痴は予想していたが、これは嬉しい誤算である。

「規模は正確には掴めていないが……最低でも八百はいると思われる。最大で千を越えると見られており、砦に残った帝国の武器が使用可能であった場合、攻略難度は跳ね上がるだろうが……まあ、考える必要はないだろう。それと、今回は『不動』と幾つかの傭兵団との合同だ。領主の直属の騎士と兵がおまけで付いてくるが、基本的にお目付け役だと聞いているから安心しろ」

　やはり騎士の存在は傭兵にとっては歓迎できないものがある。功績欲しさに余計な口出しをされ、部隊が壊滅するという結末を迎えた同業者は決して少なくない。それがないとわかれば団員達の安心した声が響く。

「こんなところか。いつも通りでいける仕事だ。準備は念入りに行え、以上だ」

パンっと手を叩きオーランドが解散を命じると、団員達は部屋から出る。彼ら全員を見送り、残ったオーランドは椅子に座るとそのままもたれるように天井を見る。

「武器は買いましたが数は全く足りていない上、質が新種討伐で可能かと言われれば……残念ながら無理でしょう」

オーランドの隣に立ったエドワードが懸念材料を口にすると、同意するように大きな溜息を吐いた。

「そうだなー……武器はまあ、無理をすれば手に入ると思うんだが……問題は人だな。何かアテは？」

「あるわけないでしょう？　それに、どこもそうですよ。優秀な人材……ましてや魔術師ともなれば、大枚はたいて引き抜くか、一から育てるくらいしかありません。そして我々の現在の資金力ではどちらも無理です。どう頑張っても、運よく一人増えれば御の字といったところですね」

「だよなぁ」とオーランドは机に突っ伏す。こればかりは打つ手がないとわかっているのでエドワードもまた溜息を吐く。魔法を主とするセイゼリアであっても魔術師は常に不足している。カナンよりも長く魔法を重視していたセイゼリアですらそうなのだから、当然魔術師不足は同じである。

「あー、どこかに美人で凄腕で金もいらないっていう魔術師はいねぇかなぁ……」

そう言ってオーランドが体を起こし椅子にもたれると「アニーに言っておきますね」とエドワードが冷たい目で笑う。

「ちょっ、何でそこであいつの名前が出るんだよ！　待て、エド！　どこ行く気だ！　おい！」

立ち去るエドワードを慌ててオーランドが追いかける。傭兵団「暁の戦場」の団長は今日も余計にかかる酒代に泣く。

とある冒険者の視点Ⅱ

「どうしてこうなっちまったんだろうねぇ……」

レナと別れてから新種のモンスターの情報を集めたが、セイゼリアでは何一つ有力な手掛かりが得られなかった。貯蓄を切り崩し続けるにも限度がある。なので他のチームの助っ人としてモンスターの討伐に参加していたのも仕方がない。その度に夜の誘いを断るのも慣れたものなので気にしない。

領内が未だ落ち着かない状況下では本格的にフルレトス大森林へ戦力を割くことができず、一年と少し前からチマチマと元退治屋を送っているが、その成果は芳しくなかった。一定の成果が求められた冒険者ギルドは無理矢理人員を割いた結果、腕利き連中を多数失うこととなる。私がいたチームもその一つだ。

結果チームは解散し、私はこうして一人で新種のモンスターを追っている。何故ならば、あいつが私達が初めて手に入れた魔剣「斬鉄」を持っていってしまったからだ。あの魔剣を手に入れた経緯は今でもよく覚えている。

強力な武器を持つモンスターというのは厄介だというのが、身に沁みてわかる戦いだった。そして、あの戦いが私達を本当のチームにした。それを取り戻すべく、動いていたのだが……

(目撃情報がセイゼリアではなくてカナンとか勘弁してよ。今は戦争状態ではないとは言え、国境を越えるのに結構お金使うんだから)

現在カナン王国、ロームハイト領では南部最前線であるレコールの町に兵を集めている。南部開拓を掲げ、旧帝国都市周辺のモンスターを掃討しようとしているために、レコールの町は傭兵を始めとする仕事欲しさの連中が集まっている。今となっては私もその一人だ。

情報を集める前に、資金を集める必要が出てきてしまったのだから仕方がない。今回の仕事は旧カーナッシュ砦に巣食ったゴブリンの駆逐。事前情報に拠ると統率個体である女王がいることが確実らしく、その数は千に達するらしい。

カーナッシュ砦は大戦時にカナンが帝国に奪われた砦であり、戦争が終わっても取り返すことができなかった。元々が帝国とセイゼリアのために作られた砦なので、南方を開拓したいカナンとしては是が非でも押さえておきたい場所だろう。

問題は、長らく帝国が占領していただけあって、見た目はただの堅牢な砦でも中身がどうなっているかわからないことだ。元帝国基地で痛い目に遭った身としては、中には決して入りたくない。だから魔術師という理由で砦内部の殲滅には不参加を取り付けることはできたのは幸いと言える。

「まさかゴブリン相手に攻城戦とはねぇ……」

何分当時のカナン王国が金と時間をかけて作った砦を見て呟く。壁は硬く頑丈であり、守りに適した形となっており二百年という歳月を経ても、形を残してゴブリンどもに利用されている。流石に歴戦の傭兵団もこの光景は初めてらしく、全員が揃って「どうやって攻めるか?」と頭を悩ませている。

この場合、落とすこと自体は然程難しくはない。問題は被害である。如何にして被害を少なくして、効率良くゴブリンを駆逐するか——傭兵達は目の前の砦を見て考えているのだ。高さがあれば投石だって馬鹿にはできない。数が数だけに矢にも注意を払う必要がある。門はしっかりと閉ざされており、破城槌もなければ壁を登る以外に選択肢はない。

(確かにこれは犠牲が出る。傭兵連中が考え込むのも頷けるよ)

今はまだ戦闘距離ではないので矢も飛んでこないが、外壁の上にいるゴブリンが弓を持っているのは遠目でも確認できる。お気に入りの濃紺のウィッチハットを深く被り、後ろに下がって新調したドレスローブに付いた草や小枝を払うと適当な木に背中を預ける。

歩き疲れたわけではないが、戦闘が始まるのは恐らく明日だ。時間が時間なので、今日は睨み合ったまま一夜を過ごすことになるだろう。それまでには傭兵連中が攻略の糸口を見つけていることを期待する。しばらく両者に動きがなかったことで周囲が騒がしくなってきた。

「外壁に崩れた場所はなかったみたいだ。門をしっかり固めているみたいだから『面倒なことになった』と団長がボヤていたぞ」

「マジかよ。ゴブリン相手に怪我とか格好がつかないんだが……」

傭兵の話に耳を傾けているとそんな声が聞こえてきた。やはり統率個体がいる群は面倒だと溜息が漏れる。しばらく有用な情報はないかと耳を傾けていると、一人の傭兵がこちらに向かって歩いてくる。

「よお、姉ちゃん。一晩幾らだ？」

「目の前の砦に女王様がいるんだ。そっち行ってヤってこい」

胸を見ながら近寄ってくる傭兵を適当にあしらいつつ、組めそうな傭兵団はないか物色する。これでも魔術師として手練だという自負はある。レコールをしばらく拠点とする以上、ここでお得意様となりそうな傭兵団を見つけておきたい。もしくは私の目的に都合が良い傭兵団。

時間だけが過ぎていく。夕暮れ時に騎士の格好をした男が傭兵団のトップを集めて騒いでいたが、恐らく提案を無視されたのだろう、怒鳴り散らして煩かった。もう少し静かになりそうな場所はないものかと周囲を少し歩き、都合の良さそうな場所を見つけると、背嚢にあるロープと脱いだ革製の外套を使って即席のハンモックを作るとそこで横になる。

木に刺した如何にもマジックアイテムに見える変な装飾の付いた杭や、特に意味のない魔法陣を描けば余程の馬鹿以外は警戒して襲ってこない。仮に襲われても不安定なハンモックが壊れるように作っているので、目を覚ましさえすれば周囲には幾らでも人がいるのでどうとでもできる。何をするにも明日からだ。私は明日に備えて目を閉じた。


早朝に始まった攻撃は、もう昼になろうというのにまだ砦は落ちていなかった。最初に投石で死者が出たことで勢いが落ちたのが原因だろう。今は外壁の上にいるゴブリンを掃除するために、弓兵と魔術師が頑張っている。一点に集中させるよりも分散させて数を削る方針にしたらしく、時間をかけて被害を少なくするようだ。

傭兵団としてはゴブリン如きに損耗したくないのだろうが、チマチマとした戦い方に騎士が苛立ちをぶつけている。どうやら領主の命で派遣された本物の騎士らしく、傭兵のやり方が気に食わないと文句を言っている。

何度目かわからない魔法で数匹まとめて倒したところで、また魔力が尽きて後方へと下がる。向こう側もこちらのやり方がわかっているらしく、弓兵を一箇所にまとめなくなり倒せる数が減ったことで長丁場と化している。

「三百は削ったと思うが……帝国が使っていた建材を盾にしてるせいか弓で数が減らせなくなっている。おまけにこちらの矢を使われて怪我人が出てる」

「弓は下がらせるべきか？」

「いや、クロスボウだけでやるべきだ。あれなら再利用される恐れがない」

主だった傭兵団の団長が集まり、意見を交わしながら状況に合わせて変化させているおかげか、死者は今のところまだ三名だけで済んでいる。怪我人は増えてきているが、全員が軽傷と呼べる範囲なので戦闘に支障はないものばかりだ。

「魔力切れ。下がらせてもらうよ」

私の言葉に「あいよ」と傭兵団の団長の一人が返す。お目付け役のはずの騎士は入れ替わりの激しい魔術師にも苛立っているらしく、こちらに対しても厳しい視線を向けるが、その先はすぐに下へと移るのでただただ不快だった。

そもそも魔術師総出で燃やせば早かったのだが、騎士の取り巻きが「再利用するので断固拒否」という姿勢を崩さなかったことでこうなっているのである。それにもかかわらず文句ばかり垂れるのだから騎士様というのは楽な仕事である。

急遽作られた形だけの長椅子でしばらく休んでいると状況に変化があった。どうやら向こうの矢が完全に切れたらしく、クロスボウの矢を掴んで投げつけるくらいに残弾がないようだ。ようやく傭兵団の本領が発揮される時が来た。

梯子を並べ、上にいるゴブリンを魔法で追い払い一人、また一人と外壁の上に到達する。外壁の制圧が完了してからは早かった。門が開き、ゆっくりと内部に入った時にはもう女王とその取り巻き以外いなかったのだ。その取り巻きもあっさりと排除され、巨体である女王はグレートソードを持った傭兵に足を破壊された後は矢の的となっていた。

「終わったのかな？」

私がそう呟いた時には勝鬨《かちどき》が上がっていた。結果として見るならば、死者は五人で負傷者は六十五人。死者が増えたのは外壁から落っこちたマヌケがいたことと、手柄欲しさに女王を狙って失敗した者がいたからだ。功を焦って失敗する奴というのは本当にどこにでもいる。

撤収の準備にかかる傭兵達を後目に自分の荷物をちゃっちゃとまとめる。ソロなのでやることが少なくすぐに終わる。なので傭兵団の撤退準備が整うまで待っていたところ、女王の足を破壊したグレートソードの使い手が私の元にやってくる。

「よお、中々の活躍だったな」

笑って手を挙げる男に「またか」と溜息を吐く。

「ああ、仕事の話だからそう警戒してくれんな」

近づく男に牽制するように「さっさと要件を言え」と視線を送る。

「実はな、今うちでは大物を狙っている。知ってるか？　最近この辺りで新種のモンスターが見つかった」

まさか向こうから話が来るとは思わず僅かに表情に出てしまうが、それを「新種が見つかった」という驚きからと思ったのか反応は何もない。

「へぇ、興味深いね。その話詳しく」

「食いついてくれてありがたいね。だが詳細は仕事を受けるか……あー、まだ正式には仕事じゃなかったな。まあ、新種のモンスターが発見されて、脅威度が高いから合同で討伐することになると見ている。そこでうちの傭兵団で参加しないか？　正直魔術師の数が足りてねぇんだわ」

「一つ聞いておきたいんだけど……魔術師の数が『足りない』ってどういうことかしら？　『少ない』ではなく『足りない』だと、まるで相手の強さが想定できているような言い方よ」

私の言葉に男は「あー」と言いながら頭を掻く。あいつと交戦した傭兵団がいるという話だったが、もしかしたらここがそうなのかもしれない。

「まあ、いいわ。条件付きでなら雇われてあげる」

男は「条件次第だな」と無精髭を生やした顎を擦りながら肯定的に先を促す。反応から見るに魔術師の不足は致命的なレベルなのかもしれない。

「条件は二つ。一つは当然お金。こっちもそれなりに名が通っているからね、相応の金額を払ってもらうよ。後、支払いが滞った時点で見限らせてもらう。もう一つは——」

やはりというか金の話になると難しい顔をする。まあ、傭兵だから仕方がない。

「新種を討伐した際に好きなものを一つ持っていく権利」

「好きなもの、か……」

「ええ、体の部位、持ち物、全部の中から一つ」

「持ち物？」

聞き返されて「しまった」と心の中で思う。

「新種の情報は少しは持ってる。結構知能が高いんでしょ？　だったら、何か持っていても不思議じゃないわ。例えば……マジックアイテムとかね」

私の言葉に男は真剣に考え出した。どうやら思い当たる節があるように思える。つまり、目の前の男が所属する傭兵団が、あいつと接触したところである可能性が高い。

「ああ、そうだ。二つ目の条件を呑むんだったら、お金の方は少し考慮してあげるわよ？」

「む、それなら悪くないが……」

「あ、言い忘れていたことがあったわ。実はね、あなた達が新種を発見する前に、セイゼリアの冒険者ギルドにその新種の報告が上がっているのよ」

私の言葉に食いつくように男が顔を上げた。

「なるほど……カナンで接触した傭兵団ってあなたのところだったの」

男はわかりやすいくらいに「やっちまった」という仕草で顔を隠す。

「あんた……何が目的だ?」

「さあ、ね。ただ一つ言えることは、私はまだ『ハンター』のつもりなのよね」

この言葉を最後に交渉は中断。どうやら私を雇うかどうかは他の団員と相談するらしい。それと、あの男は「暁の戦場」という傭兵団の団長でオーランドという名前だった。見た感じ腕は悪くない。武器も上物を持っているので期待はできる。

その後、レコールの町に戻った私に待っていたのは「暁の戦場」からの正式な勧誘。傭兵団に入る気はないので、これはやんわりと拒否する。結果として雇われることになったが、金額の交渉は少し時間がかかった。十分に取れたと思っていたのだが、交渉を請け負ったエドワードという男が最後にかましてくれた。

「ああ、それとディエラさん。うちは新種と『接触した』のではなく『戦った』です。言わなくともわかると思いますが、それはもうボロ負けでした。あなたの活躍には期待していますよ」

契約の変更は流石に無理だった。あの優男に顔面に一発入れるという目標が新たに増え、私はレコールの町で金を稼いで密かに情報を集めている。

V

次の日の朝になっても俺はまだ走っていた。距離があるというのもそうなのだが、やはりというか塩の壺のせいで速度が出せない。森の中に入っているのでそろそろ目的地付近だとは思うのだが……一度アイドレスを見つけて、それから北上した方が良いかもしれない。

そんなことを考えていると基地跡を発見。どうやら西に行きすぎていたようだ。

ともあれこれで現在位置は把握できたので、東へと進路を変更して周辺に良い立地はないかを確認しながら進む。太陽が真上に来たところで手持ちの水と干し肉が尽きる。

(しまった。こんなことならエルフ監視用拠点で補給をしておくべきだった)

少しばかり冷静さを欠いていたことを反省しつつ、一先ず日が暮れるまで探索し、候補地が見つからないようなら監視拠点へと向かうことにする。区切りを付けたところで探索を続けたところ、視界に森の中では見られない色が映った。そちらに目をやると人工物のような物を発見する。

(いや、あの建物見たことあるんだが……)

一部が崩れ、緑に覆われていてもその建造物を俺は忘れはしない。俺が眠りから覚めた研究施設の地表部分と酷似している。「考えないようにしていたら見つかるのか」と巡りの悪さに溜息を吐く。見つけてしまった以上、見て見ぬ振りはできない。俺は施設へと向かうと門を見る。

（汚染の警告はなし。帝都からの距離的には俺がいた施設と然程違いはないと思うが……さて、これをどう捉えるべきか？）

ともあれまずは調査だ。出入り口から施設の中に入るには、体が大きすぎるので周囲を見て回る。俺の気配に感づいた野生動物が一目散に逃げていくが、今は狩っているほど暇ではないのでそのまま見送り建物を調べる。

すると明らかに内側から破壊された形跡のある大きな穴を発見する。おまけに二百年前とは思えないほどにその痕跡が新しい。具体的に言えば覆われているはずの緑がなく、破壊された部分はまだ侵食されていない。はっきりとしたことは言えないが、少なくともこの壁は壊れて一年も経っていないのはほぼ確実である。

（まさかとは思うが……ここからあの蜘蛛男が出てきたのか？）

真っ先に思い付いたのがあの男——だが、別の被験者である可能性もある。俺は警戒を強めて外壁に開けられた穴から施設内部に侵入する。薄暗い施設の中に入るとすぐ近くに開いたままの昇降機の扉があった。中を覗くとすぐ下にカゴ室が見える。

（地下五メートルくらいか？　あまり深くはないんだな）

俺は下に降りようとしたところで手に違和感を感じ、慌ててロープを手放しその手を見る。ロープを掴んだ手に僅かに粘着性のある何かが付着していた。

（これは……あいつの糸か？）

どうやらここは蜘蛛男のいた研究施設だったようだ。俺は大きく息を吐く。思考と感情がどうにも複雑になりすぎてまとまらない。ロープを使って下に降り、溶けたカゴの天井を潜り開いたままの扉の先には、俺がいた施設の時と同じようにゲートがあった。一つ違いがあるとすれば――。

(何でゲートが開いてるんだ？)

そう、ゲートが開いている。あの男への同情が少し減った。俺があれだけ苦労したのに、あの蜘蛛野郎はのうのうと開いたゲートを通って地上へと出やがったのだ。まあ、それはそれとしてゲートである。開いているなら楽で良いのだが、何故開いているのかが気になる。そんな訳でゲートを調べていたのだが、少々信じられないことが判明した。

(ん？　待て待て……発電施設が残っているのか？)

どう見ても「最初から開いていた」ではなく、出る時に「開けた」としか思えないのだ。なので念入りに調査したところ、どうやら電力を自給できるシステムがあったようだ。電源が入る機器が僅かではあるがあり、そこから手に入れた情報に拠るとこの施設は地下水脈を使って僅かながら発電しているらしく、現在は本来の性能の一％未満の電力供給をしているようだ。

蓄電もほとんどできない状況な上、施設の性能は日々劣化しており、このまま行けば後三百日とかからず完全に機能を停止するとのことである。

(なるほど、施設の一部が辛うじて生き残っていたから蜘蛛男は外に出られたのか)

しかし、こうなるとこの施設をこのまま死なせるのは惜しい。何せ電気が使えるのである。位置を考えると理想とは言わずとも十分に合格。立地に関して言えば、頑丈な天井のあるここは拠点として十分機能する上、人が来ない上に動物も入ることが難しく、期間限定で僅かとは言え電気が使える。

（ここを拠点とすることはほぼ決まりだ。後は探索をできるだけ行い、継続して電気の使用が可能となるための手段も探す）

特に後者は重要だ。もしも電気が使えるのであれば、これ以上ない収穫となる。ここはなんとしても方法を探し出し、今後の生活を快適なものとするべきだ。俺は一先ず施設の一室を物置として使うべく、不要な机や椅子を取り出すとそこに塩の壺や羊毛を置く。

現代風の部屋に塩の壺や羊毛が置かれている絵柄がシュールだがそこは気にしない。リュックサックの容量を確保したので、次は補給を行おう。さあ、川へと向かいエルフ監視の任務にも邁進だ。

恐らく……いや、間違いなくこの姿になってから最も長い時間を過ごしたであろう草木で隠蔽した崖の拠点に戻ってきた。少し離れていただけのはずなのに、何故にこうもこの場所が愛おしくも感じられるのだろうか？

荷物を置き、いつものようにエルフの監視を行うべく身を隠し、望遠能力を使用して川を見る。丁度エルフのお姉さん達が川で遊んでいたのだが、どうやら来るのが少し遅かったようですぐに帰り支度を始めてしまう。

時間が合わないのは仕方がない。潔く諦めて別の監視ポイントに向かうとする。残念ながらズレた歯車というのはすぐに噛み合うものではなかったらしく、現在確認されているポイントにはエルフは一人も現れることはなかった。

時間だけが過ぎ夜となる。川の使用が解禁されたので、体を洗い水を汲んで魚を取る。調理場へと向かい、昼の間に狩った獲物を解体して作った肉の塊を豪快に切り分け焼く。ついでに魚も焼く。ここで気が付いた。

（しまった。塩は全部向こうに置いてきたんだった）

移動の妨げになるからと全て置いてきてしまった。これはうっかりミスである。やはり塩を入れる容器が必要であると再認識。ついでに水を入れる大きな入れ物や食材用の容器、食器やそれに代わる物も欲しくなってきた。またあれやこれやが欲しくなってくるパターンに、俺は頭を振って冷静さを取り戻そうとする。

（僅かではあるが電気は使えるんだよな……）

使うとしたら何を拾って来るべきだろうかと電化製品を思い浮かべる。結局冷静にはなりきれず、その日は妄想ばかりが捗ってしまい、気づいた時には朝になっていた。昨日の残りの肉を食べつつ、太陽の位置を確認して監視体勢へと移行する。丁度良い時間だと思っていたが、三十分くらい待つことになった。

今日の予定は「本日の六号さん」を堪能した後、荷物を本拠点に置いてショッピングモールへ行って必要なものを確保することである。しばらくは忙しく本拠点と町を行き来することが予想され、この監視任務は全力を以て当たる。相変わらずと言うべきか、六号さんは日増しに厄介になるエロガキどもを相手に翻弄されていた。

（しかしまあ、よく次から次へとイタズラを思いつくもんだ）

六号さんも子供が相手だからか強く叱ることができず、結局はいつも通りになすがままである。最近では事故に見せかけて胸を揉む、顔を埋めるとやりたい放題である。だが今日のガキどもは一味違った連携を見せた。

まず一人が魚を捕まえ先生である六号さんに見せると、それをパスするように高く放り投げる。慌ててキャッチしようと両手を上げた六号さんの背後にいた二人目がすかさずパンツを掴んで一気に下ろす。追撃とばかりに三人目が下着を戻そうと腰をかがめたところでお尻を突き飛ばすと、六号さんは両手を水の中に突っ込んだ。

六号さんを突き飛ばした三人目はそのまま通り抜けるように肌着を掴んでダッシュする。肌着を取られ、取り返そうと足を前に出したところで下着も奪われエロガキどもが離脱するとその戦果を高々と掲げる。

六号さんが素っ裸となったのでエロガキどもの完全勝利である。エロガキ三人衆のその姿を女子は冷めた目で見ていた。将来が実に楽しみである。

（しかしこうしてみると人間もエルフも変わらんなぁ……）

クラスに一人はいたであろうエロい奴を思い出し、子供時代を懐かしく思う。結局捕まったエロガキは頭に拳骨を貰っていたが、多分全く懲りていない。今後とも日々精進してもらいたいものだ。

さて、見るものも見たので移動を開始。目指すはエイルクゥエルのショッピングモール。途中本拠点に寄って荷物を軽くし、積載量を確保する。体が馴染んだ今なら日付が変わる前に向こうに着くことだってできるはずだ。

（折角だ。新記録を狙うとするか！）

ノリと勢いからの台詞だが、気力・体力ともに充実――いや、むしろ湧き上がっていると言っても過言ではない。「今ならできる気がする」という確固たる予感が囁き、俺は全力疾走を開始した。

そんな感じに走り出したその日の夜――まさかこんなに早く到着するとは思わなかった俺は、エイルクェルに辿り着くと同時にぶっ倒れた。途中から何故か意地になって全力で走っていた。はっきり言おう。めっちゃ疲れた。

（もう無理、休む！　っていうか寝る！）

俺はノロノロとショッピングモールへと向かい、以前作った寝床へとヨタヨタと歩く。以前作ったときの不格好なままの布団を集めただけの寝床は、前と変わらぬ姿で俺を出迎える。「ただいま」と小さく心の中で呟き倒れ込む。十分に重ねられたマットが俺の体を受け止めた。しばし目を瞑って休んでいると物音が聞こえた。

（……足音も聞こえる。気の所為ではないな）

ここを掃除してからそれなりに時間が経っている。ならば新しいゴブリンが湧いていてもおかしくはない。俺は大きく溜息を吐くと、仕方なしに起き上がる。水を飲み、持ってきていた肉を全て食べる。まずは相手の姿を確認する。一応ゴブリン以外という可能性もあるので、確認は重要である。俺は未確認の足音との距離を測る。

（少し遠いか？　これなら擬態はまだ必要ないな）

俺はゆっくりと寝床から出ると音を確認しながら距離を詰めると予想とは違う生き物がいた。二本足で立つ毛むくじゃらのデッカイ生き物――熊だ。おまけに普通の熊じゃない。

（確か……「グランドベアー」だったか？）

角の生えた六メートル近い熊を見て昔読んだ本を思い出す。記憶が確かならオーガすら捕食する極めて危険なモンスターだったはずである。正直負ける気がしないので無視で良い。襲ってくるなら返り討ちにするだけなので寝床に戻る。アレがいるならここにゴブリンが住み着くこともないだろうし、番犬代わりにはなるので生かしておいても問題ない。俺は寝床に戻ると念のために入り口を家具で塞いで眠りについた。

翌朝、目を覚ました俺は体を伸ばし起き上がる。荷物を可能な限り少なくしたので、昨日の晩飯で手持ちの食料はなくなっており、朝飯は抜きである。必要なものを集めるべくショッピングモールを見て回る。

ポリタンクを始め、食器や容器に使えそうな日用品を集めて回る。状態の良い物に限るのでバックヤードにある在庫から手を付けるため、少々狭い思いをしながらだが宝探しのようで悪くはない。一通り必要な物は揃ったか、というところで目についたのは家電製品売り場。俺は「ぐあ」と顎に手をやり考える。

（候補を絞るためにも何があるかを見ておくのもありだな。電力消費が大きな物は除外するとして……ああ、冷蔵庫とか常時電力を食うのもダメか。となれば――）

手にしたドライヤーを見る。明らかに必要のないものだ。生活が便利になる省エネの電化製品を思い浮かべるが、なにせ家事など滅多にしない実家住みの人間だったので思いつくものがない。

「もうしばらくブラブラしてみよう」ということで店の中を見て回る。そこで目についたのが大型テレビ。

（あー、こういうデッカイ画面で映画とか見たかったよなぁ……）

娯楽を求めるというのもアリなのかもしれないが、電力の問題以前に使えるかどうかがそもそも怪しい。加えてデータディスクがまだ読み込めるかどうかという問題もある。見たかった映画や、俺の知らない新作など非常に魅力的に思えるのだが、該当するデータディスクがあるかどうかもわからず、それが無事であるという問題もクリアしなくてはならない。

乗り越えた時のリターンは非常に大きいが問題が多すぎる。候補として考えておく程度でも今は良いだろう。しかしそうなると他の物が魅力に欠ける。家電と言えば洗濯機や冷蔵庫、電子レンジなどが真っ先に上がるが、どれも必要がないか条件に合わない。掃除機なんて使う場面がそもそもないし、冷暖房は電力消費が激しい。使えても扇風機くらいである。

（こうなると娯楽関係に使うのが正解か……なら音楽はどうだ？）

考えてみたがアリだ。必要な物が映画に比べて少ない。候補が絞れつつある時、それが俺の目に止まった。

「ビデオカメラ……だと？」

思わず口から出た「がっがーお」という汚い声が響くと同時に、これまで経験したこともないような葛藤が頭を巡る。

（しかし！　それでは犯罪だ……いや、帝国はもうないのだから帝国の法では裁かれることはない！　ない、が……！）

そう、共和国には「ビデオカメラを使って盗撮をしてはいけない」という法は存在しない。いや、これは屁理屈だ。そもそも人類の英知、科学の結晶を盗撮なぞに使うのが間違っている。人間として越えてはならない一線を――。

（あ、俺人間じゃないから大丈夫だわ）

俺は悪魔の誘惑に打ち勝つことができなかったどころか、握手さえしてみせた。

（待っていろエルフども！　貴様らが倒して見せた帝国の科学力を、今一度貴様らにこっそりとバレないように披露してやる！）

気づいた時には最高レベルのビデオカメラを求め、俺はショッピングモールにある倉庫を漁っていた。大画面のテレビは見つかった。それがまだ使用可能かはまだわからないが、最高級品が梱包されたままの姿で見つかったので、まだ生きていると信じたい。

いや、ここは愛国心を前面に押し、帝国の科学技術を褒め称えることでその生存率を少しでも上げるべきだ。素晴らしきは我が祖国！

その技術に惜しみない称賛を送ろう。

（まあ、でも自爆しちゃったんですけどね）

やってしまったものは仕方がないのでビデオ探しを継続。取り敢えず必要と思われる機器は見つかった。肝心の物が見つからない。流石に展示されていた物は使えないだろうし、何よりカタログにある「望遠倍率付き最新鋭多機能型」と書かれている二十四万ニェンもする初任給を上回るコレが欲しいのだ。

けれども一番欲しい物が探せど探せど見つからない。第二候補は見つかったのだが、こちらはちょっとサイズの都合上止めておきたい。スペック的には問題ないのだが、やはりサイズの問題は大きい。しばらく探し回ったのだが、見つからなかったため諦めることにする。

(……こうなったらジスヴァーヤにある電気街に行くか?)

兵器工場を始め見るべきものが多いジスヴァーヤだが、戦争をしていたので無事かどうか不安が残る。何せ帝国が使用する弾薬の半分はここで作られているのだ。狙われる可能性がかなり高く、大戦が終わった後に破壊されたことも十分考えられる。ともあれそれは先の話だ。

今は必要な物を集めて本拠点へと運ぶことが第一だ。大型テレビとプレイヤー、映画のデータディスクがあれば一応映画鑑賞ができる環境は整ったことになる。今回は試験運用の必要性も加味し、データディスクを幾つか持ち帰るだけで満足しておく。

改造リュックの容量にはまだ余裕があるので、使う可能性がある物でも持ち帰って良いだろう。ということで以前ハイテンションで集めた物品の山を見に行く。久しぶりに見た己の暴走結果を笑い飛ばして物色開始。

結果として持って帰ることにしたのはタオルと工具、鉈に追加のリュックサックとクーラーボックス。リュックは背負わずとも小物を入れて持ち運ぶことに使えるし、クーラーボックスは俺の食事量を鑑み、もう一つあった方が良いだろうということで持っていく。

後は布団で巻いた大型テレビやその他機材の入った改造リュックを背負い、他の荷物を手に持ったり肩にかけるなりして不格好になったところで本拠点に帰還しよう。

（一番欲しい……いや、実験したかった物が手に入らなかったのは残念だが、元々町を往復するつもりだったから問題はない。それに布団はもっと沢山ないと俺には使えないんだよな）

流石に俺の体をもってしても布団は嵩張る。ケースごととなれば尚更で、今回はテレビの緩衝材代わりとして出しているが、大きな箱というのも入れ物として活用できる。次に来る時はケースごと持って帰ってもいいかもしれない。

（さて、では出発しますかね）

ノタノタとバランスを確かめるように歩き、徐々に速度を上げて安全第一で本拠点へと帰る。やはりと言うべきか、速度を抑えたおかげで丸一日以上経過してしまった。俺は荷物を下ろすとまずは狩りに出かける。

この施設は地下の水脈を利用しているのは良いのだが、そこの通路が全て人間用であるため俺には使えない。すぐ近くに水があるのに使えない点がこの拠点最大の不満点である。そう思っていたのだが、一部の蛇口からは普通に水が出てきた。やはり帝国の技術は最高である。

流石にしばらくは出しっ放しで様子を見たし、その後味や臭いにおかしな点はなかったので使用することにしたのだが、念のためにここの水は煮沸して飲むことにする。水事情は置いておいて、鹿が取れたので施設の地上部分で焼き肉を開始。

換気の都合で下ではできない。焼き上がりを待つ間に水と塩を持ってくる。ついでに食器や各種食事に使う道具も持って行く。ケースとなりそうなものを適当に見繕い、食器棚代わりにするつもりが思ったよりも時間をかけてしまい肉を少し焦がしてしまう。でも大丈夫。どれだけこびり付いた汚れもこの帝国産のタワシならピカピカさ！

（虚しい……一人が長いとどうにも人恋しくなってくる）

最近は独り言も増えてきた気がするし、思いの外影響が出ていることを自覚できるのが猶のこと辛い。突然意味もなくジョークを挟むようになったのはいつ頃だろうか、と尻を掻きながら溜息を吐く。

深刻な話というわけでもないので、気持ちを切り替えて塩で味付けした焼き肉を頬張る。焦がしてしまった部分はあれど、食生活が豊かになった気がする。

（やはり塩だけじゃなくて、もっと色々欲しいんだよなぁ……）

調味料を大量生産していた国など帝国しかなかったわけだが、他の国の食事事情は現在どうなっているのだろうか？

がおがおと呟きながら焼き肉を完食。食休みを挟んで鉄板を下に持って行き洗う。洗った鉄板を拭いたところでまた欲しい物が出てきた。

（タオルとか布とか洗った時に干すための長い棒が欲しいな）

文化的な生活を求めて物干し竿を欲するモンスターの姿に思わず苦笑い。仕方がないのでスコップのかけて後片付けの続きをする。基本食事は上で取るので、使用するものは上にまとめておくことにしよう。

塩はしっかりと密封できる容器に入れ、その上で地下施設から拝借した薬品棚の中に入れる。食器や調理器具も最終的にこの中に入った。フォークの代わりになっているサバイバルナイフや包丁代わりの鉈のせいで、武器庫に見えてしまうのはご愛嬌だ。

さて、食事が終わったのでテレビの設置を開始する。説明書を苦労してめくりながら土台となる机を適当な部屋から引っ張ってくると、それを部屋のコンセントの近くに置いてその上にテレビを置く。

机の下が良い感じに空いているので、ここにデータディスクのプレイヤーを設置し、高さを適当な物で調整する。後はコードを接続して準備完了。電源を入れると、画面は真っ黒なままだがテレビのランプがしっかりと点灯した。流石は帝国製、二百年経ってもまだ使用可能だ。次に持ってきたデータディスクをプレイヤーに入れ、リモコンで操作する。

(さて、これで映画を見ることができれば良い暇潰しになるんだが……)

結論から言うと再生はできた。問題は中身だ。経年劣化によりディスクのデータが破損しているらしく、どれもこれも音声がガリガリと喧しく、映像に至っては何が何だかわからない模様がチカチカとしていて目が痛くなる。

「これは酷い」とがおがお呟きながらプレイヤーから最後のデータディスクを取り出す。同時に、空のデータディスクに撮影したデータを記録することができる可能性が大きく下がった。俺は大きく溜息を吐くと取り出したディスクをケースに入れ、映画ディスクの中に放り込む。

ちなみに映画のタイトルは「宇宙騎士エピソードⅣ」である。エピソードⅢまでは見ていたので続きが気になっていたのだが、このお預けは非人道的ですらある。

（クソ！　三作目で黒騎士との決着が付いて、実は「主人公の父親だった」という衝撃のラストで終わりを迎え、次は過去編ということで黒騎士誕生の話を期待していたのに！）

見ることができるとなると無事なデータディスクを意地でも探したくなってきた。娯楽の充実は生きる上で必須であり、これでますますジスヴァーヤに行く理由ができてしまった。漫画を後回しにするのは生活環境を先に改善する必要があることと、紙媒体故に残っている場所にはしっかりと保存されている可能性が高いからだ。

まだ読んだことがない漫画も沢山あるので、こちらには生きる希望になって頂く。やはり「お楽しみ」は残しておかねば、何かあった時に死を選びかねない。時間がどうにも中途半端なので、地下施設の使用する部分を軽く掃除。

ジスヴァーヤで一泊できるかどうか不明なので、出発は明日になる。よって、暗くなるまでは掃除でもして時間を潰し、それから狩りをして明日の分まで肉を確保しよう。今日は早めに寝て、早朝にここを出発することにしよう。


そんなわけでまだ少し暗い日が昇りきっていない早朝でございます。必要最低限の荷物だけをリュックに入れ、食料と水も一日分に満たない程度に持っていく。二、三日食事をしなくても問題のない体というのは色々と便利である。それではジスヴァーヤに向けて出発。

速度を出せば今日中には着くだろうが、流石に前回のように息切れを起こすほどの無茶はしない。この体にも随分慣れたので、適切な速度というのが大分掴めてきた。無理なく進んでも明日の朝までには余裕で目的地へと到着する。

さて、帝国の威信をかけ、意気揚々と本拠点を発った俺だが、進路上に思わぬものを発見した。オークである。何故こんなものが「思わぬもの」なのかと言うと、このオークが木に吊るされていたからだ。

当然のことながら、吊るされたオークは死体であり、激しく損傷しているところから一方的な戦いだったのは間違いない。その上でこの仕打というのだから、これは明らかな縄張り宣言である。

「俺の縄張りに入ったらこうだ」

恐らくはこんな意味だろう。

（よかろう！　その挑戦、受けて立つ！）

こんなものを俺の活動圏内に置いたのだから、相手も覚悟はできているはずだ。所詮この世は弱肉強食である。どんな生物かは知らないが、俺に目をつけられるような愚行を犯した己の迂闊さを恨むが良い。

でも探してまでやる気はない。今はやることがあるのでそちらを優先する。そう思ってまた走り出して少ししたところでばったりと出遭った。なんというタイミングの悪さ。赤いオーガ——「レッドオーガ」と呼ばれるオーガの上位個体である。

記憶に間違いがなければレッドオーガは通常のオーガとは比較にならないほど強靭な肉体を持ち、

知能が高く、個体によっては人間の言葉を理解していたらしく、戦術を読まれて大きな被害が出たこともあったと本には書かれていた。

今の俺に言わせれば「だから何なんだ?」というレベルである。ともあれ、出会った以上は仕方なし――運が悪かったと諦めてもらうしかない。俺はやる気満々で歯を剥き出しに威嚇するレッドオーガを前に、悠々と荷物を下ろすと「かかってこい」と言わんばかりに指を動かす。

両者ともに素手――純粋な腕力勝負と洒落込みたいところだが、レッドオーガの厄介なところは「戦闘技術を持つ」ことにあったはずである。陸上における人型のモンスターでは最強の一角とされるその力が、帝国科学技術の最先端であるこの俺に挑もうというのだ。両手を広げ歓迎してやる。

「ガァァァアアァァァッ!」

レッドオーガが吠える。俺は動かず不敵な笑みを浮かべている気分になる。うん、表情筋がね……この顔だと上手く笑えないから気分だけなんだ。鏡見て練習したんだが、顔がちょっと強面だから難しい。今後を見据えて練習した方が良いだろうか?

さて、先に動いたのはレッドオーガ。先手は譲る気だったので、正面からの真っ向勝負を挑んでくれるのは都合が良い。俺としてもいい加減肉弾戦で良い勝負ができる相手と戦ってみたかった。こいつが期待外れでないことを祈り、最初の一撃は正面から受け止める。

レッドオーガの大振りのパンチをクロスガードで受けたのだが、これが結構痛かった。僅かに足が後ろに下がったことからも、こいつのパワーが今まで会った中で最も大きいことは明白である。

さて、次はこちらの番である。俺は構え、その腹に一撃を打ち込もうとして――殴られた。顔面を殴打され、体勢を崩したところでさらに追撃を入れられる。まだまだ入る追撃。だが、蹴りを放ったところで俺がその足首を掴んだ。そして間髪入れずに握り潰す。

(わかったわかった。これは試合でもなければ戦闘でもない。ただの殺し合いだ。それを希望したんだから恨むなよ)

ぶっちゃけかなり痛かった。というか鼻血出てるし、もうこいつ許さん。足首の痛みに悲鳴を上げることなく俺に攻撃を加えようとするレッドオーガだが、片足が持ち上げられている時点でもう勝負は付いたようなものだ。

何せ、俺に掴まれているのである。俺は腕を引いてオーガを引き寄せると同時にその胸に渾身のストレートを叩き込む。ガードが間に合わず、まともに受けたレッドオーガが血を吐くが、気にせずもう一発打ち込む。

レッドオーガはこれを両手でガードしたが当然腕が無事なわけもなく、片方は粉砕骨折で、もう片方も間違いなく折れただろう。だらりと下がった腕がそれを証明している。最後に尻尾で無事な足を搦め捕り、こちら側に引き寄せると、拳の跡がくっきりと残る胸に足を置く。

「ヒィイイィッ!」

レッドオーガが鳴いた。悲鳴を上げ、許しを請うているのがわかったが、殺し合いを望んだ以上は容赦はしない。俺は体重をかけその心臓を踏み抜いた。総評としては、こちらの防御力を上回る攻撃力はあるが、致命的な能力差を埋めることはできないので、パワーで押し切れば簡単に勝てる相手、と言ったところか。これはもう陸上最強の生物を名乗っても良いかもしれんね。

こんな感じのイベントはあったが、無事ジスヴァーヤに到着した俺は、破壊され尽くされることのなかった町を見てホッと胸を撫で下ろす。だがまあ、町が無事であるということはいるわけだ……緑のアレが。女王がいたので殲滅自体は楽だったが、時間が無駄にかかってしまう。

結局、昼を大分過ぎた辺りで掃除が完了。道路から引き抜いた血とよくわからない体液に塗れた標識を投げ捨て、荷物の下へと戻ると手を洗い、残った水を胃に流し込む。「こいつらほんと何処にでも湧くよなぁ」とガオガオボヤきつつ、足や尻尾に付いた血をその辺から拝借した紙で拭う。

さて、ここに来た以上は目的達成第一である。何せ帝国最大の弾薬庫。二百年も経過していれば大丈夫だとは思うが、おかしなイベントが発生する前に退散したい。この町並みを見る前ならば一泊も考えることができたが、こうもしっかりと残っていると逆に怖いのが兵器工場という存在だ。何らかの理由で「ドカン」となる前に、電気街に行って要件を済ませたい。

と言うわけでやってきましたジスヴァーヤにある電気街。ここならどんな電化製品でも手に入ると思ってきたのだが……荒らされている。しかも荒らし方が酷いというか雑というか……見て回ってわかったのが、これは人間の仕業でなくゴブリンがやったことであるということだ。

埃の積もり方を見れば、荒らされた場所がここ数年のものであることは何となくわかる。恐らくゴブリンどもは沢山ある電化製品を武器にでもしようとしたらしく、散らばった残骸からアレコレ弄って諦めて投げ捨てたかのように思えてならない。

これが展示品ではなく、倉庫にあるものなら発狂ものだが、ゴブリン如きに帝国製作の防犯シャッターを破る術などなく、お宝は無事二百年という長い時間守り抜かれた。そんなわけでシャッターを壊してお邪魔します。俺でも入れる巨大な倉庫というだけあって、流石に目移りしてしまう。目的の物を手に入れればさっさとおさらばするつもりだったが、少しくらいなら時間を取っても良いだろう。まずは目的である最新型の高級ビデオカメラ。こちらはすぐに見つかった。万が一を考えて二台持っていく。

次に録画用データディスクの束を取り敢えず五十本分リュックに丁寧に仕舞い込む。入れ方を少々工夫しつつ、今度は別の倉庫に向かう。シャッターを強引に抉じ開けた先にあるのは大量の箱詰めされたデータディスク。

（この中から目的の物を見つけるのか……）

店と違い綺麗に整頓されているわけではないので、探し出すのは困難に思える。それでも、俺は探さなくてはならない。この山と積まれたダンボールの中から名作の数々を掘り起こさなくてはならないのだ。そうして開封作業を開始して十分――俺は見つけてしまった。

（そうだった！　ここはデータディスクの倉庫。ならばあらゆるジャンルのデータディスクが揃っているということだ！）

そう、アダルトなデータディスクである。しかも大量にある。俺の秘蔵のコレクションなど吹けば飛ぶレベルの物量に、思わず目が眩む。その眩しさに一歩後退るが、今の俺には後退の文字はない。この程度で俺の目的を阻もうなどと片腹痛い。

（この俺が、物量に負けるとでもお思いか⁉）

俺は目の前の圧倒的物量を鼻で笑い、目的の物を探すべく手を伸ばした。結果、アダルトディスク二十五本に映画ディスク三本が俺の手元に残った。いや、言い訳をさせてくれ。俺が好きだったグラビアアイドルがセクシー方面に転向していたんだ。

だから思わず全作品を網羅しようとしたら、何か見逃してはならないオーラをまとったものが幾つも見つかってしまっただけである。そもそも今回の目的はビデオカメラであって映画はおまけである。

シリーズものの続きが見たかっただけで、この時代に残されたデータディスクが利用可能かどうかを知るためのサンプルが幾つかあれば良いだけだから、そのジャンルは問わないのだ。そう、ジャンルは問わないのだ。

これでジスヴァーヤでの目的は果たしたとし帰還の準備に移る。もしかしたらここにはまたお世話になるかもしれないで、ゴブリンが住み着かないように丁寧に開けた穴を周囲の廃材を使って封鎖する。

(さらばジスヴァーヤ。またここに来る日を楽しみにしている)

リュックの容量にはまだ余裕はあるが、持ち運ぶものに精密機械があるので移動を重視してのことだ。パンパンに膨らんだリュックを背負って駆ける場合、思わぬことで大惨事となる可能性がある。大型テレビをリュックに縛って運んだ時に得た経験は、しっかりとものにしなければならない。

そんなこんなで無事帰還。途中ジスヴァーヤ――アイドレス間の線路跡を発見し、木がない道を使うことで時間を短縮できたこともあって昼過ぎには本拠点に到着した。思えば各町には駅があり、線路を使って移動すればスムーズである上、事故を起こす心配もほぼなくなる。

（問題は、どこもかしこも緑に覆われているせいで何処が線路なのかわからないことだな）

これは町の駅から出発すれば大体解決するのだが、肝心の駅が形を残していない場合はその限りではない。例えばアイドレスのように徹底した破壊が行われた場所や帝都とその周囲の町は、残念ながらこれに該当してしまう。

要の帝都があの状態では、帝国の交通網を最大限利用することは「ほぼ不可能」という結論を出さざるを得ず、運良く見つけることができれば使う程度に留めるしかないだろう。

今後の移動に関する話はこの辺にしておいて、準備が整ったのでまずは映画鑑賞を始めよう。狩りを先に済ますべきだったかもしれないが、気になって仕方がないのでこちらからだ。

データディスクをプレイヤーに入れ、リモコンで操作する。テレビの電源を入れ忘れていたことに気づき、慌ててそっと爪先でスイッチを入れる。映った映像は「少しマシ」という程度のものだった。音割れも酷く、とてもではないが視聴に耐えうる代物ではない。次から次へとデータディスクを入れ替え映像を確認していくも、結果は全て同じだった。

（これはつまり、データディスクは二百年耐えることができない、ということか……ん？　ということは？）

その結論を出した時、俺の中で嫌な予感がした。「まさか」という思いでビデオカメラを取り出すと空のデータディスクを入れると、密かに充電していたバッテリーを装着しカメラを回す。動く

——そして撮れている。しばし機材の調子や機能を確認しながら時折「がおがお」言って音声を入れつつ撮影する。

そして取り出したディスクをプレイヤーに入れ、再生ボタンを押した。運命は残酷だった。撮影は失敗——二百年という歳月を、データディスクが耐えきれなかったことにより俺の計画は断念することとなった。膝が崩れ落ち、俺は希望を失い天を仰ぐように暗い天井を眺める。

（いや、待て！　プレイヤーに問題があるという可能性を俺は忘れていた！）

微かな希望が灯ったことで俺は息を吹き返す。とは言え、今すぐジスヴァーヤに行く気は流石に起きない。まずは腹ごしらえを済ませ、十分に体を休ませることが先決だ。俺は重い足取りで施設地上へと這い上がり、ノタノタと狩りへと出かける。

成果は猪一匹。随分と時間がかかってしまったが、それだけショックが大きかったということだろうか？

包丁としての役割を遺憾なく発揮する魔剣を洗い、解体が終わった肉を青天井の調理場に運び込む。食わない部分は森に作った廃棄穴に放り込む。小さな獣や虫が良い感じに処理してくれているので、悪臭も少なく便利なものだ。

塩を振った肉を食う。食事に代わり映えがない。沈んだ気持ちのまま食べては塩味が付いたところで色褪せてしまう。俺は作業のように肉を胃に入れると、鉄板や食器を洗い適当な場所に立て掛ける。まだ洗った物を置くための専用のスペースや用意はない。

俺は地下へと移動すると、時間をかけて作ったベッドに倒れ込む。寝るにはまだ早い——でも、起き上がる元気が出ない。しばしそのまま目を瞑ってゴロゴロとしていたが、結局目を開けた。すると散乱したデータディスクの中から「巨乳祭り！　夏のビキニフェスティバル！」のパッケージが目に止まる。生活環境を良くするのが先か、それとも娯楽を優先するべきか――答えが出ないまま、俺はゆっくりと意識を手放した。

結局一晩寝ながら考えた結果、まずは生活環境と食の改善を優先することに決まった。「娯楽は余裕ができた時に充実させるべきである」という脳内議員の意見が通った形だ。食事を毎回不満に思うような状況をまずは改善。その後にこの本拠点の充実と他拠点へ物資を移し、各所での快適な環境をまずは作成することを今後の目標とする。

早朝――俺は起き上がると朝食のために狩りを行う。解体して肉を焼き、一部を容器に保存して煮沸した水を十分に用意する。焼いた肉を齧りながら地下に降り、出かける準備を整える。最後に荷物をチェックして、リュックを背負うと地上へと出る。念のために地下への昇降機の扉を閉じておく。戸締まりは大事である。

さて、今回の目的地は前回商隊を襲った街道である。あの位置で流通している物資の把握は、今後の活動にも恐らく役に立つ。必要な物がそこで手に入るなら良し、そうでないなら別の場所に行けば良い。

何処に何が流れているかがある程度わかっているならば、その情報を元に範囲を絞るくらいはできるだろう。最近では森の中を走るのも随分と上手くなったものだと、自画自賛しながら黙々と走る。

実際、この環境がこの体への慣れを促進したと言っても過言ではない。正直なところ、この巨体で木々の合間を縫うように走り抜けるというのは至難の業だ。それを当たり前のようにこなせる技量は称賛に値すると思う。通勤ラッシュの会社員が人混みの中を誰ともぶつかることなく歩き続けるのとは難易度が違うのだ。

昼を少し過ぎた辺りで小休憩を取る。荷物をチェックし、容器に問題がないかを確認。問題がないことがわかると軽く水を飲み周囲を見渡す。視界に映るものに異常はないか？

聴覚、嗅覚で異変は感知できないか？

（……問題はないな）

しばらくそうして周囲に気を配ってみたが、何も起こる気配はない。短い時間だが十分な休息を取れたので移動を再開する。それからほどなくして、生えている木の種類に変化が現れる。恐らく国境を越えた辺りにいるのではないだろうか？

このまま森林が続くというのではあれば、進行方向が狙った通りであることを意味する。太陽以外に方角を知る術がないようなこのだだっ広い森で、この方向感覚は中々にできるものではない。多分次はできないだろう。

（あ、方位磁石とかあっても良いな。この場合文房具屋か？　それとも子供の玩具売り場？）

実物なんて見たことがないので、何処を探せば良いのかわからない。

（まあ、次にショッピングモールに立ち寄った時にでも探しておけば良いだろうし、今は思案する必要はないだろう）

そんなことを考えながら走っていると森を抜けた。目の前にも森があり、ここがあの町とグレンダの町を結ぶ街道だとわかった。既に日は落ち始めており森の中は十分に暗い。休憩を兼ねて、少し周囲を見て回ってみるが……何もなし。

まあ、そう頻繁に人と遭遇するようなことはないので、そんなものだ。街道ということもあって、流石にゴブリン程度は排除しているし、人を襲うような魔獣もそれなりに間引きができているはずなので何も起こらない。「つまらんなぁ」と鼻を鳴らし、目的へ向け再び走る。

ちなみに俺は森の中でも平気で自家用車並みの速度で走っている。仮に木にぶつかったところで怪我などしないし、むしろ細いものなら倒れたりする。障害物のない平地ならば時速百キロくらいなら余裕で出せるはずだ。帝国は何を想定してこんなスペックのモンスターを生み出したのだろうか？

（もしかしたら戦争用ではなくて対ドラゴンでも見越してのものだったのかねぇ……）

戦争でデータを取ってそれを元に新たな運用をする——つまり俺は試作型。この後量産型の生産に着手するわけだ。

（ヤバい。「試作型」という響きにちょっと燃えてきた）

その矢先「それはロボットものだ」と冷静になるが、やっぱり俺は男の子なのだ。俺の中を巡る熱い血が、冷静でいられなくするのは仕方がない。

（でも、ちょっとありそうなんだよねぇ）

俺以外にも蜘蛛男がいた。つまり他にいないとも限らない。同型機の対決とか男の子の夢だから妄想が膨らむ。

（待てよ、他国が森に入って研究施設を見つけていないとも限らない。つまり新型強奪もののフラグはまだ折れていないということになる。と言うことはいずれ俺の前には別の国に奪われた遺伝子強化兵が立ち塞がるということか？）

などと一頻り妄想を楽しんだところで辺りは真っ暗。完全な暗闇となったところで俺は速度を落とすことなく走り続ける。山を登ったところで真東に方向転換。このまま行けば平地に出るので、そこからさらに東の森に今回は潜んでみるとしよう。

暗いうちに移動を済ませれば誰かに見つかる心配もない。山を降り、平地へと出て方角を少し調整しつつ東へ向かうと、視界に入った森林へとドスドスと歩いていく。流石に休憩を少し挟んだとは言え、ほぼ一日走り通しだったので気分的に疲れている。体はそんなに疲労を感じていないのだから本当に肉体スペックがおかしい。

取り敢えず森の奥に移動して拠点となりそうな場所を探す。野生の熊が唸り声を上げていたので「近所迷惑だ」と尻尾で叩いて注意する。逃げる熊を追うことなく森の中を進むと、倒木があったので腰掛ける。

なんとなく座ってみたのはいいものの、正直座り心地はかなり悪い。加えてこの辺りの木はあまり高くないので、姿勢が悪くなってしまうのは減点だ。もう少し奥に行ってみようかと動いたところである音を拾う。

（熊が逃げた方角にこの音がするということは……）

急ぎ足でそちらに向かうと、そこには予想通り小さな川があった。小さすぎて川と呼ぶべきか悩むが、流れているなら「川」で良いだろう。ちなみに幅は俺の腕より短い。試しに口にしてみたが、冷たくて美味い水なので問題はなさそうだ。

（水の補給が容易なのは良いことだ。この辺りに拠点となりそうな場所を探そう）

夜が明けるまでにはまだまだ時間がある。十分に探索の時間が取れるのだが……ないものはない。結局周囲を探し回っては見たものの、適した場所は見当たらず、ほぼ夜通しで歩き回って収穫はなし。

「こういうこともあるだろう」と出発前に焼いた肉を齧りながら座れそうな岩の上に腰掛ける。肉を食べながら周囲の植物を観察していると、急に野菜が食べたくなった。思えば、肉と魚ばかり食べている。血も飲むなら大丈夫とかいう話を何処かで聞いた気がするが、この体の栄養状態は大丈夫なのだろうかと心配になってきた。

（野菜が欲しいなら農村と都市を結ぶ街道に網を張るべきか？）

香辛料を狙うついでに手に入る可能性もあるので、移動はまだしなくても良いだろう。持ってきた肉を全て食べ終えた頃、夜が明けてきたので腹ごなしの運動を兼ねて狩りをする。兎が獲れたので血抜きをして解体。食べる部位だけ残して後は地面に埋めておく。

やはりスコップは文明の利器である。もっと大きな物があれば良いのだが、贅沢を言ってはキリがない。塩を振って肉を焼き、腹に入れる。追加で食べるには丁度良い大きさだった。小指の爪を楊枝代わりにしていると、伸びてきている気がした。

なので魔剣を手に取ると爪切りの代わりはできないものかと試してみる。結果は失敗。爪は上手く切れず、指を少し切ってしまった。僅かではあるが血が出たので反射的に指を咥えてしまったが、出血はすぐに止まり傷は塞がっているようにも見えた。

（なんとなく察していたが……回復力もおかしいよな、これ）

とまあ、そんなことをしながら時間を潰しているとすっかり朝である。俺は森から街道を見ながら南下を開始。獲物を探してコソコソと動いていると、遠くに止まっている馬車が見えた。

（全部で三台か……護衛らしき人物がたった一人しか見当たらないが、何かあったのかね？）

見れば見るほど不自然に思える商隊を観察していると、どうも立ち往生でもしているのか動く気配がない。護衛の数が極端に少ない理由と何か関係があるのかもしれないが、動かないではなく「動けない」ならば格好の獲物である。こちらが早期に発見されても逃げられる心配がないので、姿を現したまま接近することができる。

（それじゃま、あの三台をまずは見てみることにしようかね）

俺は荷物を降ろし、適当に枝を折って隠すように上に被せると、朝っぱらから堂々と姿を晒して立ち止まっている馬車へと向かう。ある程度近づいたところで一人が大声を上げると全員が一つの馬車に乗って逃げ出した。

どうやら動く馬車が一台あったらしく、脇目も振らずに走っていく。呆れるほど清々しい逃げっぷりである。そう感心した瞬間——何かが聞こえた気がした。何も聞こえていないはずなのだが、何故だかそう感じた。

（取り敢えず、馬車の中身を確認するか）

繋がれたままの馬は気の毒だが、食べたりはしないので大人しく待ってて欲しい。そんなわけで馬車に近づき物色開始――したのは良いのだが、あるのは妙な薬品臭のする干し肉。

（こーれーは、見事に食いついてしまったか？）

俺がそう思いながらも他を荷物を探していると、今度は確かに聞こえた。先ほどとは別のものではあるが、今もはっきりと聞こえている。

（予想よりも随分早いなー）

感心半分に面倒くささ半分と言ったところだろうか？

時間はあるので俺はもう一台の馬車も見る。やはりと言うか、こちらにも薬品の臭いがする干し肉。俺は大きく息を吐くと、立ち上がって背を伸ばし音が聞こえる方角を見る。

（数は……今見えてる範囲で三百くらいか？　なら五百以上はいると見るべきだろうな。舐められたもんだ）

先頭を走るのは数名の重装騎兵。遅れまいと付いていく歩兵と傭兵――少数とは言え、カナン王国軍のお出ましである。

（さあ、面倒くさいことになってまいりました！）

正面から真っ直ぐ向かってくる軍と呼ぶにはお粗末な集団を待つ。先頭の重装騎兵は後方など確認せずにドンドン距離を離していく。さて、この五百くらいの団体さんをどうするかで、今後の方針を変える必要も出てくる。現状取れる選択肢は三つあり、簡単に言うとこんな感じである。

1：手加減して適当にボコる。
2：手加減なしで虐殺する。
3：逃げる。

当然のことながら三番は論外。選択肢として存在はするが、逃げたところで俺の扱いは「レアモンスター」だ。その利用価値や素材としての旨味、希少性を鑑みて追われ続けるのは明白。一度撤退してこちらの脅威度を下げるというのは短期的な効果しか見込みはなく、長期的に見た場合「知能の高さ」故の脅威が浮き彫りになるため逆効果となる可能性が高い。

つまり「逃げる」という選択肢は、今後人間と関わらない場合を除き意味がない。では一番を選択した場合どうなるか？

実に簡単なことだ。軍が出てしまった以上、舐めプで壊滅させられた軍は威信を懸けて意地でも俺を狩ろうとするだろう。つまり、結果として面倒くさいことになることは間違いない。

二番の場合、経緯が違うだけで結果はほとんど同じだ。少数の軍を簡単に滅ぼすモンスターなど国家の脅威以外の何ものでもない。そんなものを野放しにできるはずもなく、カナン王国は国家の威信を懸けて俺を狩りに来るだろう。

最悪他国を巻き込むことを考えれば二番の影響は一番よりも大きい。国家の威信、軍の威信とぶっちゃけただただ面倒くさい。

（軍が出てくるのはもっと後だと思っていたんだよなぁ……一体何が切っ掛けで出てきた？）

原因を探るのは後でもできる（後でならできるとは言っていない）。後ろが付いてきていないことを気づいた騎士が慌てている様子を眺めながら、欠伸をしながら待ってやる。まだしばらくは傭兵を相手に遊べると思っていたが、もう軍が出てくるとか予想外にもほどがある。

正規兵の数は不明だが、これを蹴散らせばカナンでの活動に支障を来すのは間違いない。具体的に言えば、馬車の行き来が減る。これを押さえてしまうと相手も本気になるので、本格的にカナンを潰すつもりはないのでそこまでやる気はない。

つまりカナンでの活動を自粛することになる。ちなみに軍や騎士は全く問題視していない。

（しかし、随分と好戦的になったもんだな）

ようやく揃い始めた兵士が陣形を組み始めたのを座って眺めながら思う。傭兵達は団ごとに動いているのか、こちらを包囲しようと集団と固まって左右に展開しようとしたりバラバラに動いている。

「まとまりのない奴らだな」と呆れながらも、そういうものが傭兵だと思い直し、相手の動きが落ち着くのを待ってやる。改めて数を確認すると傭兵三百に軍が二百五十といったところだろうか？

（傭兵の割合の多さから本気でないことはわかるが……何とも微妙ラインで判断に困る）

三度目の欠伸で正面の軍が動き出した。俺は立ち上がるとノッシノッシと前進する。さあ、お望み通り正面からぶつかってやろう――としたら相手の動きが鈍りだした。こちらの大きさを十分に視認できる距離となったせいか、前列の兵士が怖気づいたようだ。騎士が突撃してくるなら先手くらいは譲ってやるつもりだったのだが、何やら指示を飛ばしており最初の勢いは欠片も見えない。

前進を止めない俺に対し矢が射掛けられる。当然気にも留めずに前進。無数に降り注ぐ矢の雨の中を涼しい顔で歩く。刺さった矢は一本もなく、全て地面に刺さるか落ちている。距離はドンドン縮まっていき、第二射が放たれた。

同じ結果に馬に乗った騎士が声を上げると、アーバレストを持った兵士が前へ出る。十分に引きつけてから撃つつもりなのか、前に出た弩兵は構えたまま発射の命令を待っている。俺を前にしてきちんと命令を待てるということは、それなりに訓練を受けており士気も低くはないということだ。

「後は傭兵がどう動くかだが」と考えたところで、その傭兵に動きがあった。馬が一騎背後から駆けてくる。同時に傭兵団の中から明らかに質の違う声が一斉に聞こえてくる。

（魔法か！　どのような運用するのか見せてもらおうか！）

俺は正面の弩兵を無視して迫る傭兵に向き直る。直後に背後から射掛けられるが、体の中でも硬い背中にはアーバレストであっても傷を付けるのがやっとと言ったところだ。矢が刺さらないことに驚愕の声が後ろで上がるが、迫るハルバードを持った巨漢の男を迎え撃つのが先決だ。

（ランスチャージの要領で一撃離脱を行い、その直後に魔法が飛んでくる——ってところか？）

そう予想した俺は巨漢の持つハルバードを掴み、力に物を言わせ突撃を止めてやる。馬が嘶《いなな》き、男が振り落とされそうになると、そのままハルバードを手放し馬を蹴って距離を取った。直後、無数の魔法が俺に殺到する。なので馬はちゃんと逃してやる。

火、氷に石や雷が俺の体に打ち込まれるが、雷以外は然程痛みはない。熱い、冷たいという程度の差はあれ、それを脅威と感じるかと言えば……残念ながらそうではない。どうやら魔法使いの質はあまり高くないようだ。攻撃が止み、俺は無事であることをアピール。

次はこちらが攻撃する番である。そう思って前に出ようとしたところで、いつの間にか手からハルバードが消えていた。そして魔法の着弾によって巻き上げられた土煙に紛れて、巨漢の男の一撃が頬を掠める。

咄嗟に躱《かわ》したつもりだったが、僅かに反応が遅れたようだ。血は流れていないが、確かに傷が付いている。俺は指で確認できた傷をなぞり、目の前の男の武器が魔槍の一種であると断定する。

（ただの蹂躙で終わるかと思ったが、中々楽しませてくれるようだ！）

俺が攻めに転じても、男は上手く捌いて間合いを取る。その顔には驚愕が見て取れるが、絶望はなくむしろ笑ってすらいる。

（流石は傭兵団。戦闘狂がホイホイ湧いてくる）

ハルバードを持った男に続けと言わんばかりに傭兵達がこちらに向かってくる。この状態で援軍が合流すると流石に手間がかかりそうなので、目の前の男にはさっさと退場してもらおう。

そのつもりで攻めたのだが、距離を取って時間稼ぎに移行したらしく、一度目の攻撃を見事に躱され、二度目で捉えたかと思いきや、巨体に似合わぬアクロバティックな動きで凌ぎきられた。

「ヤダ！　今の動き格好良い！」とか余裕を持っているが、そろそろ先頭を走る傭兵がこちらに到着しそうなので、彼にはここでご退場頂く。

「ガアッ！」

俺は小さく吠えるとハルバードを持った巨漢に両手を広げ襲いかかる。直後に放たれた無数の矢が俺の体に弾かれ、最初の一撃を後方に飛び退き回避した男に、追撃の左ストレートを放つ。それをハルバードで受けはしたものの、腕を振り抜いたことでハーフプレートアーマーに強引に当てる。

結果、鎧は砕け地面を転がると男は動かなくなった。

怒号と悲鳴が飛び交い、魔法と矢が無秩序に放たれようやく戦場らしい様相となってきた。ハルバードの男が倒れ、最初に肉薄したのが何時ぞやの大剣の臭い男。少々突出しすぎていたらしく、他が揃うまでは単騎でのお相手となる。正面で向かい合った大剣持ちが笑う。

「よお」

短く、俺にも理解できる言葉で話したので十点あげよう。但し、テメーは既にマイナス五十点なので評価は未だゼロ以下だ。「ぐあー」と低く唸るような声を出したところで、相手の警戒が最大になり構える。

（それにしても、数がいるんだから最初からまとめて来ればいいのに……傭兵家業というのも難儀なもんだな）

迫る左右からの連撃を大剣の男が躱し、逸らして防ぎつつも反撃を窺う。飛んでくる矢を背で受け、魔法を拳で撃ち落としながらも攻め続ける。流石に一度は俺と斬り結んだ経験があるからか、守りを固めるではなく避けることに集中している。

先程のハルバードの巨漢も悪くはなかったのだが、力の差の認識が正しくなかったことに加え、金属鎧が素早い回避を阻害したため呆気なく終わってしまった。もうすぐ他の傭兵が参戦するので、ここらで隊長さんにもご退場願おう。

俺は大きく一歩を踏み出し、一気に距離を詰めると裏拳を放ち飛び退かせる。そこでさらに踏み込み追撃を入れようとしたその時――振りかぶった左手に何かが撃ち込まれ、その衝撃で俺は勢いよく地面に手を付ける。

直後、俺の顔面目掛けてグレートソードが振り下ろされようとする。これを地を蹴り、前に出ることで防ぐと同時に頭突きで男を吹き飛ばす。

(今のは魔法か⁉　威力が弱いものばかりだと油断した……いや、油断させてから狙ったな！)

今の一撃は少しヒヤッとさせられた。ダメージ自体はほとんどないことから、衝撃でこちらの動きを阻害することを狙って放たれたものだろう。とは言え、あれが致命打になるはずもなかったので、ここは余裕を持ってあのコンビネーションに称賛を送る。

(先程の魔法を使ったのは……多分あの如何にも魔法使いっぽい格好の女か)

チラリと一瞥して濃紺のウィッチハットにドレスローブという姿が視界に映り、彼女を要注意人物に指定して戦闘を継続。ついでに見事なおっぱいだったのでそちらのチェックも外さない。

その要注意人物は撃った場所からすぐに離れ、傭兵の中に紛れ込むようにその姿を消す。居場所を特定させまいと動く辺り、中々に厄介な人物のようだ。傭兵達が俺を囲み、一部が俺の射程外ギリギリに陣取るとそれぞれが武器を構える。先程のやり取りで相手の士気は向上しており、まだまだ勢い良く戦ってくれるだろう。

どうやら腕に自信のある奴が俺に張り付くという方針の傭兵団と違い、以前戦った経験を活かしてのことか、大剣を持つ傭兵率いる部隊は一撃離脱を徹底している。真っ向勝負で勝ち目がないことを知っているからこそその動きである。

自信のある連中は俺に張り付いたままで、少し頭を働かせる奴なら正面にならないよう上手く足を使っているが、尻尾があることを忘れていないか？

いつまでも張り付かれると鬱陶しいので、まとわりつくように戦う傭兵達を一蹴する。飛んでくる矢を弾き、隙を見ては斬りかかってくる大剣の隊長さんを綺麗に捌く。ここの傭兵団は連携が上手く、この隊長に対処すると必ずと言って良いほど二人以上で背後から攻撃を仕掛けてくる。

しかも一人は尻尾用の囮ときたもんだ。当然他からも攻撃は来ているので全てを捌き切ることはできず、被弾は着実に増えていっている。ただダメージがない。俺の防御力を突破できる攻撃が少なすぎて、軍や傭兵の張る弾幕が精鋭達の邪魔にすらなっているのが現状である。

「放て！」

そんな声が聞こえる度に傭兵達が退くが、発射のタイミングが悪く連携が全く取れていない。だが、矢が放たれるとわかっていながらこちらに突っ込んでくる気配を背後から感じた。尻尾で対処しても良かったが、意表を突いて振り向きざまの地を滑るような裏拳が空を切った。その一撃は内側に潜り抜けるように回避された。

（アレを潜るのか⁉）

驚愕の回避方向に思わず「ガッ⁉」と声が出る。随分とまあ度胸のある奴もいたもんだな、と思ったらあの時のワイルド金髪美人さんだった。だがあの時の魔剣は俺には通用しない。「さあ、どうする？」と笑った時――目が合った。

相手も笑っていたのだ。その瞬間、彼女が半透明の小瓶を投げるのと、俺が大きく飛び退くのは同時だった。そして着地間際に俺すら呑み込めそうな特大の火球が飛んでくる。

「ガアァァァッ！」

本気の一撃――火の玉を殴り軌道を力技で変える。拳が少し焦げたが体は無事だ。流石にずっと警戒させてくれただけあって、良い仕事をする魔法使いである。地面に落ちた金髪さんが投げた物が、シュワシュワと音を立てて酷い臭いを撒き散らしている。厄介な魔法使いはまたしても視界から消えている。俺は笑った。

（随分と楽しませてくれるな！）

心からそう思えた。だからこそ、俺は跳躍して騎士が指揮する兵の中へと飛び込むと、着地と同時に拳で周囲を薙ぎ払う。兵を吹き飛ばすと、今度は方向を変え叫ぶ重装騎兵へと突進する。今まではこの場に留まり戦っていたが、ここからは動き回っての戦闘となる。つまり、ここからが本番だ。

（加減はしてやるが、死なないことくらいは祈ってやるよ）

俺の攻撃が始まったのは良いのだが、いきなり問題が発生した。

「ギャァァァァァッ！」

「止めろぉ！――来るな！」

これこの通り、大混乱でございます。聞こえる単語も簡単なものばかりで、八割くらいは理解できていて助かるのは良いのだが、抵抗もせずに逃げ出すばかりで倒れた兵士が踏まれて死亡というケースすら発生している。

士気が高いと思っていたが、これは正確な情報が伝わっていない気がしてきた。騎士の指揮も拙く、軍はほぼ潰走状態。俺が軍の中に入って暴れたことで、戦域の一角が完全に崩壊。味方を置いて逃げ出す者が既に出始めており、これが戦争なら勝敗がついている。

逃げ始めた者が「こんなの聞いてねぇよ！（意訳）」と叫んだことから、どうやら俺の予想は当たったようだ。まあ、俺みたいな大物を退治するのに雑兵なんぞいてもできることはない。近代兵器で武装してから出直せという話だ。

「ガアァァァッ！」

わざとらしく吠えて腕をぶん回し、兵を薙ぎ払っては飛び、また別の場所で薙ぎ払う。死なないように手加減はしているが、俺の腕は体の割にちょっと大きい。質量と速度の暴力とは酷いもので、俺の腕の射程内の兵士全員が盾を構えても、そのまままとめて空中に吹き飛ばすことができる。

「退け！　後退だ！　陣形を立て直せ！」

多分そんな感じのことを言っている騎士が馬の上から大声で命令を下しているが、陣形を立て直してどうするつもりなのだろうか？

「傭兵どもめ！――――！」

聞き取れなかったが多分罵声だ。「お前も戦ったらどうだ？」と騎士の前に出てやるとチョビ髭のオッサンが面白い顔で俺を見上げる。直後、騎馬が一騎こちらに向けて走り出したことを音で確認する。

「マーティス卿！　助太刀に参った！」

「おお、カサングラ卿！　感謝致す！」

意訳ではあるが、大体こんな感じのことを身振り手振りを交えて大仰に言っている。

（演劇やってんじゃねぇんだ。真面目にやれ）

カナン王国の貴族とやらは度し難い阿呆なのか？

俺はランスチャージを仕掛けてきた騎士をランスごとぶん殴って吹き飛ばし、同時に尻尾でもう片方も叩き伏せる。残った騎士が潰走する味方を止めようと声を上げるも、残念ながら効果はなし。兵の半数くらいはふっ飛ばした気がするので、今度は傭兵へとターゲットを変更。

俺に挑んでいた精鋭を無視して傭兵が固まっている場所に突進する。当然止めるすべはなく、傭兵達は俺に跳ね飛ばされていく。弱いものから叩く――これをされると一番困るのは知っている。

人を育てるには時間と金がかかる。折角育った者を失うのだからそのダメージは相当なものとなる。部隊の士気を、今後の活動を考えるならば、彼らが取るべき手段は一つしかない。兵士が畑で採れると勘違いしている領主や国王と違い、傭兵団は「損耗」を避けなくては傭兵稼業を続けることすらままならなくなる。

その辺りの事情を知るが故に、俺は傭兵の群に突撃し縦横無尽に駆け抜ける。そして先程俺の相手をしていた精鋭達が戻ってきたところで突如として方向転換。一列となった強者どもに突撃する。

（さっきは俺を囲んでの戦闘だったが、こうすればどう対処する？）

先頭はあのグレートソード持ちの隊長さん。俺が突如向かって来たことで集団は一瞬足を止めたが、迎え撃つことを選択したグループとそのまま勢いを殺さずすり抜け様に一撃を狙う組に分かれた。

初手は予想通りの行動に出た隊長さんだが、こちらも結構な速度を出しているので、あの大剣とまともぶつかるつもりはない。隊長さんは横に滑るように手にした大剣で薙ぎ払うが、それは軽く跳躍した俺には当たらず、すれ違いざまに尻尾の一撃をまともに食らい吹き飛ばされる。そして着地と同時に後続を叩き、迎撃組に勢いを落とすことなく突っ込んでいく。

直後、俺の前に土の壁が現れた。　こちらの身長よりも高い土の壁をショルダータックルでぶち壊し、驚愕の表情を浮かべる傭兵達を轢き殺すような勢いで通り抜ける。ここでブレーキをかけ、百八十度向きを変えて四つん這いになって滑る。通り過ぎたと思ったら既にこちらを視界に捉えているというのだから、傭兵達には悪夢だろう。

追撃を行い、まだ立っている者に襲いかかる。振り回した腕に当たって吹き飛ぶ。迫る腕を受け止めたは良いが空中を舞う。尻尾で弾き飛ばされる。それは最早、ただの蹂躙だった。

気づけば周囲に立ち上がる者はいなくなっていた。無事な者は遠巻きにこちらを見ている戦意を喪失した兵士と傭兵くらいなものだ。

(終わったか。手加減はしてるから死んだ奴は少ないだろうが……それでも死んだ奴は運が悪かったということで)

俺が立ち去ろうとした瞬間——声が聞こえた。それが魔法を使用する際の詠唱であると即座に判断した俺は、そちらに振り向く。見ると俺の拳の倍はある先の尖った石の槍が、高速で回転しながらこちらに向かって来ていた。

「ガアァッ!」

全力の裏拳で咄嗟に軌道を逸らす。質量、速度ともに優秀。加えてあの回転である。

（あっぷね、直撃すればタダでは済まなかったぞ、今の）

そんな感触があの一撃を殴った拳に残っていた。あの状況でも潜んで機会を窺っていたのだから大した魔法使いである。

（いやいや……「勝った」と思った瞬間が一番危ういとか、漫画の知識って意外と当たってるな）

最後の一撃を撃った魔法使いの女性はその場にへたり込む。どうやらあれは残った力を全て注ぎ込んだ渾身の一撃だったようだ。俺は彼女の元へとノッシノッシと移動する。大きなウィッチハットで見えないので、顔くらいは拝んでおこうと思ったからだ。だが、彼女に近づいたその時——手にした杖から青白い光が伸びると同時にこちらを斬りつける。

（ライトブレード!?　何それ、ちょっと欲しいんですけど!?）

寸でのところで横薙ぎの一撃を上体を反らして回避しながら、手にした杖を尻尾で叩き落として彼女を掴む。光線剣は惜しいが仕方がない。細い腰に大きな胸と大変素晴らしいスタイルである。痛くないように加減しながらも、逃げられないようにしっかりと掴む。抜け出そうともがく度、大きなおっぱいが指にポヨンポヨンと当たる。しばしこの感触を堪能していたいが、まずは彼女の顔を確認しよう。

そう思い腕を上げたところで、両手で体を持ち上げるように抜け出そうともがいたことで、ドレスローブを置き去りに豊かな胸が露出した。もがく度にゆさゆさと揺れるたわわなおっぱいを眺めていて思い出す。

（なんか見覚えがあるような見事な胸だな。どこかで見たことが……あ、これオーガの時のおっぱ

いさんだ）

念のために顔も見てみたが、美人であることがわかっただけで顔とおっぱいが一致しない。

やはりと言うか何を言っているのかわからない。多分セイゼリア語を話していることから、やっぱり彼女はあの時のおっぱいさんなのだろう。となると彼女はあの魔剣を取り戻しにわざわざカナン王国まで来たということになる。

「――――！――――！」

命を助けた代金としてはあの魔法薬でも十分である。実際の魔法薬のおかげで俺は命拾いしている。

（あー、やっぱ相当高い物だったかー……）

俺は「仕方ないな」とがおがお呟くと、喚くおっぱいさんを掴んだまま荷物の元へとノッシノッシと移動を開始。

歩く度に振動でポヨンポヨン。抜け出そうともがく度押し付けてムニムニ。いやはや、実に素晴らしいものをお持ちである。そこでふと逃げ出すこともできずに立ち竦む連中に目を向ける。

魔法使いが一人攫われようとしているが、残された者達の中に何かしようとするものはなく、むしろ「一人の犠牲で済むのなら」と諦めの表情すら浮かんでいる。俺はその光景を見て鼻を鳴らすと、興味が失せたと言うように再び背を向けて歩き出す。

抜け出すことが無理だとわかったおっぱいさんがポカポカと俺の指を叩くが、痛くも痒くもない上に何かカワイイので放置。またおっぱいが出しっ放しだったので好感度がアップした。

さて、抵抗を諦めたおっぱいさんが何か言っているが理解できないので無視。美人を無視するの

は心苦しいが、今は許して欲しい。そんなわけで荷物の元へ到着、彼女をそっと地面に下ろすと状況が理解できないのかこちらに何か話しかけている。

取り敢えず、まずは渡すものを渡そうとリュックに付けた魔剣を外し、それを彼女の前に持っていく。それをしばらく信じられないものを見るかのような目で見ていると、我に返ったようにこちらに向き直る。

俺は頷き、魔剣をその場に置くとリュックを背負いドタドタと立ち去る。馬車が逃げずに残っていたので帰りも問題ないだろう。

「――――！」

後ろから彼女の声が聞こえた。俺に何かを呼びかけているかのように思えたが、振り返るのも格好がつかない。

（いや、もう一目あのおっぱいを見るのもアリなのでは⁉）

そう思ったが、流石にもう服の乱れを直しているだろうとそのまま走り去る。これであのおっぱいさんとの接点はなくなった。少し悲しい気持ちになったが、俺にはエルフ監視の任務もある。ともあれ、これでカナンでの活動に制限がかかった。さて、次の狙いはどうしたものか？

ちょっと本気で今後のことを考える必要がありそうだ。

とある傭兵の視点Ⅱ

「まずいよな、これ」

「ええ、大変まずいです」

「念のために聞いておくけど、場所は間違ってないのよね？」

いつもの面子に一人を加えて顔を突き合わせてそれぞれが同じ感想を述べる。一時的とは言え雇うことができた魔術師の言葉に俺とロイドが首肯する。拠点の一室で地図を広げて見る全員の顔が厳しいものとなるが、それもそのはずだ。

「あなたが最初に新種と出会ったのが、ここ……次に我々が遭遇した場所がここ。そして目撃情報があった場所が、グレンダとレコールの中間地点。他にも確定ではありませんが、旧帝国領のエイルクゥエルにも出現した可能性があり。そして最新の目撃情報がここから北の街道――商隊が襲われて一部の物資が奪われたようです」

地図上に付けられた目印に指差しながら確認を行うロイド。そこに込められた意図に同意するように呟く。

「広すぎるよなぁ……」

「ええ、広すぎです」

「広いわねぇ……」

現在新種のモンスター討伐を目標とする「暁の戦場」だが、活動範囲を絞るべく情報を集めたところ、わかったことは「とんでもなく活動範囲が広い」という嫌になる情報だった。地図に付けた目印からロイドが凡その範囲を円で描く。

最も離れた目撃情報同士の距離を半径とし、付けた目印を中心に円を描き、重なった範囲から絞ろうにも範囲が広すぎる。それどころかその活動範囲は東はセイゼリア、西はエルフの勢力範囲まで入っている。

「これ、可能性よね？」

魔術師であるディエラがうんざりしたような声で呟く。

「現実的な範囲とすれば……この程度でしょうか？」

ロイドの書いた円にディエラが溜息を吐いて腕を組む。うちのアニーも中々良い大きさだが、こっちはもっとデカイので油断をするとすぐ視線がそちらに行ってしまう。後たまに見えることがあるのは反則だ。

「これでか？　しかしこうなるとエルフの連中がこいつを確認してるかどうかが気になるな」

正直なところ魔術師の数が揃わない以上、エルフでも何でも利用しなければアレの討伐は難しい。現状戦力では物理的な攻撃にどれ程の効果が見込めるかが絶望的であり、新種の討伐となれば魔法に頼ることになるのは目に見えている。だからこそそのエルフの介入を期待したのだが……正直現実的ではない。

「長耳を引き込む気かい？　止めときな、あいつらモンスターでも『自然の一部だ』とか言う狂人がいるんだよ？　精々『はぐれ』を雇うのが良いところだよ」

俺は頭を掻いて息を吐くと、ロイドが「団長、フケを飛ばさないでください」と注意された。以前に比べると大分マシになったみたいなのだが、それでも言われる。協力関係にある魔術師も嫌な顔をする。やはり女は商売女が一番良い。

「正直なところ、俺達だけでやるには戦力が足りてない。前も言ったが、並の魔剣じゃ傷一つ付けることができない化物だ。俺の『巨人殺し』クラスの業物が五、六本は欲しい」

「そうなると、どうしても他の傭兵団との合同か、上級騎士の参戦が現実的になるんですよね」

ロイドの言葉に俺は頷く。正直あれから色々と話し合ったが、何度やっても「単独では戦力不足」という結論しかでなかった。抜け駆けは不可能。大人しく出番を待つしかないので、血の気の多い連中からは不満が上がっている。

「あー……頼みの綱のエドワードもあの新種についてはさっぱりだったし、カーセルのお嬢は支援を拒否。せめて何を掴んでいるかくらいは教えてくれると思ったんだがなぁ」

「オーランド、あなたカーセル商会と繋がりあるの？」

驚いた顔のディエラが尋ねる。まあ、一介の傭兵団の団長には少し手が届かない商会であることくらいはわかっている。

「繋がりっつーか、ちょっと仕事で恩に着せることができただけだ。その関係でたまにアレコレ融通してもらったりしている。今回も魔剣を調達してもらおうとしたが……流石に無理だった」

俺はお手上げのジェスチャーで「成果なし」という結果を嘆く。

「それでも、業物の武器が手に入っただけ良いでしょう。十分とは言えませんが、重量武器ならあいつにも通じる可能性は十分あるんです。それを優先してこちらに回してくれたんですから、状況は大分改善されましたよ」

ロイドの言葉に「だといいがな」と背もたれに体を預ける。すると扉を叩く音が聞こえ、それに応じるとすぐに団員が部屋に入ってきた。

「団長！　ギルドマスターからの呼び出しです！　何でも至急ギルドへ来て欲しいとのことで……」

「あいよ」と短く返事をして立ち上がる。こんな時に一体何の用があるんだか、と本日何度目かの溜息を吐いた。

「新種絡み……なんてことはないですよね？」

「そうじゃないことを祈るよ、こっちはまだ準備不足だ」

ロイドの言葉に俺は心からそう思った。先に部屋を出たディエラを伝令の団員が目で追う。あの女、乳も良いが尻も良いんだよな。つい目が行く気持ちはよーくわかる。そう心の中で同意しながら俺の視線も彼女の尻を追っかけていた。誰かさんがいないのが幸いだ。

急ぎ足で屋台に寄りつつ串焼きを食べながら向かった傭兵ギルド。そのギルドマスターであるアーンゲイルが待つ部屋には錚々たるメンバーが集められていた。現在ここレコールの町の最大規模の傭兵団「不動大剣」に加え、老魔術師マーカスが率いる「黄金の種火」に「鋼鉄の斧」や「火槍蹂躙」という、ここでは知らない人間の方が少ない者達が集まっていた。

ここに俺の「暁の戦場」が加われば、レコールの主要傭兵団が出揃ったことになる。他にもいるようだが、名前も知らない規模の小さいところなので割愛する。そして、遅れて来た俺でメンバーが揃ったのか、アーンゲイルが口を開く。

「さて、大体のメンバーが揃ったので始めよう。端的に言おう。領主から直々に『討伐命令』が下された。領軍の二百五十名と傭兵団で対象である新種を討伐する」

「ちょっといいか？　もしかしてと思うが……」

アーンゲイルの言葉に俺が手を挙げる。

「勿論、唯一新種のモンスターとの交戦経験のある暁の戦場《おまえたち》は強制参加だ」

「やっぱりか」と肩を落とすと、俺に気にせずアーンゲイルが「辞退する団はいるか？」と周りに尋ねる。すると一人の魔術師風の格好をした老人が手を挙げた。

「すまんが、今うちは主力が出払っておるのでな。行っても足手まといにしかならん」

手を挙げたのは「黄金の種火」の魔術師マーカス。あの新種を相手にするにはこの面子だと「種火」の参加は必須とすら言える。

「それは、辛いな……」

素直な感想を口に出してしまったが、彼らの参加が見込めないなら討伐は諦めた方が良いのである。

場合によっては中止を進言したいが……依頼主が領主とあってはそれも難しい。

「ほう？　暁がそんなにうちを頼りにしてくれるとは嬉しいの」

「爺さんとこの魔術師は質が高いからな……爺さんだけでも来れないか？」

無理を承知で「種火」の最大火力を誘うが、やはり答えは芳しくはなく、首を横に振るばかりだ。

「おうおう、こんな老いぼれに無茶言うんじゃない。もうとっくに前線からは退いてるよ」

「そこをなんとか」と頼みたかったが、あの男から横槍が入る。

「はっ！　随分とまあ腑抜けたもんだ。種火の爺がいないのがそんなに不安か？」

俺を挑発するのは「不動大剣」の団長グラント――ここと「暁」には少々因縁があり、何かあれば大体こうなる。

俺よりもデカイ体躯のハルバード使い。ちょっと良い魔槍が手に入ったことで武器を変えた名前詐欺の団長様だ。

「少しでも腕の良い魔術師が欲しいんだよ。お前が増えたところで足しにもならん」

「言ったな、負け犬」

俺に詰め寄ったグラントは鼻を鳴らし、次にアーンゲイルに向き直ると宣言する。

「先陣は『不動大剣』が請け負う。文句は言わせんぞ？」

最後に俺を睨みつけたグラントに「ご自由に」と手で合図をすると、こちらを嘲笑うように退出する。こんな挑発に簡単に乗ってくれるのだから実にやりやすい。

（玉砕確定の先陣を引き受けてくれるなら、多少評価が落ちるくらいは許容できる。むしろ実に良

い交換だ）

部屋から出たことを確認すると俺はマーカスの爺さんに詰め寄る。

「で、だ。爺さんでなくても良いんだ、腕の良い魔術師が少しでも多く欲しい。何人出せる？」

俺の言葉に爺さんが「やれやれ」と首を振る。

「出せんよ。皆出払っとる」

「マジかよ」と思わず情けない顔を見せたが、それなら他を当たれば良い。幸い、今ここには主だった傭兵団のトップが集まっている。かき集めればいける可能性くらいはあるだろう。

「オーランド、一つ聞きたい。お前の言葉から察するに、通常の武器よりも魔法が効果的なのはわかった。だが、解せない。どうしてそこまで魔術師に拘る？」

「鋼鉄の斧」の団長である「カイン」が俺に詰め寄る。どうやら何か感づいたらしく、確信を持って疑問をぶつけているようだ。これは下手に誤魔化すのはまずいと判断し、あの情報を切ることにした。俺は大きく息を吐き、渋々語り始める。

「実はな、俺達はあの新種には全く手も足も出なかったわけじゃない。一応一矢報いるくらいはやった。だが、無傷だった。奴を斬ったのはアニー……うちの魔剣持ちだ」

俺の言葉に場が騒然となる。まあ、当然だろう。俺の発言はすなわち「並の武器だと傷一つ付けられないから覚悟してね」という意味にしかならない。つまり、領軍が全くあてにならない。

「オーランド！　そんな話は聞いてないぞ！」

「言ってないからな。それに男三人と女一人が命がけで作った隙をものにしようとして、やっと入った一撃だ。それが無傷だったなんて言えるかよ。それに『女が非力だったから切れませんでした』と決めつけられるのがオチだ」

詰め寄るアーンゲイルを押さえながら冷静に返す。

「魔剣の種類は？」

「悪いが教える気はない。ただ切れ味が増すような能力は持ってない。剣自体はそこらの業物と大差はないな」

カインの質問に答えてやれないのはもどかしいが、あの魔剣は入手経路に少々問題があり表に出せない。なのでこういった答えしか出してやれない。

「ああ、それで『上物の魔剣』が欲しかったんだな」

アーンゲイルが納得したかのように顎を擦りながら呟く。

「正直に言うと、俺の『巨人殺し』は警戒されまくってて当てられる気がしねぇ。だから同格の武器がもう幾つかないと話にならないんだよ」

「グラントがいるだろう？」

「あいつと共闘しろって？　冗談だろ？」

「暁」と「不動」の不和に詳しくない「火槍」の言葉に俺は茶化すように返す。反射的にこんな言い方をしてしまったが、少し場の空気が悪くなってしまった。だが、そんなことはお構いなくマーカスは俺の横にやってくる。

「すまんな、オー坊。本当にうちからは出せん。儂《わし》もいけん。まだ死にたくないんじゃよ」

「爺さん、あんたもう十分生きたろ？」

俺の言葉に爺さんが「ほっほ」と笑う。どうやら爺さんは俺の危惧をしっかりと感じ取り、この件から手を引くことを決めたようだ。

（クソ、歳を食ってるだけあって危機感知が正確だ）

どうにかして種火だけは引き込みたかったが、こうなると恐らくどう粘っても無理だ。

「しかし……情報に拠れば、まだ街道の商隊を一度襲ったくらいだろう？　こんなに早く討伐命令が来るとはな。何があった？」

カインの言葉にアーンゲイルが眉を顰める。

「理由が言えないってことは、どうでも良い内容と取るぜ？」

追撃とばかりに火槍の団長のフランクが笑う。アーンゲイルが息を吐くと観念するかのようにポツポツと喋り出した。

「襲われた商隊の中に水の女神像が持つ水瓶のレプリカがあった。領主は南部開拓で町を作る計画をしており、そこのシンボルとなる女神像の噴水に使う予定だったものだ。レプリカとは言え、無限に湧き出る水源となるアーティファクトだ。相当な額だったと聞いている」

アーンゲイルの言葉に俺は「つまり？」と結論を急かす。

「ただの領主の意向だ。貴族というのはこれだから厄介だ」

とある冒険者の視点Ⅲ

目の前にある三台の馬車を見て思う。

「ねぇ、アレは一体何のつもり？」

「毒入りの餌とさ。害獣駆除でもやりたいのかね」

そんなもので倒せるなら苦労はしないだろうと、訊いた自分が馬鹿らしくなる。準備も整っていないのに討伐任務に強制参加せざるを得ない状況に、私はともかく傭兵団の士気がまずいことになっている。おまけに腕利きの魔術師を多数抱える傭兵団の不参加が決定し、勝算がさらに遠のいたことを聞かされれば、団員の文句が多いのも納得ができる。

「干し肉を奪ったとのことですから、かかってくれるなら楽ですよ」

そんな空気を察してか、エドワードが気休めにしかならない言葉を吐く。そもそも毒が効くかどうかもわからない相手だ。

「これより街道に巣食う邪悪なモンスターを討伐する！　これは領主様からの直々の命令だ。モンスターの首を取った者には栄誉と報奨金が約束される！　もっとも、その首を取るには私よりも先に切り込む必要があるので望みは薄いがな。諸君らの奮闘に期待する！」

騎士の一人がどうしようもないほどの妄想を垂れ流している。不安しかないのは気の所為だろうか？

気の所為などではなく不安は的中した。聞いていた通り矢は通らず、兵士に動揺が走る。最初にぶつかった「不動大剣」の団長は見せ場もなくあっさりと倒された。放たれる魔法にも目もくれず、ただ撃たせるがままの姿には恐怖すら感じる。

（恐らく魔法に対して抵抗力を持っている）

冷静に分析するまでもなく、生半可な術では通用しない。そもそも当てなければ意味がない。私の仕事は確実にあいつにダメージを与えること。まともに武器が通用しないなら、有効打となるのは私達魔術師だ。そのはずなのにどういうわけかどいつもこいつも大技を使おうともしない。

つまり、ここにいる魔術師はほとんどが寄せ集めということになる。オーランドが嘆いた理由がよくわかる。アーバレストでも刺さらないとなると、もうバリスタを持ち出すくらいしか一般兵にやることがない。

案山子《かかし》と変わらぬ兵士は放っておくことにして、味方の傭兵団の隙間を縫うように魔力を練りながら位置取りを慎重に行う。ターゲットがこちらに向けば終わりだ。目立たぬように傭兵の後ろに隠れつつ、あいつの背後をできる限り取れる位置へと動く。

「よお」

オーランドが新種に声をかける。彼にとっては因縁の相手だが、果たして奴は覚えているのか？

低く唸るような声を出し、意識がそちらに向いたことを確認した。

（やはり知能が高い。一度戦った相手を覚えている）

戦闘が始まり、防戦一方のオーランドだがこれは他の味方が来るまでの時間稼ぎだ。予想以上に突出したハルバード持ちの団長が呆気なくやられたので、奴が自由にできる時間をなくすために時間稼ぎをせざるを得ない状況になっただけだ。そして意識がそちらに逸れた今が私の出番。練った魔力を杖に流し、詠唱を開始する。

一度奴との戦闘経験があるならば、そう簡単にはやられはしないだろう。慎重に狙いを定め、タイミングを見計らう。攻撃を避け続けるオーランドに苛立ったか、奴が踏み込んだ。無意識に「そこ！」と声を出してしまったが、気づかれることなく奴の追撃を妨害できた。

一撃目で後ろに下がらせたところでさらに踏み込み仕留めるつもりだったのだろうが、そこに完璧なタイミングで振りかぶった手に風の魔法が命中する。奴は衝撃を殺しきれず手を地面に付けた。その隙を見逃すことなくオーランドが追撃を仕掛けたが、奴はその状態から地を蹴り、前に出ることで巨人殺しの一撃を防いで見せた。

（クソ！　あれで当たらないのか！）

撃った以上はここにいるのはまずい。すぐに場所を変えようとするが、奴はこちらを確かに見た。僅かな視線の移動だが、それだけでも十分な脅威となる。今ので打撃を与えることができなかったのが本当に悔やまれる。だが「暁」のメンバーが戦闘に加わったことで流れは変わる。

一撃離脱を徹底し、奴が防ぐ限界以上の手数で常に攻め立てた。おかげで先程の攻防とも合わせて士気は持ち直した。これならば十分戦闘は続行できる。そう思っていたのだが、騎士の連中が足を引っ張り始めた。

無駄な矢を射掛けるせいで傭兵の攻撃機会を潰すのだ。その愚行を何度か繰り返したところでチャンスは再びやって来る。やはり一度の戦闘経験は天と地ほどの差があるのか、またしても「暁」のメンバーがやってくれた。放たれた矢の中を進み、奴の攻撃を掻い潜ったのだ。至近距離は奴の間合いではないはずだ。確かアニーという名前の傭兵が手にした魔法薬を投げつける。あの距離なら躱すことはできないはずだと私も思っていた。

しかし奴は警戒を最大限にした。恐らくは未知の攻撃に対してはあのように避ける思考を持っているのだろう。

(でも、それを見逃すほど私は甘くない!)

詠唱を無理矢理完了させ、味方の前に出ると同時に今度は火の魔法を放つ。私が使える中で最強の火の魔法――大きく飛んだその着地を見逃さず叩き込んだはずだった。

「ガアァァァッ!」

奴は吠えた。同時にその拳を迫る私の特大の火球に叩き込み、強引にねじ伏せるかのようにその軌道を無理矢理変えたのだ。

「ありえない……!」

常識的に考えてあり得ない。考えられるのは「奴は火に強い」ということ。そうでなければあんな結果にはならないはずだ。その場から急いで移動するが、間違いなくあいつに見られている。警戒がさらに強くなることは明らかであり、良くて後一発が限界だ。それ以上は恐らく撃たせてはもらえないだろう。

もっとも、それ以前に魔力が底を尽きかけており、次は魔晶石を使うことになる。それでも一発が限度だろう。やはり詠唱を強制的に完了させるのは消費が大きすぎた。

（あれで決まらなくともダメージにはなると踏んでいたのに……！）

戦場を駆け、次に備える私の前で奴は大きく飛んでいた。着地場所は騎士が率いる領軍の中。今まで全く見向きもしなかった兵士へと、その手が伸びた。思えば奴はずっとその場から動かずに戦っていた。この事実にもっと早く気づくべきだったのだ。

ようやく私達を敵と認めた奴は攻勢に出た。蹂躙の始まりだった。兵は何もできずに宙を舞い踏み潰される。奴は無人の野を行くようにただ走るだけで兵は倒れ、逃げ出していく。暴れまわるモンスターが止まらない――いや、止める術がない。

「退け！　後退だ！　陣形を立て直すのだ！」

騎士の一人が馬上から指揮を執ろうとするが、この状況でそんな命令を一体誰が聞くというのか？そもそも陣形を立て直してどうにかなる相手ではないことすらわかっていないのだから、こいつらに指揮される兵士には同情する。

「次はこちらに来る」という確信があったからこそ、私は動いた。奥へではなく、あいつと戦っていたメンバーの元へ近づくように走る。騎士が何やら叫んでいるが、最早こちらは他を心配する余裕はない。程なくして騎士が倒れ兵士が折れた。同時に奴は傭兵集団に突撃する。

それを止めることができる者は誰もいない。奴の動きが早すぎて傭兵達は誰もついていくことができていないのだ。

「こっちは次が最後だよ！」

すれ違うオーランドに声をかけるが、それどころではないようだ。それもそのはずだ。軍と違い、傭兵団は一度壊滅すれば団としてはもう再起不能となる。何が何でも止めなくてはならない。今、あのモンスターに向かう傭兵達は皆そう考えているに違いない。だが、まるでそれを見越していたかのように、奴は突如進行方向を百八十度変え、向かってくる者達に向けて突進する。

（まとめて倒す気なの⁉）

決着をつけに来た。直感的にそう感じたが、今から詠唱していては間に合うかどうかわからない。

（それでも！）

どれだけの負荷がかかるかはわからない。でもやるしかない。私はただ味方の傭兵達が崩れ落ちて行く様を見ていることしかできなかった。少しでも良いから時間を稼いで欲しい――そんな願いも虚しく、気づけば立っている者は一人もいなくなっていた。

周囲の兵も、傭兵も、誰も動こうとはしなかった。勝負が付いた。誰もがそう思った時、私の詠唱が完成したが、それはあまりに遅すぎた。

（それでも、せめて一矢報いるくらいはやってやる！）

魔晶石から全ての魔力を引き出し、ヒビが入った瞬間砕け散る。形成された巨大な先端の尖った石弾を回転させながら放つ。私の習った流派の基礎にして奥義となるものだが、それを実感できた試しはない。だがもしも、私が学んだものが間違いではないというならば、この一撃を以て証明して欲しい。

「ガアァッ！」

叫び声を上げた奴の拳が石弾とかち合い、あらぬ方向へと弾かれた。私の願いも虚しく、またも拳で軌道を変えられ当てることは叶わなかった。魔力を使い果たし膝から崩れ落ちる。杖に縋る私の前にあいつが来る。

十分に近づいたその時、私は杖の魔力を使い切り、発動体を犠牲に作った魔力の剣で薙ぎ払う。その一撃はあっさりと躱され、杖を尻尾で叩き落されると奴の伸ばした手に捕まる。

（まずい！　オーランドに聞いた通りなら、こいつは私を食らう気だ！）

掴まれているが痛みはない。「傷付けるつもりがない」という事実が、話通りである裏付けとなって私の背筋に恐怖が走る。戦って殺されるのは覚悟しているが、生きたまま食われるのは本能的な恐怖が抑えることができない。

どうにか抜け出そうともがくが、奴の指はしっかりと私を掴んでいる。体を持ち上げようとすると僅かに動いたが抜け出ることは叶わない。芋虫のように体を振り、抜け出そうとした時――奴の顔が私に迫る。「間に合わなかった」と諦めかけたが、どういうわけか私をじっと見るだけで食らいつく気配がない。

その隙に逃げ出そうと暴れるが無駄に終わる。おまけに体が動いてもドレスローブはそのままだったおかげで胸が露出している。

「食えるものなら食ってみろ！　お前を中から焼いてやる！」

せめてもの抵抗にすらならないことはわかっている。だが、それでも何もしないわけにはいかないのだ。私は食われることを覚悟した――はずなのだが、一向に噛み付いてくる気配がない。それどころかしばらく私を見た後、そのまま歩き出した。

「何処へ行く気？」

私の呟きに答えはない。周囲を見るが、助けが来る気配もない。「まあ、当然か」と助けを求めた自分を笑う。その時、情報収集の時に出会った娼婦の言葉が蘇る。

「他の子達も見られたと言ってたし、案外人間の女をそういう目で見ているのかもしれないよ、ゴブリンみたいにさ」

まさかという言葉が口から出かかった。

「私を、犯す気なの？」

モンスターは答えない。当然だ。言葉が通じるはずがないのだから。抵抗は実を結ばず、遂には諦めてそのまま連れ去られて着いた先には囮に使った馬車が止めてあった。

「殺すならさっさとしなさい。趣味が悪いわよ」

私の声にも反応はなく、それどころか突然そこで降ろされるとあいつは何やら大きな背嚢を弄り始めた。その行動の意味はわからないが、体力が最早尽きかけていても、体は自由になったので何かないかと周囲を見る。

（石でも何でもいい！　手に持てるもの……武器になるものは――！）

最後の抵抗を試みようとした時、私の前に一本の剣が差し出された。見覚えのある剣――絶対に忘れることのない物が目の前にあった。ようやく見つけた。思わず手を伸ばしそうになった時、私は我に返る。一体どういうつもりなのかとあいつを見上げると——奴は頷いた。

こいつは「剣を返す」と言っているのかその場に魔剣を置く。私は手を伸ばし、私達の魔剣に触れると愛おしくそれを抱えた。涙を流し、この再会を歓びたかった。でもできない。まだ終わってはいないのだから。

背嚢を背負ったモンスターが背を向けて歩き出す。私のことなど最早眼中にはないのだろう。だから叫んだ。

「人間は、お前の玩具じゃない！」

戻ってきたことは嬉しい。だが何故返した？　返すのであれば何故奪った？

だが、答えは何も返ってこない。わかることはただ一つ、私達が命を懸けたところで、あいつにすればそれはただの遊びの範疇《はんちゅう》なのだろう。私達はただ弄ばれただけだった。

とある戦場の結末

たった一匹のモンスターを倒すために集まった者達は幽鬼のように街道を歩いていた。誰一人話す者はいない。傭兵の一人が毒エサの運搬に使った囮の馬車を引っ張ってきたことで、重傷者を運ぶことができるのは不幸中の幸いだったのだが、この惨状では「幸い」というにはあまりにも小さなものだった。重い足取りを引きずるように歩く者ばかりの行軍は遅々として進まず、レコールの町へと戻ることができたのは二日後の朝だった。

そしてその翌日、傭兵ギルドのギルドマスターであるアーンゲイルが沈痛な面持ちで手にした手紙を読んでいる。その中身は言いがかりというよりも最早ただの責任転嫁だった。領軍を指揮した騎士は、今回の出兵の失敗の責任を傭兵ギルドに押し付けた。

曰く「傭兵ギルドは新種のモンスターの情報を出し惜しんだことで、我が方の被害は甚大なものとなった。咄嗟の判断で死者を少しでも減らすべく奮戦したが、兵は半数以上が負傷していたために反撃に出ることは叶わず敗走に至る」である。

実際、死者の数はたったの十八名と、五百五十七名中四百五十六名が負傷していることを鑑みれば異常に少ないとすら言えた。そこを騎士達は「自らの奮闘に拠るものである」と主張。領主がこれを認めたことで、今回の討伐任務失敗の責任が傭兵ギルドへと押し付けられたのだ。特に新種との交戦経験のある「暁の戦場」に対してはペナルティーを課すことを厳命された。そしてその内容もまた、この手紙に書かれていた。

「ふざけるな！　情報なら全て渡しただろうが！」

アーンゲイルは感情に任せて椅子を蹴り飛ばす。だが、領主の命令とあっては傭兵ギルドとしては拒否することなどできない。帝国との大戦以降、長く戦争らしい戦争がなかったことで傭兵ギルドの立場は悪化した。兵を集められるという危険性を王国は排除しようとすらした。結果、国の管理を受け入れることでその存続を図ったのが現在の傭兵ギルドだ。

その末路がこれである。いつしか傭兵は責任を取りたくない責任者の体の良い生贄となっていた。しかもその隠蔽にも関わらされているのだからギルドとしてはたまったものではない。

「また、これを伝えなくてはならないのか……」

机に置かれた手紙をアーンゲイルは忌々しく見る。半壊した傭兵団に災害クラスのモンスターの討伐など到底達成できるはずもない。これは事実上の死刑宣告――体良く責任をなすりつけ、その処分を行い結果はよくある「高額な報酬に釣られた傭兵の判断ミスによる全滅」である。

全てが書類の上で進み、やがていつかは忘れ去られる。また一つの傭兵団が消えていくことに何もできないアーンゲイルは、ただ歯噛みするしかなかった。


レコールの町を一人歩く魔術師のディエラは露店を見て回る。先の戦闘で新調して間もない杖を失い、虎の子の魔晶石も使ってしまった。にもかかわらず実入りがなかったのだから代わりの魔法発動体を探すにも、まずは安さを見る他ないほどに財布の中身が心許なかった。食うに困るほどではないが、魔法関連の品物は値が張るのが当たり前。

下手をすればセイゼリアに戻るための資金すらままならなくなってしまう。だからこそ店は勿論、露天商までしっかりと吟味する必要があったのだが――。

（考えれば考えるほど意味がわからない。あいつは一体何なんだ？）

気が付けばあの新種のモンスターのことばかり考えていた。モンスターは人間の敵であり、殺さなければ誰かが殺される。それはセイゼリアで生まれた者にとっては常識であり、誰もが持つ共通認識である。何故ならば、セイゼリア王国という国家は有史以来ずっとモンスターに悩まされてきた歴史がある。

たとえハンター――冒険者でなくともモンスターとは否が応でも関わることになるのがセイゼリアである。彼女の常識、知識や経験から見ても、あの新種のモンスターは全てにおいて異常だった。あの新種を放置した場合、どの程度の被害が予測されるかを考える。だが、ここはセイゼリアではなくカナン王国である。考えるだけ無駄であるとディエラは頭を振って思考を切り替える。

（そう言えば、オーランドは一対一で戦ったから覚えられたのも不思議じゃないとして……私は何処で覚えられたのかしら？）

モンスターが「顔や声で個体識別ができるだろうか？」という疑問が頭を過る。少なくとも書物の知識の中にはそのようなケースがあったとは一部の例外を除いて記憶にない。その例外というのは長きにわたり同じ場所で大量のモンスターと戦い続けたことによって、記憶に残るべくして残ったというケースである。だとしたら自分が何故あのモンスターに覚えられていたのかがディエラは気になった。

「まさか、それほどまでに知能が高い？」

思わず口に出た言葉を頭を振って否定する。これは最悪の場合の話であって、あまり現実的とは言い難い。そんな存在がいたとしたら、モンスターという定義が揺らぎかねない。ならばとディエラは考えを方を変える。

(覚えやすい何か……特徴的な部分があれば記憶にも残りやすい。私の特徴的な部分……)

そう考えたところでディエラは視線を下にする。だがこれは人間目線での話だろうと視線を胸から外して否定したが、ふと最初の出会いを思い出す。あの時はほとんど裸であった。そして今回も手の中でもがいたことで上半身はほぼ裸だった。

(……まさかあいつ私を胸で識別してないだろうね?)

思い出せば新種のモンスターに掴まれた時、動作を止めたのはどのタイミングか?

何もしなかったのはどうしてだろうか?

そう考えた時、ほとんど冗談程度の考えが現実味を帯びてきた。「人を胸で覚えるとか失礼な奴だね」とディエラが苦笑した時、見覚えのある人物がこちらに小走りでやって来る。

「団長が探しています。拠点の方に戻ってもらえますか?」

すぐには彼が誰だか思い出せなかったが、話を聞いて伝令として何度か目にしている人物だとディエラは思い出す。丁度ディエラからも話すことがあったので、伝令の言葉に頷くとそのまま「暁の戦場」の拠点へと案内してもらう。

露店を見て回るつもりが、考え事が多すぎて自分の現在位置がわからなくなっていたディエラは、伝令役の青年に連れられ「暁」の拠点へと向かう。到着するまで青年はディエラの気を引こうと色々と話しかけてはいたが、結局最後まで相手にされることはなかった。ディエラが拠点に着くと、以前使った部屋に通されると、そこにはオーランドが椅子に座って待っていた。

その隣にはエドワードがおり、幾つかの書類を持ってオーランドと話しをしていたらしく、ディエラが部屋に入ると彼は一歩引いて二人の会話の邪魔にならないよう気を配る。

「お互い要件があるようだし……どっちから話す？」

ディエラは挨拶など不要とばかりに本題に入るよう提案すると、それに応じるようにオーランドが「お先にどうぞ」と手振りで促した。それに首肯して応じたディエラが単刀直入に切り出した。

「それじゃ、遠慮なく——私はセイゼリアに戻ることにした。契約はここまでだよ」

契約の終了を切り出したが、それが想定内だと言うように二人は冷静にディエラの話を聞いている。

「セイゼリアではね、モンスターってのは見つけ次第殺さなきゃならないもんなんだ。建国以来広い国土を持つが故に、モンスターの被害に悩まされ続けているからね。私が生まれた村も、気づけばモンスターに呑まれていた。そんな理由でハンターになる奴なんて掃いて捨てるほどいる」

オーランドとエドワードは黙ってディエラの話を聞く。理由は何であれ、今の二人には彼女の話を最後まで聞く必要があった。

「あの新種を放ってはおけない、ということも理解はできるし納得もする。だけど、アレは私の手には余る。当然あんたらにもね。だから手を引かせてもらうよ。目的の物は手に入れたからね、あんたらと仕事をする理由もなくなった。アレは間違いなく天災クラスの化物だ。となればそれは最早カナン王国の問題。セイゼリアの人間の私が、首を突っ込むのは遠慮するよ」

ディエラの契約破棄の理由を聞き、今度はオーランドは自分達の要件を伝える。

「別の依頼がある。緊急のものだ。そっちに付き合って欲しい」

「お断り。私はもうセイゼリアに帰るよ」

即答だった。彼女としても魔剣を取り返した以上、長居するつもりはなく、待たせている者もいるので早く帰りたいという気持ちが強い。だが、その返答にオーランドが待ったをかける。

「そういうわけには行かないんだ。こっちは現在一人でも多く人が欲しい」

「そうは言ってもねぇ」と困ったように難色を示すディエラ。それもそのはず「新種の討伐」を目的として雇われたが、その新種を討伐できる見込みがゼロなのだ。契約を続ける理由がなくなった以上、彼女は「暁」に関わる気がなくなっており、十分な勝算のない仕事など普段でも受けない。

ハンターとしてモンスターを放置するのは忍びないが、こちらにも事情があるとディエラは首を縦には振らなかった。するとそれまで静観していたエドワードが一歩前に出るとディエラを見ながら話を始める。

「これに関してはあなたも無関係ではありません。我々は現在『罰則』という形で討伐任務を強制されております。その中には、あなたも含まれておりますよ？」

「は？　どういうことだい？」

エドワードの言葉にディエラが意味がわからず声を上げる。

「言葉通りの意味です。あなたは今回暁の戦場として参戦していたので、この依頼から逃れることがあれば、あなたは立派な逃亡者。セイゼリアに戻ることを希望しているようですが……カナンから出られるとお思いで？」

言っている意味が理解が追いつかずディエラは眉を顰めた。そこにオーランドが説明を追加する。

「領軍を率いていた騎士が今回の失敗を俺達に擦りつけた。結果、俺達は勝算の薄い討伐依頼を領主命令で強制されたというわけさ。つまり、逃げれば重罪。たとえ国境を越えてもお尋ね者だ」

「そんな無茶な」とディエラは言おうとしたが、国が変われば法も変わる。二人の諦めた物言いに、傭兵ギルドには傭兵を守るだけの力がないことを理解させられたディエラは言葉を失う。

「それに、騎士の皆さんは随分とあなたの体にご執心でしたよ？」

暗に「逃すつもりはないだろう」ということもエドワートは仄めかす。同時に逃げた場合、彼らがどう動くかもディエラは理解すると、協力するしかないことも把握した。諦める他なかった彼女が渋々仕事の内容を聞く。

「……目標は？」

「ジャイアントヴァイパー――別名『魔術師殺し』の大蛇です」

エドワードが笑顔でそう言った直後、ディエラの拳が彼の顔にめがけて飛んでいた。


レコールの町。カナン王国南部に位置する隣国セイゼリア王国との前線が最も近い町である。その南にかつて存在した帝国が、その国土をそのままに「フルレトス大森林」として存在していた。エルフによる有無を言わせぬ警告から立ち入ることすら憚られていたが故に、そのような大森林と変わり果てたわけだが、科学と言う帝国滅亡の引き金を引き、危うく世界を巻き込みかけたというエルフの主張は各国に受け入れられた。

それが表面上のものであることは言うまでもなく、大森林に接するカナン、セイゼリアの二国は常に進出を考えていた。何故ならば、両国にはフルレトス帝国は「蓋」だったからだ。強大な帝国が存在するが故に、二国は領土の拡張ができずにいた。

ところが事態は一変する。エルフの国であるエインヘル共和国が突如フルレトス大森林の領有を宣言したのだ。これにより各国は「エルフは自国領土に組み込むために汚染などという嘘を吹聴したのだ」と憤った。しかしそのようなことがあっても、直接的な手段に出る国はなかった。

それもそのはず、かつての大戦において、エルフだけがかの帝国と戦争において優勢を保つことができた国家である。そんな国と戦争を起こすなど正気の沙汰ではない、と言うのが大森林を取り巻く国家の共通認識であった。

しかし、だからと言って何もせず手をこまねいているなどできようはずもない。何故ならばカナン、セイゼリア両国にとって、拡張の余地はそこにしかなく、どちらか一方が土地を切り取り地理的に優位に立つような状態となれば、いずれ自国への侵略の橋頭保となることは目に見えている。

両国にとって、大森林への進出は国家の生存を懸けたものと言って差し支えはない。故に、彼らは「エルフが何かを言ってくるまで」は領土を拡張するつもりでいた。その最前線がここ、レコールの町である。そしてその領主たる「キリアス・ワイマール」は王家からの勅命を受け、南部進出へと邁進している……はずだった。

度重なる事故。思うようにいかない脅威の排除と立て続けに問題が起これば妨害工作が行われているであろうことは明らかだった。そこに領内での新種のモンスターが確認されたのだ。最早これ以上の遅延は許されるはずもなく、また新種のモンスターが折角取り寄せた新しい町のシンボルになるアーティファクトのレプリカを奪ったのだ。

これでは他国の介入を疑うなという方が無理である。直ちにキリアスは新種のモンスターに関する情報を集め、領軍を派兵してでもこの脅威を排除する決定を下す。少なくない出費を迫られるが、これ以上の案が出なかったのでどうしようもなかった。

「これで問題は解決した」

そう確信した領主は吉報を待ち、自分の仕事をただ淡々とこなしていた。


そして待ちに待った報が齎される。討伐失敗――その知らせを受けた領主は机を強く叩いた。

「たかがモンスター一匹に、何をやっている⁉」

強い叱責の言葉を吐くが、それを向けるべき相手はここにはいない。代わりに伝令役の男がそれを聞くことになったが、生来の図太さ故か表情も変えずに黙って突っ立っている。

「これは一体どういうことだ！　説明しろ！」

立ち上がった領主が指を差して怒鳴り声を上げると、伝令は淡々と語り始める。

「まず『馬車を襲った』という情報から、馬車を囮に毒を用いたものの失敗。こちらは元より期待されておらず失敗することが前提で行われたものです。『失敗することで相手の知能の高さを証明できた』との言を頂いておりますので、目論見通りではあったようです」

一度伝令がそこで区切り領主が顎で「続けろ」と促す。

「結局、武力を用いての討伐となり、先陣を切った傭兵団が潰されました」

「はっ、所詮は傭兵か……役に立たんな」

伝令の男は笑う領主に何も言わず、目線で続きの許可を催促する。領主がそれに先ほどと同じ仕草で応じたことを確認すると、彼は続きを語るべく再び口を開く。

「それを見た指揮官が戦闘での被害を避けるべく距離を取って戦うよう命令しました」

「ふむ、情報の少ない未知の相手とならば……悪くはない手だな。続けろ」

自分の人選に誤りがないことを確認した領主は初手のそう評価し報告の続きを促す。

「は！　それからしばらく一方的な遠距離攻撃を継続しましたが、功を焦った傭兵の一団が領軍との連携を無視して突撃。結果、傭兵の一団は壊滅。味方への誤射を避けたことが仇となり、新種のモンスターが支援部隊へと雪崩れ込みました。これにより前線の崩壊を招くこととなり、マーティス卿がどうにか陣形を維持するために奮戦。その危機に駆け付けたカサングラ卿もまた重症を負いました」

「はっ、やはり傭兵など下賤な存在か！　その浅ましさのツケを一体何度支払わせれば連中は理解するのだ⁉」

忌々しいと怒気を放つ領主は歯を食いしばり、負傷した二人が生きていたことには幸運を素直に喜んだ。

「それで、その後はどうなった？」

「キリアス様のご想像通りです。指揮官を失った軍は統率が取れず、新種のモンスターが自由に動けるようになったことで大量の負傷者を出しました。日頃の訓練の甲斐あって死亡者が少なかったのは幸いですが、それもこれもお二人が負傷した身でありながらも、どうにか命令を下すことができたことが大きいかと思われます」

伝令の言葉に満足そうに頷く領主。それを確認した男はあの戦場の最後を語る。

「領軍を半壊させた新種は次に傭兵団へと目標を替え暴れ始めます。しかし既に撤退の動きを見せていたことで彼らの被害は最小限に抑えられたと言って良いでしょう。その後、十分に暴れたことで満足したのか、新種は去って行きましたが……領軍との戦いでのダメージと疲労が蓄積した結果だ、という現場の者の意見は重く見た方が良いでしょう」

「わかった。もういいぞ」

そう言って語り終えた伝令の男を下がらせる。男が一礼をして退出した後、領主は椅子に背中を預けると息を吐く。

「ふー、流石に昨今の傭兵どもの働きには我慢の限界があるというものだ。だが、あの連中がいなくてはモンスターの対応に領軍が追われる羽目になる」

まったく如何ともし難い、と領主は拳を強く握り締める。

（「昔はこうだった」などという話を何度も聞いた。だが今の傭兵団はどいつもこいつも金、金、金だ！　問題は起こす、質は落ちる一方！　おまけに罰則に対して文句を言う始末！　だったら、せめて最低限の仕事をしてみせろ！）

領主は口ばかり達者な傭兵にいい加減うんざりしていた。何をやらせても雑な仕事。少しでも命に危険があれば逃げ出す腰抜けどもが、兵隊気どりで我が物顔で町を闊歩する姿を見るとその首を切り落としたくなる衝動にすら駆られる。

（連中は少し力を持ちすぎた。たとえ雑兵と言えど数は数……短絡的な行動など以ての外だ。連中が町の中で暴れでもしたらどれ程の被害が出るか……）

大きく息を吐いた領主が机に積まれた書類に目を通す。伝令が来たことで中断していた仕事を再開する。そこには南部新規開拓に関する各種必要な金額が書かれており、再び領主は大きく息を吐いた。

（ようやく手に入れた「シエスの水源」のレプリカを失い、領軍は敗退。新種のモンスターといい傭兵どもといい……私の邪魔をすると言うならばその愚行を身を以って思い知らせてやらねばなるまい）

だが、その前に領主という責任を負う立場の者として、その義務を果たさねばならない。キリアスは机の書類に目を通し、自分の仕事をこなしていく。そこで一枚の紙に目が留まった。

「……ほう？　モンスターの討伐要請、か」

領主は考える。討伐対象は「ジャイアントヴァイパー」と呼ばれる大蛇である。森林に生息する気配を感じさせない危険なモンスターだ。このモンスターに奇襲を許せば、たとえ上級騎士であっても生存は難しいとまで言われていたことを領主は思い出す。

（これは……使えるな）

顎に手をやりキリアスは己の考えをまとめる。

「よし、こいつを今回の傭兵どもへの罰としよう」

まとまった考えを口に出し、早速その内容を紙に書き起こす。だが注意をしなくてはならない点が一つある。それは「戦果に対して罰を与えてはならない」という点だ。幾ら傭兵が全く活躍していなかったとしても、戦場に出た以上は命令違反でもない限りおいそれと罰を与えるわけにはいかない。そんなことをしてしまえば全体の士気に関わるからだ。故に、今回の場合はこのような手段をキリアスは取った。

「ふむ……罰の理由は『事前に知り得た情報の出し渋り』……こんなところか」

今回の討伐において、一度新種のモンスターと戦闘を行った傭兵団がいるのは知っていた。ならばこそ、領軍ならば討伐可能と踏んで出兵したのだ。だが蓋を開けてみればこの有様。ならば、我々の知らないことがあったとするのは当然。傭兵が全てを知っていたという判断は早計だが、必要な情報を渡していなかった可能性は十分考えられる。領主からしてみれば「傭兵は手柄欲しさにこの程度のことはする連中」なのである。ならば、これは今後同じように情報を絞ることで戦果を自分のものとしようとする奴らへの牽制ともなるだろう。

「誰か！」

必要なことを紙に書き記し人を呼ぶ。するとすぐに扉をノックする音が聞こえ、キリアスは入室の許可を出す。部屋に入って来た執事は優雅に一礼すると要件を伺い、領主はそれに答えるように丸めた先ほど書いた紙を見せる。

「書記にこれを清書させ、傭兵ギルドのギルドマスターに届けよ」

執事は「畏まりました」と一礼し、両手で丸まった書類を押し頂くと退出する。

（これで問題は一つ片付いたな）

一つの仕事を終えたことに満足すると残った書類に再び目を通し始める。領主としての仕事はまだまだ終わる気配はない。


「来たか」

領主館の庭にある椅子から立ち上がり、振り向いた先には彼が依頼をした人物がまさに近づいてくるところだった。気配が読めるというわけではなく、何度も同じことをしているが故の察知である。

「ご注文通り、細部は書き変えておきました。これを傭兵ギルドのギルドマスターへ、とのことです」

近づいてから小声で話す書記官に伝令役の男が金貨の入った小さな布袋を手渡す。封がされているので今すぐ中を開けて読むことはできないが、これまでの仕事っぷりからこちらの望む内容になっていることは疑う余地もない。

「それでは、ギルドマスター宛ですのでお間違えなく」

そう言って一礼すると書記官は去っていく。手紙を手に入れた彼は真っ直ぐ傭兵ギルドへと向かうことなく、館を出た後に一軒の小さな家へと立ち寄った。手紙の内容を確認するためだ。

「さて、今回の仕事っぷりは……」

小さく呟きながら道具を使い丁寧に封を解き、中の書状に目を通す。

「ふむ……元の文章からは大きく変えないようにしているはずだが……いよいよもって領主は傭兵に対する感情を隠さなくなってきたか」

男は頬を緩め「良い傾向だ」と笑う。それから新しく領主が使うものと全く同じ印を用いて手紙に封をする。レコールの町では既にここまで工作員に入られている。そして時間をかけ着実に情報は操作されていった。

傭兵団と領主の不和……これで誰が得をするかと考えれば、自ずと答えは見えてくる。彼はセイゼリアの手の者である。書記官は金で買収されているだけだが、領主の印を複製できることからも他にもいることは明白であり、それは二国の関係を如実に示している。

「傭兵ギルドのギルドマスターには気の毒だが……」

お国柄、日々モンスターと戦う傭兵には好意的な感情を抱くが、これも国の命令である。男は作業を終えると立ち上がり、何食わぬ顔で手紙を懐に仕舞うと傭兵ギルドへと向かった。

「こんにちは、今日も美人ですね。よろしければ今晩辺り一緒に食事でも……」

「ギルドマスターは執務室におります」

笑顔で対応する受付に冗談の一つでも交えてみるが、いつものようにあしらわれる。ここでは自身の評価は決して高くならないよう彼は調整している。「特徴のない何処にでもいる男」であることが、彼にとって最も都合が良いからだ。美人を見れば声をかける、そんな極々普通の冴えないただの使い走りの男。それが傭兵ギルドでの彼の人物像である。

領主より預かった手紙を渡し、早々に美人の受付の元に行き、再び「お帰りはあちらです」とあしらわれトボトボと帰路につく。そんな寂しい男を装いながら、彼は傭兵ギルドを後にする。その手には一枚の紙が握られていたことは誰も気づいてはいなかった。


「何、これ？」

老人は一枚の紙に書かれた内容に目を通すが、その最中にそんな感想を口にした。

「何、とは？　見ての通りですが、何かご説明が必要でしょうか？」

「必要もなにも……」と言葉を濁し、老人は手にした紙をひらひらと翻し、不満気な口調でこう言った。

「これを信じろと言うの？」

暗に「この情報は間違っているだろ」と言っているのだが、その言葉を受けた女性は平然と「そうですけど？」と返す。

「いや、しかしね……」

「いつもの工作員からの情報です。これまでと同様の精度であることは間違いないかと」

そこまで言われても老人は「でもなぁ」と言葉を濁す。

「言いたいことはわかります。私がそれを目にした時も『内容に虚偽があるのではないか？』と疑いました」

女性の言葉に顔を明るくした老人だが、続く「それでも事実です」という言葉にしょんぼりする。

「本当なの？」

「本当です」

しつこいやり取りではあるが、老人からすれば信じたくない内容である。ただでさえ抜け毛が目に見えて増えてきたのに、さらに増えるような報告など聞きたくないのだ。

「こんな内容を誰が信じるって言うんだろうね？」

「あなたに信じて頂かなくては困ります」

老人としては見た目だけで選んだスタイル抜群の美人秘書。しかし彼女は有能だった。それこそ雇い主である彼を仕事で縛り付けるくらいには有能な女性だった。

「儂泣いていい？」

「この内容を事実と認め、対策を取って頂けるのであれば幾らでも」

取り付く島もない様子に「ジェニーちゃんが厳しい」とウソ泣きを始める爺。しばしそのまま椅子の上で三角座りをしてメソメソしていたが、相手にしてくれないことがわかると秘書の鋭い視線に負け再び書類を手に取った。

「でもさぁ、ジェニーちゃん。これ、上に報告上げても信じてくれる人少ないと思うよ？」

「でしたらヴェスパ様が信じて対策をなさってください」

逐一返す言葉が鋭利な刃物のように老人を切り刻む。秘書から放たれる圧力に屈した雇い主が渋々書類の続きに目を通す。

「大体さ、この『矢は刺さらず、剣は欠け、槍は折れる。魔法も効かない』ってちょっと問題あるよね？」

「一番の問題はそこではないかと」

「だよねぇ……これ、情報が確かなら第三位階相当の魔法を素手で殴ってダメージがなしってことだよね？」

老人の言葉に秘書が頷く。

「こんなの誰が信じるのさ？」

「ヴェスパ様が信じれば良いかと」

きっぱりと言い切った秘書に「やめてよ」と老人が情けない声で鳴く。

「あのさ、うちは曲がりなりにも自他ともに認める『魔法国家』なわけなのよ。それが新種だか何だか知らないモンスター如きに第三位階相当の魔法を使って効果なし、なんて認めるわけにはいかないのよ？　わかるよね、ジェニーちゃん？」

「わかりません」

きっぱりと否定する秘書と固まる老人。どうにかして察して欲しい老人と譲る気のない秘書の戦いが静かに始まった。

「えーっとね、ジェニーちゃん。これは見なかったことに……」

「できません」

「じゃあ、儂の権限で握り潰し……」

「させません」

秘書が紙を握り潰そうとした老人の手を掴み、絶妙な力加減で彼の手首を強く握る。

「ジェニーちゃん……」

「ダメです」

ギリギリと手首を掴む手に力を加えていく秘書と見つめ合う雇い主。しばしの静寂が執務室に訪れ、老人が優しい目で笑う。

「おっぱい見せて？」

「死ね」

脈絡のないセクハラにバッサリと切り捨てる秘書。だが、老人は大きな溜息を吐いた。

「はあ……ジェニーちゃん。今回ばっかりは儂の言うこと聞いてもらうよ？」

退かない老人の繰り言を再び叩き潰すべく口を開きかけた時、雇い主である彼がその言葉を遮るように諭すような口調で語りかける。

「そこの報告書に書かれた魔術師。間違いなく『ディエラ・キノーシタ』だよ。キノーシタを名乗ることが許された魔術師が、手も足も出なかった、だなんて報告したらどうなるかわかるでしょ？」

魔法国家を自称するセイゼリアにとって、名のある魔術師というのは言わば「顔」である。特に幾つかの流派における信頼度は高く、今回の「キノーシタの魔法が通用しなかった」という一件は言ってしまえばスキャンダルに等しい。そしてそれを他の派閥が知ればどうなるか？

「最低でも、一部は改変するよ？　これは決定事項だからね」

「ですが……」

猶も食い下がろうとする秘書に老人ははっきりと決定を伝える。

「カナン王国で不和の種を蒔くのが目的なのに、こっちで蒔いてどうするのさ？　つい最近あったキノーシタとイツゥーの衝突を知らないわけじゃないでしょ？」

魔法を重要視するが故に派閥同士で切磋琢磨する。だが聞こえは良くともそれは現実に当てはめれば対立となる。他派に対する過剰な攻撃などはこの国ではよくあること。それを激化させるような火種は放り込むべきではない。

「しかし……情報は正確であるべきです」

「だからさ、表向きは変更したものを渡してさ、裏からこっそり修正前の内容で知らせるとかすればいいんだよ」

雇い主の提案に考える秘書。しばし黙ったままの二人だが、揃って同じ結論を出した。

「厳しいですね」

「厳しいよなぁ」

セイゼリアは魔法国家である。ならば当然チェック機構にも魔法が用いられており、嘘は間違いなく見破られる。自分で提案しておきながら、あまり現実的な案ではなかったことに今更気づいた老人は別の提案する。

「やっぱりこれ見なかったことにしない？」

「それはできません」

きっぱりと言い切った秘書を恨めしそうに雇い主が見つめる。それからしばらく睨み合ったままの時間が流れるが、不意に老人が何か思いついたのか口を開いた。

「じゃあさ、時間稼ぎは？」

「時間稼ぎ……ですか？」

秘書の確認の言葉に老人が頷く。時間経過による状況の変化が、この情報を許すことに懸けるのだ。

「つまり『裏を取るから報告は少し待って欲しい』的なことを言う」

「具体案をどうぞ」

この切り返しに老人は口を噤《つぐ》む。どうやら特に案があったわけではないらしく、しばし黙って考え込む。

「確かにこんな懐疑的な内容であればその必要性は認めます。しかしだからこそきちんと裏を取らなければこちらの信用が失墜します」

しばし老人は椅子の背もたれに体を預け、天井を眺めながら思案する。

「本人に聞くしかないかぁ……？」

むしろそれ以外に方法はないだろう。そして魔術師に対して「己の無力を認めろ」と迫る意味を考えると人選が非常に難しい。

「報告書を読む限り、彼女はまだカナンにいるようですが……」

秘書の言葉に「呼び戻せない？」と確認を取るが、彼女は黙って首を横に振る。当初、わかっている範囲では、ディエラ・キノーシタは突然何の前振りもなく出奔しており、連絡要員の派遣など全てが間に合わなかった。なので彼女の足取りを追うことすら困難であり、今回たまたま発見できたというのが真相である。

「魔術師の自由を縛ってはならない」という建前はあれど、国を出るならそれなりに手続きというものが必要だ。それを彼女はすっ飛ばして隣国に密入国をやらかしている。本来ならば法で裁かれて然るべきだが、彼女は「免許皆伝」という地位にある。

魔法を重要視する国家故に、彼女の地位は大きい。故に真っ当な方法ではディエラ・キノーシタは裁けない。無断出国の理由如何では裁いた側に批判が集中することになるのは目に見えているのだ。

そして、問題の彼女の理由がこれだ。

「脅威となり得る新種のモンスターの討伐……奪われた仲間の武器の奪還が理由みたいだけど、これ下手したら無断出国の口実が『殺された仲間の仇討』って歪みそう……って言うか絶対そんな感じに曲がるよね？」

「言われてみれば」と秘書の方も納得したように頷いて見せる。

「……これ無理じゃね？」

「呼び戻すのを諦めますか？」

「いや、そっちは何とか考える。問題はその後」

呼び戻すこと自体は不可能ではない。問題は彼女の無断出国についてどのような落としどころが必要か、という点だ。彼女の地位から法を照らし合わせて裁くのは難しい。しかし他派の人間の介入は免れない。そして老人の立場からできることはただ一つ。ディエラ・キノーシタに非を認めさせた上で自主的に罰を受けてもらうこと、である。

これの最も大きな問題は「魔術師とは総じてプライドが高い」という点に尽きる。つまり「免許皆伝」という流派の高位に位置する魔術師に対し、他派からの抗議を受け入れ頭を下げろ、と言わざるを得ないことである。さらにややこしいのがたとえ本人がそれを承諾したとしても、同門からの圧力で妨害、もしくは撤回させられる恐れもあるということだ。

「いや、ほんとこれどうすりゃいいの？」

老人は嘆く。頭に手をやり、掌にくっついた抜け毛を見てさらに嘆く。

「いっそのことありのまま報告すれば良いのでは？」

「それ無理って言ったよね？」

国内のことを無視するのであれば、その選択も不可能ではなかった。だが、結果として責任を取らなければならないのは目に見えている。最早老人には問題となった彼女が全てこちらの言い分を呑み、他派からの要求を満たせるだけの罰を同門を無視して快く受け入れてくれる以外に丸く収める方法はないように思えてきた。

「ジェニーちゃん」

「何か？」

「おっぱい揉ませて？」

「死ね」

こうして碌な案も出ないまま普段と変わらぬ時間が過ぎていく。「このままでは禿げる」と泣く雇い主を無視して仕事を急かし、セクハラの仕返しに執務室の掃除をしては床に落ちた毛をそれとなく見せつける。だが、そんな余裕もいずれはなくなる。一つ戦場の結末は、誰かが望む望まぬにかかわらず、こんなところにまで波紋を広げていた。

書き下ろし番外編

とある新兵の監視任務

帝国軍人の朝は早い。いや、正確に言えば「元」帝国軍人だがそこは些細な問題であり、今はどういう訳かモンスターなどをやっている。何処にでもいる学生から卒業と同時に徴兵され、新兵へとジョブチェンジするべく日々訓練に耐えていたところ、とある科学者のお誘いに乗ってしまった結果である。

「それが国のため、帝国臣民を救うためとなるならば、喜んで協力致しましょう！」

科学者の甘い言葉に惑わされ普段の俺なら絶対に吐かないであろうセリフを言ってしまった結果、帝国兵にジョブチェンジを通り越し、見た目灰色のトカゲと人を合わせたようなゴツゴツしたモンスターへとクラスチェンジ。

「誰がここまでしろと言った？」と、その変貌っぷりには幾度もガオガオと泣いた。まさか人を辞めることになるとは思っていなかった、と後悔して騙した科学者をボディビルダーも真っ青なこの太い腕で刈り取ってやろうかと本気で考えるが、目覚めた時には二百年という月日が流れ、最早関係者は誰も生き残っていないという状況。

（もうこの姿で生きていくしかないのか？）

そんな諦めの境地でサバイバルを開始したところ、思いの外この体のスペックが高いことが判明。と言うか物凄くハイスペックだった。流石帝国技術、コールドスリープと言いよくわからんのにとにかく凄い。ところがその帝国も既になく、俺はこうして一帝国軍人として誰に命令されるわけでもなく職務に勤しんでいる。

人の営みが消えた土地は自然に還る。元帝国領の西側――それもエルフが治める共和国との境目である川の付近。そこから見える小さな崖の中腹に丁度良い窪みがあったため、そこを仮拠点へとするべく拡張し、ここを中心にエルフの活動範囲を調査しつつ、情報収集に勤しんでいる。

結局前線に出ることはなかったとは言え、帝国が周辺国全てとの戦争でただ一国、共和国方面の戦況だけが芳しくなかったことは知っている。恐らくは自分もそちらに投入されることになるだろうとの予想はあったが、まさか二百年後……しかもモンスターとなって訪れることになるとは一体誰が想像できただろうか？

帝国に唯一辛酸を嘗めさせたエルフ国家――それを脅威と認識し、偵察を行うのはモンスターとなってしまった我が身には必要な措置である。故に、こうして朝早くから川の向こうを望遠能力を駆使してまで監視しているのだ。目下の目的は仮拠点が安全か否かの判断材料を手に入れることにある。

急造とは言え仮拠点。失うのは惜しいし、そこに住み着く何かがいると警戒されるのもまた面倒。この周辺にモンスターの姿が見えないことから、最悪は未知の存在を排除する流れとなることにある。現状エルフの戦力が如何程なのかは不明であり、今は発見させないよう動く必要があるという訳だ。幸いにしてこの「擬態能力」や「望遠能力」のおかげで見つかる恐れはなく、こうして偵察任務に邁進している。

（と言ってもまだ二日目。成果を焦ることはない）

何せ俺の視線の先には川がある。自然と共に生きることを謳うエルフがこの澄んだ川を利用していないとは思えない。故にここを中心に活動するのだ。そんな訳で川の上流下流を行ったり来たりしているが、中々エルフの姿を見つけることができない。まるで希少生物を撮影するテレビ番組のようだ。

しかし二日目ともなれば多少なりとも地形を覚える。即ち「そこに出入りする者がいない」とわかっている場所はさっさと通り過ぎるということだ。流石にエルフと言えど、明らかに利用するには適していない地形を好き好んで使うとは思えない。なので人間目線で利用しやすいポイントを探し、そこを重点的に監視しようという算段である。

現在、見つけている監視ポイントは合計七か所。このうちの二つか三つはアタリだろうと予想しており、前日のように動き回るのではなく、隠れることができる場所を探し、そこから動かずに監視するのが今回の方針である。

（できれば川を越えておきたいが……対象はエルフ。魔法のスペシャリストが相手となれば、不用意な行動は厳禁だ）

気を引き締め、姿を隠して川の向こうを見やるも、何もしないというのは暇だ。かと言って下手に動き回ればエルフに姿を見られる可能性がある。森というフィールドは彼らに利するところである。加えて魔法というこちらの知識にないものまであるとなれば、慎重すぎるくらいが丁度良い。全く以て反則染みた種族である。

そんな訳でしばらく身を隠していたところ、視線の先で何かが動いた。俺は即座に望遠能力を使用する。エルフ――それが五人も確認できた。しかも全員が「エルフ」というイメージからかけ離れた分厚い筋肉を纏った男達である。

（これは……エルフの戦士か！）

帝国兵さえ恐怖したという屈強な戦士達がこちらに向かって来ている。会話をしている様子は見て取れるが、残念ながらエルフ語には精通しておらず、さらに距離があって聞き取れないこともあってか何を言っているかは不明である。しかしながら五人もの戦士が共に行動しているとあっては見逃すことなどできない。彼らの動向次第では仮拠点の放棄すらあるのだ。

俺は気配を消すことに集中し、彼らの挙動を見守った。逃走も視野に入れ、望遠能力を駆使して彼らの一挙一動を油断なく観察する。防具はなく軽装ではあるものの、その手にはしっかりと弓や槍が握られており、彼らが戦闘に関わる者であることは明らかである。

（彼らの戦闘力がどれほどのものか確認したいが……今はそこまで求めるべきではない）

前日から十分に考えた末に出した結論が「エルフの行動範囲の確認を最優先とする」という指標である。その場の思いつきでの計画変更は容認できない。よってこの場から動かず監視に徹する。たとえ彼らがこちらに気づきそうであったとしても、完全に気づかれるまでは不動を貫く。固い意志を以て挑む俺に気づくことなく彼らは森を抜ける。

（川の周囲には不自然なほどにモンスターの気配を感じなかった。そして武装したエルフがここにいるとなれば……恐らく彼らは警邏《けいら》を目的とした集団。彼らがパトロール隊だとするならば、その行動範囲こそがエルフ領土の境界線！）

これまで得た情報からの推測だが、この結論には少しばかり自信がある。そもそもエルフというのは元来領土内に引きこもる種族である。稀に外へと出る者もいるのは確かだが、それらは総じて若い個体であり、若さ故の行動力であることはエルフ自身が認めている。一部の例外を除きさえすれば、エルフは基本的に自国内で完結しているのだ。言ってしまえばエルフが領土と認識している境界さえわかってしまえば、安全な拠点を確保できたも同然である。

（さあ、職務を全うするが良い！　貴君らが義務を果たした時、俺の生存圏が確立される！）

発見した瞬間は「あ、ちょっとヤバい連中発見したかも」と弱気になってしまったが、冷静になってみればまさに「ご都合主義万歳」と言いたくなる結果である。川へと辿り着いた彼らの視線にも気を配り、いつでも擬態能力を発動できるように備える。違和感を感じ素振りを見せたなら、即座に使用するつもりである。

エルフの一団の一人が突出して川へと入り振り返る。どのような会話がなされているかは不明だが、談笑しているのは間違いなく、隠密行動は問題なく継続可能であると判断。彼らの次の行動を窺っているとそのうちの一人が手にした槍を岩の上に置いたのだ。そして他の者達がそれに続く。

「ここで休憩を取るつもりか」と俺は内心舌打ちする。見ようによってはこの場所が中継地点である。この状況は決して良くない。俺の姿が人間であったならば冷や汗が一筋流れていたことだろう。だがそんな俺に気づくことなく、男達はその身に服を脱ぎ始めたではないか。

（ここで武装解除だと⁉　つまり川はエルフにとって安全圏ということか！）

これはまずいことになった。仮とは言え拠点放棄の危機である。警備を担当する者がエルフの領内ギリギリにある川で無防備になるだろうか？

答えは否――今俺がいる場所ですら危うい状況である。しかも今、俺が動けば発見される恐れがある。擬態能力を使用すれば最悪の事態は避けることができるだろう。しかし、それでは目的を達成することはできない。そして擬態して逃げるのであれば、今である必要がない。

（リスクは大きい。慎重を期すべきならば、ここで立ち去るべきだが……）

もしも彼らが川を越えてもこちらに向かってこないというのであれば、擬態能力を温存していれば追跡するという選択肢も生まれる。こちらはリスクに見合ったリターンだ。既に拠点放置の一歩手前の状況だ。これ以上の損失は西側からの撤退という選択も余儀なくされる。故に、俺はこのまま居座ることを選んだ。

俺の考察と逡巡など知る由もないエルフ達は服を全て脱ぎ捨て川へと入っていく。休息と呼ぶにはリラックスしすぎであるようにも思えるが、自然崇拝が強いお国柄なのでこの光景が果たして異常なのかは判断が付かない。しかし何が悲しくて筋肉エルフの裸など見なくてはならんのか？

彼らの動向から目を離すわけにはいかないので仕方がないのはわかる。だが、正直に言うと目の前で繰り広げられる全裸マッチョエルフ達による筋肉の競演など見たくもない。

（見たくない……しかし連中の動きを見ておかなくてはならない！）

流石に距離があっては自慢の耳でも動きを捉えることなど不可能だ。ポーズを取り己の筋肉を誇示する者。四つに組み、力比べをする者。彼らを称える者も審判役も全員全裸。しかもエルフなので美形なのがいっそ腹立たしい。

（何という精神攻撃……！　エルフは今も昔も帝国人の頭を悩ませるのか！）

全裸のまま川で無邪気に戯れる筋肉どもを監視しつつ、苛立ちながら俺は思った。

「これ、見る必要あるの？」

そもそもの話、本当にこいつらはパトロール隊なのか？

それを疑ってしまえば根本から破綻する。唐突に始まったマッスルダンスから目を逸らし、俺は褒められた記憶のない頭脳をフル回転させる。周囲の手拍子に合わせて対面した筋肉がポージングを取る理解不能な遊戯について考えないようにしつつ、俺は一つの結論を出した。

（そうだ、見るのを止めよう）

一体どのような基準で勝敗が決まっているのか全くわからない遊戯を制した筋肉エルフが天に向かって両手の人差し指を伸ばす様を無視することに決め、俺は彼らが動くのを待つこと決めた。彼らが何者であれ、エルフだと言うのであれば、その行動範囲は情報である。

たとえ勝者の背中を全員でバシンバシンと平手で叩いていたところに、一人が尻を叩いたことで気色の悪い空気を醸し出していたとしても、情報は情報である。

（ああ……耐えるということはこんなにも辛いことだったのか……）

なまじ耳が良いから聞こえてくる声に、俺は耳を塞いで蹲《うずくま》る。嫌でも聞こえてくる気持ちの悪い声色に、俺は鳥肌が立つ感覚を覚えながら耐え忍んだ。


どれほどの時間が経過しただろうか？

筋肉の筋肉による筋肉のための祭典が終わりを迎え、一行は何事もなかったかのように森に帰って行った。「お前らパトロールはどうした？」と心の中で叫ぶ気力すら尽きていた俺はぐったりとして仮拠点へと歩いて戻る。そんな時――俺の耳は確かにその声を拾った。

反射的に顔を上げた俺は直ちに現場へと急行する。勿論大きな音を立てぬよう細心の注意を払いながらである。そして望遠能力を使用した視界の先には一糸まとわぬ姿で水遊びをするエルフ達の姿があった。勿論のことながら全て女性。見た目は十代半ばから二十代前半の美女・美少女が入り乱れているではないか！

例えるならば桃源郷――もしくは成人してから見る女風呂。俺の気力は全回復した。

(俺の、任務は、無駄ではなかった)

ホロリと流れてもいない涙を拭う仕草をしつつ、擬態能力を使用して距離を詰めつつ隠れる場所を探す。しかし悲しいかな俺の巨体を隠す場所が見つからない。そうこうしているうちに彼女達は川から上がると帰り支度を始めてしまう。

(何ということだ！　あんな筋肉なんぞに構ってしまったばかりに！)

俺は悔しさのあまり流れてもいない涙を呑んだ。しかしこれでわかったことが一つある。この川はエルフにとって安全圏であることは間違いない。でなければ女子供があのような無防備な姿で遊ぶはずがないからだ。

「仮拠点の放棄は決定か」と肩を落としたその時――何かを見つけた一人のエルフが何の前振りもなく魔法を放つ。その一撃は川に引き裂くように着弾すると、一匹の拳大のサイズの虫が水面に飛び出した。その直後二撃目を放ったエルフによって真っ二つにされ川辺へと落ちる。

（ああ、そういうことね）

二つに分かれた虫は言わば毒を持つ貝のような生物である。石を背負って擬態する習性があり、その毒性の強さから中々厄介な生物である。そんな虫を手で払うように石ごと真っ二つにしたのがエルフの少女――つまり、子供でもエルフは侮れない。少なくとも、この辺に生息しているモンスターが迷い込んだところで返り討ちにすることくらい造作もないことだと思われる。

だとすれば、一つの可能性が浮かんでくる。エルフにとって、脅威となるモンスターなど極一部であり、逆にモンスターがエルフを恐れて近づかないという可能性である。だとするならエルフの生活圏内に近いと思われるここいらで、モンスターの姿をほとんど見ないというのも頷ける。そうなると彼らの活動範囲の予想を再び修正する必要があった。

結論としてはもう少しだけ様子を見ることにした。その日一日を使いエルフが川を越えた痕跡を探し、川に来た美女や美少女を眺めつつ自分の予測を確かなものへと変えていく。

結論から言えば、エルフは川までを自国領土と認識しているらしく、それ以上先へと進む者はいなかった。これは見回りを行う武装したエルフが川に入らなかったことから判明したものである。やはりと言うべきか、あの筋肉集団は警邏隊ではなかったようだ。だとしたら彼らは一体何だったのか？

俺の中でエルフという種族の謎が深まったが、覗き――もとい監視ポイントを複数作成したことによる順調な任務遂行がこの謎を忘れさせた。そして俺は今日も監視任務へと赴く。こんな平和な日々が続くと良いな。

あとがき

　読み方次第では動かないことで有名だけど実は結構動く怪鳥っぽくなったりするが、最も使用頻度の高いアイコンはアルパカ。橋広功でございます。

　よく言われるわけではありませんが、一応その鳥から来ている名前です。ブームは去ってもまだ根強く残っているその存在感にあやかりたい――そんな意味を込めての名前となっております。後付けなら任せろ。

　エロ本で見るエロよりも、一般で見れるエロが欲しい。そんな需要にお応えするべく個人的な理由で投稿が始まった本作品ですが、よもやの書籍化のお誘いで即承諾。見たかったからね、仕方ないね。

　ともあれ、まずはこの本を手に取って頂けた皆様に感謝を。そして本作品を応援してくれる皆様にも感謝を。最後にこの作品を世に送り出すにあたり、かかわった全ての人に感謝を。

　感謝することはとてもとても大切なことです。多分どこかの偉い人もそう言ってるはずです。一人くらいいてもおかしくはないと思う、多分。全方位、無差別にお礼をばら撒いたところで、あとがきらしくこの作品を書くきっかけなどをご紹介。

　ｗｅｂ版をお読みの方はそちらの方でお察しのことと思いますが、一時期「非対称型対戦ゲーム」の動画を好んで見ていた時期がありまして、その際視聴していたゲームに触発されなんとなく書き始めたのがきっかけでございます。

結果は見ての通り、ＳＦもののはずがファンタジーと融合して摩訶不思議な変化を遂げております。そこに書きたいエロシーンが出来ちまったんだ……投稿するしかないよね？

書いている本人が「これ大丈夫か？」と心配する本作品ではありますが、お付き合い頂ければ幸い。では、また次巻でお会いしましょう。

コミカライズ決定を記念して
北島あずま先生のキャラクターデザインを大公開！

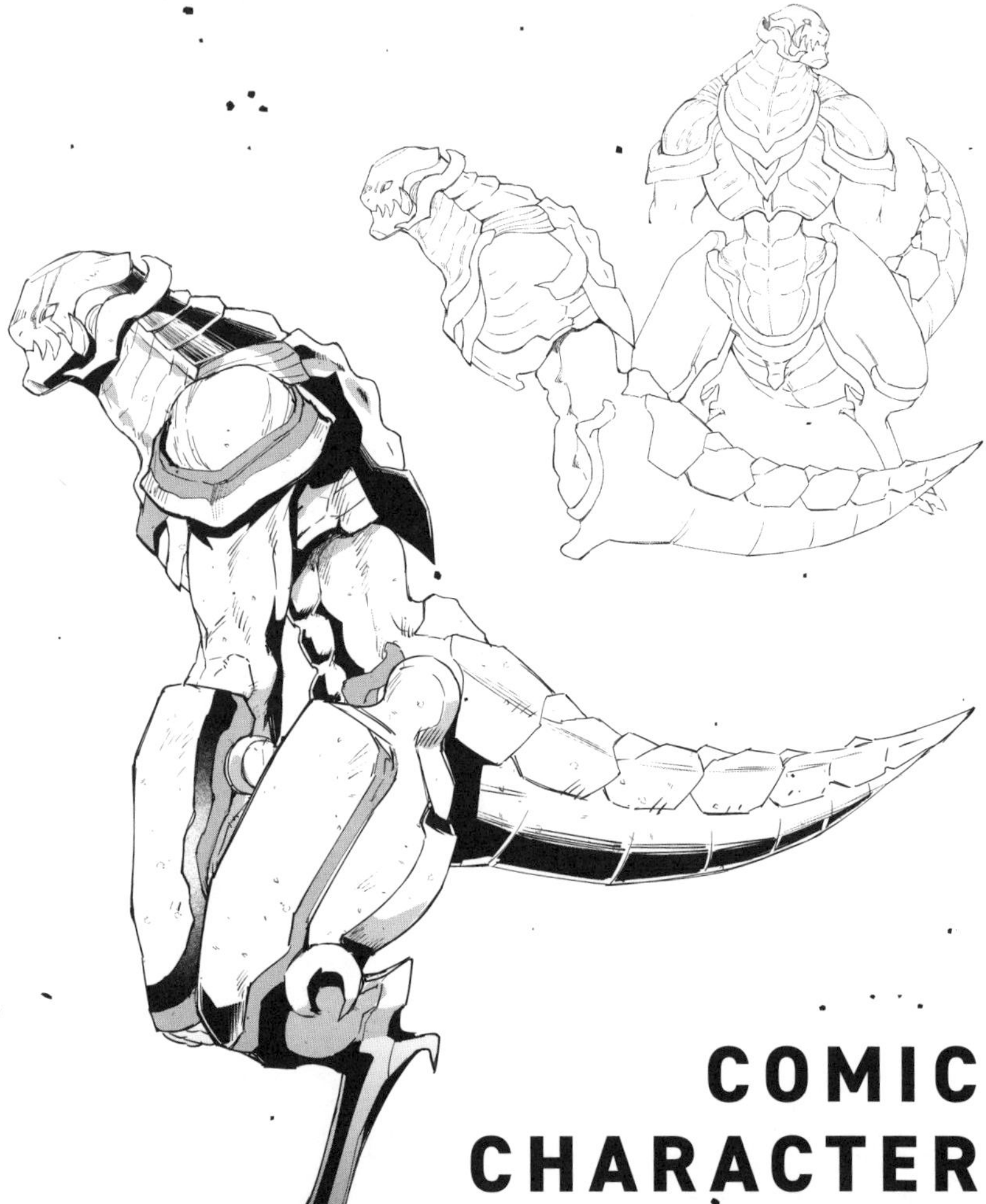

COMIC CHARACTER DESIGN

凡骨新兵のモンスターライフ

Bonkotsu shinpei no Monster life

ユーノス

原作――橋広功
漫画――北島あずま
構成――雨話
キャラクター原案―みことあけみ

ディエラ
レナ

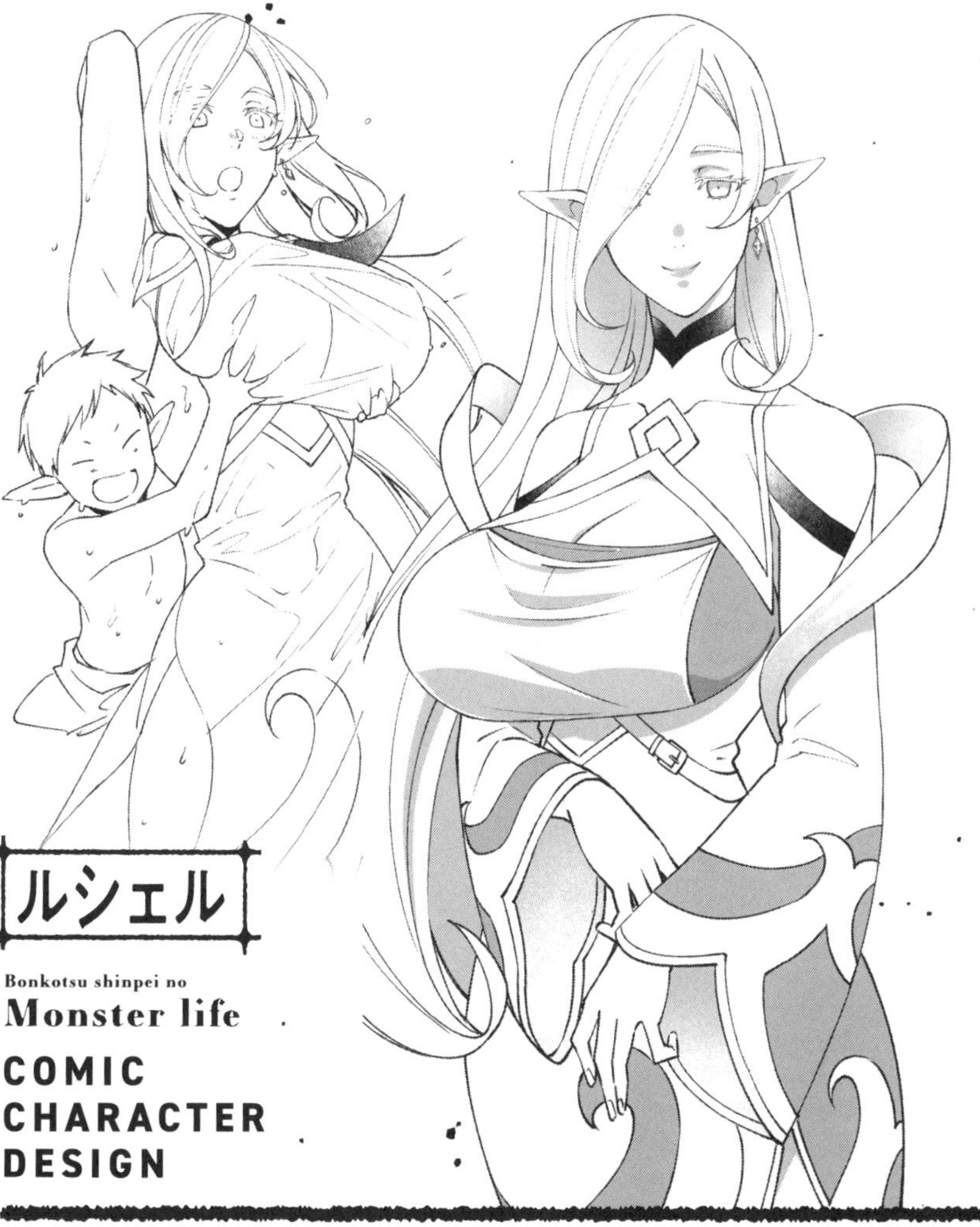

ルシェル

Bonkotsu shinpei no
Monster life
COMIC
CHARACTER
DESIGN

凡骨新兵のモンスターライフ

2021年5月1日　第1刷発行

著　者　橋広功

発行者　本田武市

発行所　TOブックス
〒150-0002
東京都渋谷区渋谷三丁目1番1号　PMO渋谷Ⅱ　11階
TEL 0120-933-772（営業フリーダイヤル）
FAX 050-3156-0508

印刷・製本　中央精版印刷株式会社

ISBN978-4-86699-194-8

Printed in Japan